JN008087

母親を失うということ

岡田尊司
Takashi Okada

光文社

母親を失うということ

カバー写真　ⓒUVimages/a.collectionRF /amanaimages
ブックデザイン　鈴木成一デザイン室

このささやかな記録というか、母とともに過ごした時間についての回想を記しておこうと思い、筆を執る決意をしたのには、いくつか理由がある。

その一つは、母親を亡くすという体験は、早晩、ほとんどの人が体験することであり、それがどういう形のものであっても、誰にとっても大きな出来事であり、それをどう乗り越え、心の整理をつけていくかということは、少なからぬ人がどういう仕方であれ向き合わねばならない課題だと思うからだ。その際、私の体験や感じたこと、考えたことも、何かしら参考になる部分もあるのではないかと思ったのだ。

もう一つの理由は、精神科医としての私の仕事にかかわっている。臨床医となってからのこの数十年、私は主に、不安定な愛着に苦しむ人の治療にたずさわってきた。直接のきっかけは、医療少年院に勤務して、そこで親の愛情に恵まれずに育った若者たちに出会ったことだったが、もっと遡って考えたとき、私は、この問題を認識し、自覚するようになるずっと以前から、まさに傷ついた愛着を抱えて生きるということがどういうことかを、身をもって味わいながら育ち、過ごしてきたという背景が、そこにはかかわっていたように思う。

私もそうだったかもしれないが、それ以上に傷ついた愛着に苦しみ、それを乗り越えようともがいてきたのが母だった。そして、母のパートナーとなった父だった。愛着の問題に取り組むということは、私という一人の人間の思惑や意思を超えた必然性があったのかもしれないと思うのだ。

最後にもう一つ。新型コロナウイルスによって引き起こされたパンデミックは、人々のライフスタイルや人と人とのつながりのあり方を変えてしまうほどのインパクトを社会に及ぼしたが、それは、家族との永訣（わかれ）や看取りの形さえも激変させてしまった。大切な家族の最期に付き添うことができず、言葉さえ交わすことも許されず、無言の別れを告げねばならないという事態も頻発したのである。そうした中、やり場のない悲しみやもやもやした思いが解消されないまま、喪失感や罪責感を引きずる人も少なくない。そんな体験をした者の一人として、その状況を語り、そうした過酷な事態によっても、決して変わらないものがあるのだということを伝えることは、意義があるように思えるのだ。

I

二〇二〇年五月十三日夕刻、母が入院する病院から電話が入ったとき、運悪く私は、電車の中にいた。車内が混み合っていたなら、私は電話に出ずに、駅に着いてからかけ直していただろう。だが、新型コロナの緊急事態宣言が延長されたこともあり、各駅停車の車両はガラガラで、同じ車両には、私ともう一人しか乗客がいなかった。それに、いつもより早い時刻に病院から連絡があることに、イレギュラーなものを感じて、私は人気（ひとけ）のない連結部の方に寄りながら、受話のボタンを押したのだ。

四日前に入院したばかりの母の病状について、担当医の一人である若手の医師からは前日も連絡をいただいていたので、定期的な連絡なら、事情を話して折り返させてもらうつもりであった。

ところが、様子が違っていた。電車はちょうど淀川にかかった大きな鉄橋を通過しようとしているところだった。開け放った窓から、けたたましく響きわたる轟音に邪魔されて、医師の言葉は半ばも聞き取れなかったが、ただ、ひどく慌てた口調に胸騒ぎを覚えたとき、私はとどろく音に紛れるように「心肺停止」という言葉を聞き取った気がした。

私は混乱した。前日に医師から報告を受けたときには、母の病状は改善に向かっていて、落ち着いていると聞いたばかりだった。

心肺蘇生を続けさせていただいていいですかという質問に、もちろんお願いしますと答えながら、私は医師として、状況がもはや厳しいことを感じていた。

どうして、という疑問よりも、もって行き場のない悔いと悲しみが、私を戸惑わせていた。

母はいくつも難病を抱えた体で、八十四歳まで生きてきた。その意味で、いずれその日がやってくることは、薄々覚悟していたが、だが、それがなぜいまなのかということが、あまりにも不意で、まったく納得できず、事態の急展開に狼狽していたのだ。昨日、同じ医師から聞いた話では、一時悪化していた貧血も、入院時に行った輸血により、以前の水準にまで改善し、食事もとれているとのことだった。私は入院してよかったという安堵を覚えていた。それだけに、あまりにも予期せぬものだったのだ。

「すぐに来てほしいんです。来れますか？」と、医師に代わって電話に出た看護師が、性急な口調で言っていたが、すぐに駆けつけられる距離ではなかった。事情を話し、近くに住む親戚に連絡してくれるように頼んだ。看護師は、そちらに連絡してみますと言って、慌ただしく電話を切った。

私はただ呆然としていた。母が遠くに逝きかけているというのに、はるか何百キロも離れたところにいる自分は、すぐそばに駆けつけることさえできず、何もしてやれないのか。だが、それさえ、もはや意味のない事態に至ってしまおうとしている。駆けつけたところで、母はもうそこにはいないのだ。

母は死んでいてもおかしくない状況に何度か遭遇している。そうした危機を生き延びてきた母だったから、奇跡的に息を吹き返すということがあっても不思議はないかもしれない。だが、医師としての私は、もう母が帰ってこないことを感じていた。

私はめまいのように、現実感が遠のくのを覚え、電車のシートに崩れるように座り込んだ。

自宅に戻りついたのは、六時半頃だったと思う。スーツケースに荷物を詰めていると、再度携帯電話が鳴った。電話をかけてきたのは、若手の医師ではなく、病棟部長の医師だった。心肺蘇生を続けているが、まったく反応がないこと、もう肋骨も折れてしまっていることを告げ、まだ続けましょうかとの確認だった。私は心肺蘇生自体も母の本意ではないことを知っていた。それにこれ以上、母を傷つけたくはなかった。止めていただいていいですと、私は伝えた。医師は時刻を確認した。午後六時四十五分、それが母の死亡時刻となった。

「死因がよくわからないので、せめて頭のＣＴだけでも撮らせていただけませんか」と医師は言った。死因を調べるという医学的な関心と、母の死はあまりにも別次元なことで、私は何か見当違いなことに付き合わされている気がしたが、治療に熱心に取り組んでくれていた医師だからこその思いと受け止め、医師の申し出を拒まなかった。

「（病院到着まで）どれくらいかかりますか」と尋ねられ、四時間くらいだと思いますと答えた。「待っていますから」と医師は言った。

車で最後に帰郷したのは、もうずいぶん前のことだった。五十代も半ばを過ぎると、長時間の高速道路の運転が大儀になり、新幹線と特急電車で帰り、レンタカーを借りるということが増えていた。もっと若い頃は、車の運転の負担よりも、ささやかな計画や楽しみの方に気持ちがいったものだ。ほったらかしたまま、年に一、二度しか会わない父や母を、どこかに連れて行って、罪滅ぼしをしようという気持ちもあった。父や母が待っていてくれるというだけで、故郷の実家は、やはり特別な場所だった。そこには、母という小さな太陽があって、私や周りの人を照らしてくれているという感覚があった。

しかし、その夜は、車で故郷へと向かいながらも、その小さな太陽が失われ、ただ暗闇の底へ落ちていくような気持ちになっていた。母の笑顔は待っておらず、亡骸となった母に会うことしかできない。母がもう生きてはいないということを確認するだけのために帰って行くということに、恐れを感じつつも、同時に、一人亡くなった母のもとに早く行ってやりたいという思いもあった。

名神から山陽道、瀬戸中央道、高松道と通り、大野原インターで降りて、病院に到着したのは午後十一時前だった。感染対策の厳重なチェックを受け、六階の病棟に上がると、電話で話した医師は、言葉通り待っていてくれた。案内されたのは、ナースステーションに隣接した処置室だった。母はそこに寝かされて、われわれの到着を待っていた。母は、個室ではなく、差額ベッド料のかからない四人部屋の一般病室に入院していたので、この処置室で、心肺蘇生などの処置を受けたのだろう。

母は思ったより穏やかな優しい顔をしていた。苦しんだ様子はなかった。それが救いだった。まるで眠っているようだった。午後四時には、まだ元気だった姿を看護師が確認しているとのことだったので、本当に突然、容体が変わったのだろう。

部長の医師が説明したいと、別室に私を招いた。本当に予想外のことだったと、部長は首をひねった。「頭のＣＴも撮りましたが、きれいでした」と、画像フィルムを並べながら説明した。実際、母の脳の画像は、ほとんど萎縮も、梗塞の痕(あと)もなく、きれいだった。頭はしっかりしていて、二、三ヶ月前に腰を痛めるまでは、読書も好んでしていた。

部長は、モニター心電図の記録をたどりながら、五時頃から心電図の波形が変わって心拍数が七十くらいに減り、このときから何らかの異変が起きたと思われると話した。

心拍数七十は、通常なら正常値のど真ん中だが、母はかなり貧血があったため、いつも心拍数が百くらいあったのだ。百の心拍数は母の体を維持するのには必要で、それが何らかの原因で維持できなくなったと思われる。さらに心拍数が落ち、心停止に陥ったが、気づかれたのは、さらに時間が経ってからだったという。というのも、母の心臓にはペースメーカーが入っていて、電気的な刺激で無理矢理動かしていたので、モニターの警告ブザーが鳴ったのは、心臓がまったく反応しなくなってからで、時間のロスが生じてしまったと推測されるという。

いまさら、原因を追及したところで、母が生き返るはずもないという思いが、そうした説明を無意味なことに思わせた。ただ、母が苦しまずに、眠るように亡くなったのなら、少しは慰めに思える。

すると、医師が少し改まった口調になり、「実はもう一つお詫びしないといけないことがありまして」と言った。何事かと、私も居住まいを正すと、「心肺蘇生の段階で、本来なら、ボスミン（アドレナリン）を打たないといけないところを、看護師が間違えて、フィゾスチグミンを渡してしまったんです」と打ち明けた。効果がないので、三本打ったが、そこでようやく間違いに気づき、あらためてボスミンを使ったが反応しなかったという。フィゾスチグミンは、アセチルコリンの作用を強め、むしろ徐脈にしてしまう。蘇生の可能性を無残に断ち切るミスだった。

「結果には変わりがないと思いますが、途中、反対の治療をしてしまったわけで、申し訳ありませんでした」と医師は詫びた。

私は絶句していた。長年母を担当してもらっていたこの医師のもとならば、ちゃんとした医療を受けられるだろうと信頼していたのだが。母が不憫に思えた。最後の最後まで、きちんとした手当てを受けられなかったとは。息子が医者をしていたところで、何の役にも立たない。だが、若い医師やこの部長を責めたところで、母が戻ってくるわけでもないという思いが、すべてを空しくした。母もそれを望まないだろう。

私は話を変えた。

「母は何か言っていましたか。入院中、どんなことを話していましたか」

私は母の最後の日々について、何か小さな言葉の端くれでも聞ければと思い、尋ねてみたが、

「私はあまりお母さんとお話しする機会がなかったので」と、医師は言葉を濁しただけだった。

医師にとって関心は、母の病気や死因であって、母という人間や人生ではないのだということ。それは病院ではあまりにも当たり前のことかもしれないが、何かとてもやりきれない隔たりを感じた。

母はそういう無機質な場所で、最後の五日間を過ごし、旅立ったのか。

その心中の孤独を思い、どういう手段を講じてでも、母と話ができるように手を打たなかったのか。母はそういう特別扱いや例外を嫌い、規則に従うことを優先する人ではあるが、もっと何かできなかったのか。

病室にしても、母は一般の病室に入院し、それについて何も言わなかった。父のときには、何ヶ月入院しようと、差額ベッド料のかかる個室で過ごした。母は人に気を遣う性分だったので、本当は個室に入りたかったはずだ。だが、自分からは何も言わず、私もそこまで気が回らず、新型コロナで面会もできないので、一人個室にいるよりも、人の出入りがある大部屋の方が、寂しくないのではと思ったりもしていた。

新型コロナで面会ができないのであれば、せめて電話で話をさせてもらえるように、頼み込めばよかったのではないのか。母は遠慮して、何も自分からは求めなかった。そもそも胸が苦しくなり出したときも、ナースコールを遠慮してしまったのではないのか。自分が我慢すれば、それでいいと思ってしまったのではないのか。

母が一ヶ月か二ヶ月でも入院生活を送って、その間、病床に通い、弱っていく姿を目にしながら、少しでも世話をしたり、優しい言葉をかけたりできたならば、その死はもっと受け入れやすいものだったかもしれない。だが、ついに私は母を一度も見舞うこともなく、何一つ世話をすることもなく、感謝やいたわりの言葉さえかけることなく、母はただ一人、病床で短い最後のときを過ごし、看護師が異変に気がついたときには、息絶えていたのだ。

新型コロナウイルス感染症のために、面会することも許されなかったとはいえ、心のどこかで、その事態に甘えて、仕事や自分の都合を優先させていた自分がいたのではないか。

母にしてもらったこと、母が払い続けてきた犠牲のことを考えたとき、そして、私に迷惑をかけまいと、母がとった決断や行動のことを考えたとき、私は母がかわいそうでならなかった。と同時に、自分に腹が立った。母が本当に助けを必要としていたとき、私は母に何をしたのか。

母は最期に私に話したいことがあったに違いない。私にもあったが、私にはまだ母が逝ってしまうということへの覚悟がなく、母が弱気なことを言い出したとき、「腰痛くらいで、死んだりしないよ」と、母の言葉に耳を閉ざした。母と別れの言葉など交わしたくないという無意識の思いも働いて、悪い可能性を見ようとしていなかったのだ。

何も伝えられないまま逝ってしまったという事態を前に、私が感じていた戸惑いと後悔は、自分がその事態を招いたのだという思いとともに私の胸を塞いでいた。

母に言えないままになってしまった言葉が、私の心につかえたまま、それがいまも私を息苦しくしている。

母の遺体に付き添って、病院を後にしたのは、深夜十二時頃だったと思う。二人の医師、看護師らに見送られ、母の遺骸を載せた葬儀社の車が走り出した。私は、母の横に付き添いながら、母が病院に来たときのことを考えていた。母は私が指示した通り入院したのだが、腰痛がひどくて歩くこともままならなかったため、救急車を呼んだ。そのとき、付き添ってくれたのが、すぐ近所に住む親戚のおばさんだった。おばさんといっても、亡くなった父の兄の長男さんの嫁で、ご自身も足の手術をして間もないということもあって、母としては、頼るにも遠慮があった。それでも、母が連絡するとすぐに来てくれて、入院の面倒な手続きをすべてやってくれたうえに、母のそばに長時間ついていてくれた。

新型コロナのため、病棟に入れるのは、入院のときに一人のみという制約があって、一旦出てしまったら、もう入れてもらえないということだったので、母が心細いと思って、気を遣ってくれたのだ。

母は救急車で搬送される途中、付き添ってくれたおばさんに、もし自分が亡くなったら、自宅に戻らなくていいので、直接、葬儀場に運んで、通夜をしてくれたらいいと話したという。自宅にわざわざ遺骸を運んで、手間をかけさせるのが申し訳ないという気持ちだったのか。そのことを、おばさんから聞いていたが、私は自宅に連れて帰りますと、葬儀社に伝えた。

母は遠慮ばかりするので、その通りにすると、母が本当に望んでいることではないことをしてしまうということを、今回つくづく味わわされていたので、私は母の言葉にあえて逆らうことにしたのだ。

そのおばさんも、後で、「連れて帰ってあげて、本当によかった、お母さんも喜んでいると思う」と言ってくれた。

小さな町は闇に包まれていた。実家の前に車が着くと、ストレッチャーで中に運ぶのだが、その前に母を寝かせる布団を用意する必要があった。

家の中では、親戚の人が何人か来て、掃除機をかけたり、押し入れから布団を出そうとしたりしていたが、母が普段使っていた布団は、いかにも安っぽく、くたびれたもので、それに寝かせるのはためらわれた。二階の押し入れで、客用の少しましな布団を見つけて、それを抱えて降りた。

一階にある八畳の座敷に敷いた布団に、白い装束に身を包んだ母は寝かされた。ちょうど一年前、父の亡骸も同じところに寝かされて、自宅で一晩過ごしたのだ。

その夜、私は、最近実家に来たときには、いつもそうしているように、二階の部屋で寝た。この二階の和室は、もともと父と母の寝室だったが、父が心臓の手術をした頃から、一階の奥の六畳で二人とも寝起きするようになった。階段は、踊り場のない急峻なもので、心臓の悪い年寄りが上り下りするのは、骨が折れるうえに危険だった。

実際、母は、二十年ほど前に、階段の途中で意識を失って、転落したことがあった。気がついたら、玄関の三和土(たたき)で倒れていたという。奇跡的に大した怪我もなかった。そのとき、母は、救急車さえ呼ばず、自分でバイクを運転して、病院に行った。父がいたら、さすがに車で病院に連れて行っただろうが、そのとき、父は二度目の心筋梗塞を起こして入院しており、家には母しかいなかったのだ。

骨はどこも折れていなかったが、別の重大な病気が見つかった。房室ブロックといって、心臓の電気信号が伝わりにくい状態になっていたのだ。そのため、極端な徐脈になることがあり、アダムス・ストークス発作という失神発作を起こしたのだ。そもそもの原因は、サルコイドーシスという難病だった。心臓や肺など全身の臓器が変性し、やがて繊維化し、機能低下を起こす。心臓に関しては、まだ手立てがあった。心臓にペースメーカーを埋め込むことだ。母はたった一人で、その手術を受け、すっかり落ち着いてから電話をかけてきて、一部始終を私に報告した。

このサルコイドーシスに加えて、体の臓器にアミロイドが沈着するアミロイドーシスという難病まで、その後、母は抱えることになる。それから二十年の間に病気は徐々に進行し、数年前には、片方の肺がまったく機能しない状態に陥っていた。さらに、貧血もじわじわと進んでいた。息切れや動悸が頻繁に起きるようになった。それでも、母はじっとしていられない性分で、庭の草を抜いたり、野菜や花に水をやったりすることを止(や)めようとしなかった。息切れがすると、私が送ったオキシメーターという機械で指先をつまんで、酸素飽和度(サチュレーション)を測定する。八十六とかになると、苦しいが、しばらくおとなしくしていると、九十台に戻ると話していた。その話を聞くたびに、無理をするなということを言うのが関の山だった。

　自分以外に、家事も、庭の草取りも、誰もしてくれるものはいないのだから、無理をするなと言ったところで、それこそ無理である。ただ口先だけの言葉に過ぎない。それでも母は不満一つ言うこともなく、こっちは大丈夫だと、言うのが常だった。

　思えば、あの体で、よく生きたと言うべきかもしれない。母を生かしてきたのは、父を支えねばという一途な思いだったのか。

　難病に蝕(むしば)まれた体で、心筋梗塞に倒れた父に付き添い、病室で寝泊まりして看病したり、父が退院した後も、心臓の機能が何割か失われた父の代わりに、家事全般から畑仕事までこなしてきた。父が八年前の二〇一二年五月に心臓バイパス手術を岡山の病院で受けることになったときも、母は二ヶ月近くも、父のベッドの隣に置いてもらった小さな長椅子の上で寝泊まりして、最初から最後まで付き添った。というのも、その頃、父の認知症が始まっていて、病室からいなくなったりするので、目が離せなくなっていたのだ。

私はというと、たった一晩だけ、母に代わって父に付き添ったことがあったが、父の様子は気になるし、看護師は始終出入りするし、寝返りも打てない狭い長椅子の上では、とても眠れたものではなく、病院で当直している方が、余程楽なくらいであった。

私が付き添いを代わっている間に、母は香川の実家まで、瀬戸大橋を電車で渡って帰り、動力噴霧機を動かして、一人で畑の野菜に農薬散布をしてきた。それでも、ついでにお風呂には入れたと喜んでいた。

父は、手術がうまくいって大分元気になった。一年後には、旅行することもできるほどになった。母が食事から何から管理して、母の力で治したと言ってもよかった。その頃が、母は一番幸せだったのではないか。だが、幸せなときは、長くは続かなかった。

いつもなら、朝五時頃に母が起き出す物音がして、実家での一日が始まるのだが、その朝は、家の中は静まりかえったままであった。母は白い布をかぶせられて、黙って横たわっていた。その沈黙が、死にほかならなかった。

布をとって、母の顔を見た。昨夜と変わっていなかった。私はほっとして、布をかけた。

最後に、この家で母と過ごしたのは、今年の正月ということになる。大晦日に帰ってきて、二日には京都の家に帰ったので、わずか二晩滞在しただけだ。母はもう少しいてくれると思っていたようで、二日に帰ると言うと、珍しく寂しげであった。

かといって、母はこの家を離れる気はないようだった。

「京都に来て、一緒に暮らさないか」と誘ってみたこともあるが、母はただ黙って首を振り、「私はここがいい」と言うだけだった。

母の人生を振り返ったとき、この家ほど母を苦しめたものはなかったとも言えるが、その家がいまは何よりも、母の拠り所となっているようだった。

この年になっても、母親を失うということは、大地が抜けるような喪失感と動揺を引き起こす。それだけ、心のどこかで頼っていたのか。年に一、二回しか顔を合わせず、遠く離れて暮らしていても、母が見守ってくれているという安心感があったのか。この何年かは、あまり心配をかけないように、面倒な話は避けて、安心させるような話題を選ぶようになっていたし、話す内容はもっぱら父や母の体調のことが多かったが、それでも、母は私の微妙な声のトーンから、私の心中や状況を察して、言葉をかけてくれた。

もっと若かった頃は、心配なことや不安なことがあると、私は母に最悪のことを話して、それで、自分を落ち着かせることもあった。おかげで母は、私から電話がかかってきた後は、心配で眠れなくなることもあったようだが。母はそのことで、とやかく言うこともなかった。

私には、そんな母がこの年までいてくれたという幸運を感謝すべきなのかもしれない。九歳のときに母親を失った母からすれば、それは母自身が決して得られなかった贅沢であり、叶うことのなかった願いだったはずだから。

2

母親を失ったとき、母は小学校三年生だった。いまから七十五年前と言えば、一九四五年終戦の年である。季節はまだ寒い頃で、戦局が悪化の一途を遂げ、いよいよ敗色が濃くなろうとしていた。その二、三年ほど前から母の母親は肺病を患い、床に臥しがちになっていたが、ときには調子がいいときもあり、そんな母親の病状に、家族が一喜一憂する日々だった。

母の記憶に残る母親の元気な頃の姿は限られていたが、その一つは、ある日、母親が、家の前の小川で、積み上げた大根を洗っていたときのことだ。洗った大根を荷車に載せて、市場に売りに行ったという。そして、その帰りに、学校で使うカバンや筆箱、それに靴を買ってくれた。もう戦争が始まっていて、物不足が深刻で、靴も、ちょうどいいサイズがなく、幼い母の足には大きすぎたが、母親がそんなふうに自分のために、入学の準備をしてくれたことが、うれしい記憶の一つとして残っていたようだ。

これも母が私に何度も語ってくれた話なのだが、母が覚えていた最後の母親の元気な姿は、思いがけず運動会に来てくれたときの光景であった。

その日、母が学校からとぼとぼと帰ると、もう床に臥せり始めていた母親が、「節子を連れて散髪に行っておいで」と言った。節子とは母の五歳年下の妹のことだ。翌日は運動会だったが、母親が来てくれるとは、思っていなかった。妹を散髪に連れて行きなさいということは、母が運動会に来るつもりだということだ。そう察した母は、小躍りしたいくらいうれしくなった。

母はまだ三つか四つの妹の手を引いて、散髪屋に行くと、自分と妹の髪を切ってもらった。翌日、母親はお弁当をこしらえて、運動会に来てくれたという。母親が来ていない子どもに気を遣って、お弁当を一緒に囲んだ。家までの道を並んで帰る光景を、母は夢でも見るように語ってくれたので、私は母とその場にいたような気持ちになった。

その光景が、それほど母の脳裏に鮮やかに焼き付いていたのは、二度と同じような光景の記憶によって上書きされることがなかったからだとも言えた。毎年のように、運動会に母親が来てくれたなら、どの年の光景かを区別することは難しいだろうし、混じり合った記憶は、さして印象のないものになってしまって、おぼろになっていたかもしれない。

母はたった一度しか、そういう思い出をもたなかったがゆえに、それを何十年経っても、昨日のことのように語ることができたのだ。

母はとても記憶力がよかった。ずっと後のことだが、始終物がなくなって、捜し物ばかりしている私とは対照的に、母に聞くと大抵、「あれは、あそこで見た」と記憶をたどって、見つけ出してくれた。その記憶力のよさで、母は自分の身に起きたことを、目の前で起きているように語ってくれたので、私は母の人生を自分のものの一部のように共有してきたのかもしれない。

だが、母親トクの病状は、戦況の悪化とともに、重くなっていった。ずっと病臥する日が続き、誰の目にも衰弱は明らかだった。そんな冬のある日、母親は子どもたちを一人一人枕もとに呼び、言葉をかけたという。

母親は家に一つある裸電球の灯りが、満足に届きかねる、薄暗い奥の四畳間で寝ていた。

私がまだ幼かった頃から、母は何度もその場面を語った。

母が恐る恐る母親の寝ている布団のそばに座り、屈み込むように母親を見ると、母親はじっとわが子の顔を見て、弱々しい声で言った。

「お母ちゃんの足に触ってみて」

言われるままに、母が布団の中に手を差し入れて、足に触れると、それはとても冷たかった。

「冷たいやろう。お母ちゃん、もう足まで死んどるんで」

母は何も言えず、ただ黙っていると、母親は続けた。

「お母ちゃん、まだ小さい、あんたらのために治りたいと思ってな、いっしょうけんめい頑張ってきたけど、どうやらそれも難しいみたいや。あんたには、申し訳ないけど、お父ちゃんの言うことをよう聞いて、ええ子でおってな。節子の面倒をみてあげて。頼んだで」

九歳の母は声も出さずに涙をこぼしながら、母親の永訣の言葉にうなずくしかなかった。

母親のトクはそれから数日後に亡くなった。

母親が亡くなるということは、とてもつらい出来事だが、ある意味、そのとき限りの出来事である。母が亡くなったこと自体の衝撃や悲しみは、時とともに癒えていく。だが、母が味わうことになったこと、母親を失うということの本当の意味と悲しみは、もっと遅れてやってきて、ずっと長く続くものであった。

母は私にそのことを、いろいろな言い方で、何度も伝えようとした。母親を失うことが、どういうことであるかを。

「母親がいない子は、本当にみじめやで」

母の暮らしから、本当の楽しみや喜びは失われてしまったようだ。すべてが色あせたように感じられ、その彩りがすっかり戻ってくるまでには、それは長い時間がかかることになった。

他の子が楽しそうにはしゃいだり、笑ったりしていると、母は何が面白いんだという気持ちになった。楽しそうに笑っている子どもたちが、腹立たしかった。

母が中でもみじめに感じたのは、母の日のカーネーションだった。母親のいる子は、赤のカーネーションをもらえるのに、母親を亡くした子は、白いカーネーションを渡された。他の子が、赤のカーネーションの造花を誇らしげに胸に挿しているのを見ると、母は思わず下を向いてしまった。みんなが当たり前にもっているものを、自分はもっていないということ。母にとって、母親を失ったことは、原罪のような恥ずべきことにもなってしまったようである。

母が、どこか消極的で、引っ込み思案で、自分を卑下する性格になったのは、こうした体験が大いに与っているのだろう。自分を恥ずかしいもののように感じてしまうところが、母にはあった。世間体を気にする傾向も、自分が人とは違う存在だという、母親を失ってから抱き続けてきた思いと重なっていたのかもしれない。

母には、話し好きで、一緒にいてとても楽しい一面と、途方もなく暗く、悲観的な一面があった。私の記憶に残る、若い頃の母は、後者の面が色濃かった。後年母は、そういう傾向を少しずつ克服していくことになるが、私が子どもだった頃には、母にとって、自分の母親を早く失った傷跡が、まだ生々しく残っていたのである。

母親がいないという悲しみを、また別の形で、母が私に教えたことがある。

それは、私が小学校二年のときのことで、七月のある暑い夜のことだった。

母は、私の弟を身ごもっていて、臨月を迎えていた。その夜、地区の児童会で七夕祭りの行事が行われた。その集落の子どもたちが十人ほど集まって、出し物をしたり、ハンカチ落としのようなレクリエーションをしたり、カレーライスを食べたりする。外の縁台には、願い事を書いた短冊をつるした笹がくくりつけられ、スイカやらお菓子やらも供えられている。最後のメインイベントは、その縁台の周りにみんなが集まって、花火をすることだ。

いつもなら母が手助けをしてくれたに違いないが、臨月の母は、その日来ていなかった。我先にと花火の袋に手を伸ばし、年長の子は自分で、低学年の子どもは、親が代わりに手に取らせてやり、次々と炎の花を咲かせた。みんな自分のことに夢中で、一人取り残されている私に気がつく人はいなかった。花火も終わり頃になって、ほかの子の親の一人が、ようやく気づいてくれて、線香花火をもたしてくれたが、あっというまに火が落ちてしまった。私がもう一度やろうと、手を伸ばしたときには、花火の袋には何も残っていなかった。

それからスイカをもらって食べたはずだが、そんなことも気持ちの慰めにはならなかった。闇にくれた道を駆けて帰ると、縁先から、ぼんやりと母の寝ている部屋が浮かび上がって見えた。蚊帳（かや）がつるされていて、それに小玉の電球の灯りが、淡くにじんでいたのだ。

大きなおなかをかかえて、横になっている母のところに駆け込むなり、自分がどんな仕打ちを受けたかを、母に訴え出した。「みんな自分の子にばっかり、花火を渡して、僕なんか誰も、何もくれんかった」。私はそう言いながら、抑えていた悲しさがあふれ出したように、涙を落とした。

母は黙って私の話を聞き、伸ばした手で、私の背中を撫でていたが、悲しそうにこう言った。

「お母ちゃんが一日おらんでも、そんな思いをするんで。お母ちゃんは、そんな思いをずっとしてきたんで」

そのとき初めて、私は母親がいないということの意味を、幼いながらに少し理解した。守ってくれる人がいないということ、手助けしてくれる人がいないということ、頼る人がいないということ。その心細さと理不尽さと、実際に被(こうむ)ることになる途方もない不利益と。母は自分と同じくらいの年からずっと、自分がいま味わってきたような思いをしてきたのだということが、強く私の胸に迫った。

私は自分が泣きべそをかいて、母に嘆いていることが、些細な悲しみに思えてきた。母が味わってきた終わりのない悲しみに比べれば、たった一晩嫌な思いをすることなど、嘆くことでもないかもしれない。

私は泣くのをやめた。憑き物が落ちたように。

いまから考えると、出産を前にした母の心には、ある病気のため、自分の命が危ういかもしれないということ、もしものとき、遺していくことになる私の行く末など、さまざまな思いがめぐっていたに違いない。

自分の母親を早く亡くした母にとって、我が子にだけは同じ思いをさせたくないという気持ちが強くあった。もし自分に何かあれば、この子の身にも、また同じことが起きてしまうと思わずにはいられなかっただろう。

母の人生の最初の苦労は、母親を早く失ったところで始まったが、それはある意味、常識の範囲内にあるとも言える苦労だった。不幸ではあるが、一定の割合で、親を早く失う子どもはいる。ましてや戦時中なら、そういうことは珍しくなかった。それは、子ども自身にはいかんともしがたいことであったが、受け入れるしかなかった。

だが、成人となった母が、この家に嫁いできて味わうことになった筆舌に尽くしがたい苦労は、一体誰が選んだものなのだろうか。母か、それとも、父か、それとも、世間知らずだった母をうまくだました周囲の人間か。

その苦労の一部には、その後、私も加担したかもしれないが、無論、私にそんな自覚はなかった。

少し達観すれば、この家を引きずり込んでいた不幸の渦に、誰もが巻き込まれ、そうなってしまったのであり、誰も望んでそうなったのではないと言うべきかもしれない。

しかし、達観できるようになるまでには、どれほどの苦しみと嘆きを繰り返さなければならなかったことか。

ただ言えることは、二十二歳の母は、見合いの席に訪れた二十五歳の父を気に入ってしまったということだ。それが苦労の始まりだったとしても、自らが選んだ人生を全うした母は、自分でその代償も払ったし、報いも受け取ったのだから、何も言うべきことはないように思う。少なくとも、母がこの茨の道を選んでいなければ、私がこの世に存在していないということだけは間違いない。

早く母親を失った母だったが、一つ救いだったのは、母からすると十一歳年上になる姉の千代子が、婚期を遅らせ、母と妹の母親代わりをしてくれたことだった。千代子は、評判の美人で、いくらもいい縁談があったが、それを断り続けた。授業参観にも、姉が来てくれた。普段は厳しい教師も、姉の顔を見ると思わず相好(そうごう)を崩した。おかげで母は少し得をすることもあったと、笑いながら話してくれた。ことに中学のとき、母の担任だった若い男性教師は、まだ独身で、千代子に関心があったらしい。母親がいないことを気の毒がってということもあるだろうが、母は何くれとなく、その先生に、可愛がってもらえた。母もその先生のことがまんざらではなかったらしく、私が高校生の頃まで、よくその先生の話をしていたくらいだ。母の空想の中では、姉とその先生が結ばれるということを想像していたのかもしれない。

母は少しずつ明るさを取り戻し、高校では親友もできて、話し上手な才能を発揮し始めていた。その頃の母は、面白くて、愉快な存在と、友達からは思われていたようだ。寂しさを紛らわすために、明るく振る舞うことを覚えていったのか。田舎育ちであったが、文学少女と言っていいくらい、本もよく読んでいたし、映画も熱心に見ていた。詩や小説を書くという夢も抱いていたようだ。

母親はおらず、生活にもそれほど余裕はなかったが、父親の榮助（私にとっては祖父）は気骨と才覚のある人で、畑仕事の傍ら、農閑期には、黒砂糖の釜炊きの仕事に出て、家計を補った。砂糖の釜炊きは、重労働なうえに、熟練を要する仕事だったが、榮助は何でもコツを覚えるのが早く、彼の炊いた砂糖は飛ぶように売れたので、よい実入りになった。

貧しいなりに、苦労して稼いできた金で、子どもたちにもできるだけの教育を受けさせた。それでも、娘を高校に行かせるのは、まだ庶民には贅沢な時代だった。母が高校に行けたのは、まだ独身だった下の兄・富美男（ふみお）が、「シゲル（母の名）の学費ぐらい、おれが稼ぐ」と言ってくれたからだと、母は何度も話していた。富美男は、母が高校に通うための自転車も買ってくれた。

ちなみに、母は「シゲル」という男性に使うことの多い自分の名前が嫌いで、「どうしてこんな男みたいな名前にしたん？」と、父親に不満を言うこともあったらしい。

高校の卒業が間近になったとき、母は保育士（当時は保母さんと呼ばれていた）になりたいと思って、父親に短大に行かせてほしいと、怖々切り出したことがあった。

父親は深く息をついてから、重い口を開いた。

「おまえが一番下なら、そうしてやりたいが、もう一人おるきんのう」

母はそれ以上言っても無駄だと悟り、「わかりました」と話を終えた。

それでも、榮助はそのことを不憫に思ったのか、母は高校を出ても、勤めに出されることはなく、代わりに、パリス洋裁学院という観音寺にあった洋裁学校に通うことになった。母は手先が器用で、裁縫や編み物が得意だった。和裁にするか洋裁にするか、思案した末、これからは洋裁だろうということで、洋裁に進むことにしたのだ。

洋裁学院を一年で終えると、クマヤという洋裁店に就職した。

父との縁談が来る頃には、母は洋裁で、そこそこいい腕をもっていたので、会社勤めの人と一緒になって、洋裁を続けたいと思っていた。

箱入り娘とはいかないが、父親と姉兄から守られ、母親が欠けてしまった不足を補いながら、おおむね大切にされていたと言える。

それが、どこでどう計画が狂ったのか、母の人生にいきなり、想定外とも言える父が登場することになったのだ。

その日、父は威勢よく「ごめんください」と大きな声を張り上げ、見合いの席である母の家に現れた。まあ、声の大きな、元気のいい人、というのが、最初の印象だったという。

父は、当時マッシュルームの栽培の研究をしていて、その話で、榮助と盛り上がった。研究をしていると言っても、一介の農家の息子で、アマチュアに過ぎない。ただ、その情熱と真剣さに心を動かされたのか、榮助の方が、見所があると、思ったらしい。

母も母で、隣の部屋から、父をちらっと見て、何かを感じたらしい。見合い写真で顔は見ていたが、実物は、男ぶりも風采も思った以上だったのだ。

この風采に関して、ちょっといわくがある。父は戦争中の子どもらしく、背丈はないのだが、座高が高く、肩幅が広いので、正座して座っていると、とても立派な体格に見えてしまうのだ。あれにだまされた、と母は笑いながら回想したものだが、そうと気づいても、一旦傾き出した心は、元には戻らない。

しかも母は、すっかり上がってしまったのか、父に出したお茶を零してしまった。この出来事も、母を動揺させ、冷静さを失わせることになったのか。父を気に入って気が動転したのか、お茶を零して、気が動転したのか、どちらが先だったのかは、わからないが、話はトントン拍子に進むことになる。

だが、これは、底なしの不幸へと、何も知らない母を引きずり込む、恐ろしい罠でもあったのだ。

父の方は、人にはおおっぴらに言えない、ある不幸な事情を抱えていた。それを知っていたら、母の決断もあるいは鈍っていたかもしれないが、父はもちろん、誰もそのことを母に知らせなかった。祖父は、父のことをすっかり信用して、点数が甘くなったのか、それとも、祖父自身、知らなかったのか。祖父は、「娘を嫁がせる家を調べなかったの？」と、その後、母から何度も問い詰められる度に、人を立てて聞いてもらったが、よい評判しか聞こえなかったのだと弁明していたから、祖父自身、思ってもみなかったのかもしれない。

他言無用の事情とは、父の母親、つまり私の祖母が心を病み、その異常な振る舞いのために、すでに長男夫婦が家を出る羽目になっていたということである。跡継ぎを託されたのが、長兄よりも九歳年下の父であった。

そもそも祖母の精神が明らかに異変を起こしたのは、父を産んでからだという。産褥期精神病と呼ばれるものだったのか。父は正気の母親を、ほとんど知ることなく育ったことになる。父は母親のことを、一度も悪く言うことはなかったが、子どもの頃の思い出として、母親が勝手に小学校にやってきて、独り言をぶつぶつ言い、連れて帰ろうとしても、なかなか帰ろうとしないので手を焼いたことや、恥ずかしくて家に友達を連れてこられなかったことを、語ったことがある。

遠足の日に、母親の調子が悪くて、弁当を詰めてくれない。仕方なく自分で握り飯を握って、新聞紙に巻いたら、飯に新聞紙が張り付いてとれなくなったので、新聞紙も一緒に食べたというような話を、父は笑いながらすることもあった。もう自分の不幸を笑うしかないという態度だったのか。ネグレクトされることが当たり前の環境で、父は育ったのだろう。

とはいえ、父がまだ小さい頃は、家は貧乏というわけではなかった。というのも、父の家は小作農家ではなく、小さな村での話だが、村で四番目くらいの広さの土地を持っていて、住み込みの女中や下働きの下男もいたという。

家運が傾き出したのは、母親が精神を病んで、家の中が不穏になったうえに、父の叔父が東京の大学に行くために、多額の仕送りが必要で、土地を手放し始めたことからだった。当時、地方の庶民にとって、家族の一人を東京の大学にやるというのは、他の家族に大変な犠牲を強いることであった。いまで言えば、米英の名門大学に留学させるかそれ以上の負担感だったのだろう。

ちなみに、母の母親が肺病に倒れてしまったのにも、母の叔父が、東京の大学に行ったことがかかわっていた。責任感の強い榮助は、弟の願いを叶えようと、仕送りを続けた。だが、母の家は当時小作だったので、なおのこと大変であった。野良仕事では、生活をするのもやっとである。昼間の仕事を終えてから、夜中まで叺(かます)織りをしたという。叺とは藁(わら)で織った袋で、一つ数十銭にしかならなかった。数十円の仕送りをするためには、どれほど果てしない労働を強いられることになったのか。それでも文句一つ言わず、トクは、夜なべ仕事に励んだという。だが、その無理がたたって、結局、体を壊してしまう。

　父の実家の方は、土地財産を減らしたとはいえ、まだそこまで困窮していたわけではなかった。だが、一家の中心である母親タケが精神異常を来し、主婦として満足に機能しない中、父親の三四郎一人では、六人も子どもがいる家の切り盛りは、とてもできなかった。坊ちゃん育ちだった三四郎には、人のよいところがあり、それが徒（あだ）になった面もあった。

　機械化する以前の農家は、余程の豪農でもない限り、一家全員の労働力を当てにして、ようやく成り立っていた。当然、妻も重要な労働力だったのだ。ところが、祖母は、もともと野良仕事が嫌いだったらしいが、精神に変調を来してからは、激しく毛嫌いするようになった。祖母は、自分をお姫様のように思いたかったようだ。気位の高い祖母に逆らうことは、誰にもできなかった。

　しかも、戦況が悪化すると、当てにしていた長男を兵隊にとられてしまった。どうにか戦争が終わって、長男が無事に帰還したのを喜んだのもつかの間、伊達者だった長男は、百姓なんかしたくないと言って、勤めに出てしまった。そのうち、小学校の女教師と恋愛して、嫁にもらいたいと言い出した。その女性は、瀬戸内の島にある、由緒ある網元のお嬢さんで、まさかその女性に鍬（くわ）をもてとも言えず、結局、祖父の三四郎は、まだ一丁五反あまりあった田畑の維持に手を焼くことになった。

事態はさらに紛糾する。下にも置かないように迎えた嫁だったが、気位の高さでは、祖母にひけをとらなかった。それでも、最初の一、二週間は、小学校の先生である嫁の方も、祖母をそれなりに持ち上げて接したためか、祖母も機嫌がよかった。祖母の調子には波があって、まるで嘘のように平穏な日々が何週間か続くこともある。だが、ひとたび嵐が来ると、平穏だった日が長いほど、荒れ方もひどくなった。どっちにしろ、衝突は時間の問題だった。

どういう心境で、小学校の先生を嫁に迎えた一家は、やがて起きる事態を待っていたのだろうか。このまま、ばれてしまう日が来ないとは、誰も思っていなかったはずだ。いずればれるにしても、それまでに既成事実を作ってしまえば、後はどうにかなると考えていたのか。そういう無責任さが、この一家にはあった。自分たちの都合のためには、誰かを巻き添えにしたり、ひどい思いをさせることになっても、それは起きてしまったことで、仕方がないとでも言うような。

祖母がボロを出し始めたとき、一家の思いとしては、小学校の先生が諦めて、姑の病気を受け入れることを期待していたに違いない。他の家族にとって、それは当たり前の日常で、家族の一員になるということは、その日常を受け入れるということだった。

だが、気位の高い小学校の先生は、姑の理不尽な発言に対して、一切容赦はしなかった。病気として受け入れるどころか、常識に合わないことを口走る姑に対して、「お義母さんは本気でそう言っているのですか。それは、頭のおかしい人間の言うことです」と正論で嚙みついた。祖母は激高した。「何じゃと。私の頭がおかしいと言うんか」。祖母は、自分がどれほど高貴で、賢い存在かを言いつのり、嫁はそれをせせら笑った。猛烈な口げんかの末に、嫁は、「こんな狂った人とは暮らせません。帰らせていただきます」と吐き捨て、荷物をまとめて出て行った。

長兄も、嫁の後を追うように家からいなくなり、すったもんだの末に、実家の裏側の地所に、家を建てて分家させ、そこで長男夫婦は暮らすということで、どうにか折り合いがついた。そのとき、長男の分け前として、二反ほどの田を譲ったり、家を建てるための費用もかさんだり、さらに二人いた父の姉を次々と嫁がせる拵（こしら）えにも金がかかったので、一丁五反あった田畑は、一気に一丁ほどに減ってしまう。

それでも、祖父一人では手を余していた。そんな中、祖父が頼らざるを得なくなったのが、次男であった父である。

終戦を十三歳で迎えたとき、父は、旧制中学の二年生だったが、それから、祖父は卒業までの残り三年を指折り数えて待っていた。ところが、終戦後の学制改革で、終戦の二年後の昭和二十二年四月、新制中学、高校が発足する。五年制だった旧制中学は、中学三年間、高校三年間の六年制になった。つまり、父の卒業は、一年先延ばしになってしまったのだ。祖父の三四郎は、その一年が待ちきれなかった。父は旧制中学の年数で計算した五年を終えたところで、学校を辞めさせられることになった。

父は、そのときのことを、しんみり語ったことがある。雨がそぼ降る寒い日に、担任の先生がわざわざ家を訪ねてきたのだという。祖父に会って、何とか説得しようと試みてくれた。父の成績は優秀で、学業をここで断念するのは、実にもったいない。経済的に厳しいのであれば、学費を支援してもらう方法もないではない。是非とも考え直してほしいと。それに対する祖父の回答は、別にお金がなくて、学業を続けられないのではない。家がこの有様で、田畑を維持していく人手がないのだ。不憫だが、この子に頼るしか、他に方法がないと。そう言われては、教師の方も返す言葉が見当たらなかった。

父は豊浜の駅まで、先生を送っていった。言葉少なの道中、先生は、学校を辞めても勉強を続けることはできる。諦めないようにと言ってくれた。父は、その言葉を胸に刻んだに違いない。でなければ、父のその後の行動は説明がつかない。

父は、祖父とともに野良仕事をするようになってからも、暇を見つけては、「研究」にいそしむようになった。母と出会うことになるのは、高校中退の辛酸を嘗めてから八年ばかり経ってということになるが、父の研究心はいささかも衰えることなく、むしろ堂に入っていたのである。

父は、菌類に興味をもち、中でもマッシュルームの栽培に大きな野心と情熱をもつようになっていた。マッシュルームの人工栽培に成功することは、父にとって、中断した学業への無念さを晴らすと同時に、すっかり傾いた家運を立て直すという秘めた願いを実現することでもあった。

そんな情熱が、祖父榮助の心を動かし、そして、母をその人生に巻き込むことになった。それは決して、ドラマになるような成功物語として終わることはなく、誰もが目を背けるような阿鼻叫喚の地獄の始まりになってしまうのだが、だがそれが何だろう。真実が、どちらに多くあるとも言えないのではないか。

私は古今東西の数多くの伝記や評伝を読んできた。それらの大部分は成功した、幸運な人の物語であった。それに比べれば、父や母のような無名無学の庶民の、失敗続きの人生などから、何も学ぶものなどないと言われても仕方がない。父も母も、成功譚の主人公にはなれず、安物の人間喜劇を演じた、ただのピエロだったかもしれないが、それが我が父の、母の人生だった。しかし、それでも、私にとって、どんな優れた伝記や評伝よりも、私の心の奥底にあって、私を突き動かし続けたのは、父や母の人生である。

そんな秘密を抱えた家に、二十二歳の母は、何も知らずに嫁いでくることとなった。娘に肩身の狭い思いをさせまいと、榮助は相当な花嫁支度をした。祝言の何日か前には、運び込まれたタンスや衣装が所狭しと並べられ、祝いに訪れる人に披露された。着物だけでもたいそうな数で、祖母は、大いにご満悦だったらしい。

そして、当日、白無垢に身を包んだ母が到着した。生憎(あいにく)、鈍色(にびいろ)の空からは、梅雨の走りの雨が降り落ち、仲人がさしかけてくれた傘に守られながら、母は初めて我が家の敷居をまたいだのだった。

家はだいぶ古く、柱も黒ずんでいたが、古いたたずまいにしては、屋根が瓦葺きだったことが、むしろ母の目には印象的だった。というのも、母の実家は、藁葺きだったからだ。

この家が建った当時、瓦葺きの民家が珍しく、他県からわざわざ弁当をもって見物人が訪れたという逸話が残っているほどだった。しかし、そんな過去の栄華はとうに色あせて、波打ち、すき間から草が生えた屋根瓦や傷んだ建具からは、一家の困窮ぶりが嫌でも目についたはずだが、母は魔法にかかったように、明らかな欠点にも目をつぶったのだった。

婚礼の宴席の間、祖母は、特段異常なところを見せなかった。ただ、トラブルと言えば、宴もたけなわという頃になって、雨漏りし始めたことだった。雨を受ける金盥(かなだらい)の間の抜けた音に、誰も気がつかないふりをしていたが、母は自分のことのように恥ずかしかった。母の実家は藁葺きではあったが、よく管理されていて、雨漏りなどしたためしがなかったからだ。

虚栄心の強い祖母も、そのことが余程口惜しかったのか、母のところまでわざわざやってきて、「来年には、新築しますからな。もう床柱は買ってありますんや」と胸を張るので、母は「そうですか」と、感心して見せた。

だが、その後、それとなく新築のことを父に聞いてみると、「誰がそななことを」、と逆に聞き返され、「お義母さんから聞いた」と言うと、父は顔色を曇らせ、言葉を濁した。

それでも、母は、それが何かの兆候だとは露疑うこともなく、それ以上夫を追及することもしなかった。

新婚夫婦に用意されたのは、母屋とは棟違いの納屋の一部を改築した離れで、この地方では「ひや」と呼ばれていた。八畳の一間だけだったが、部屋の西側が気持ちのいい縁側になっていて、小さな庭を巡るL字の縁側に沿って進むと、大小便が別になった厠(かわや)があった。

母屋は古かったが、こちらの離れは、改築されたばかりで真新しく、畳もまっさらに入れ替えられていた。そこに、嫁入りにもってきた和ダンスと洋服ダンス、それに布団ダンスが並べられた。母は花嫁道具としてミシンももってきていた。使わないときミシンは、機械の部分が台の中に納められるようになっていて、普段はおしゃれなテーブルとして使えた。その上に花を飾ると、新婚生活らしいたたずまいになった。

「ここに嫁に来るまではな、十三塚のお祖父ちゃんは、お母ちゃんが勉強か針仕事をしとったら、機嫌がようてな。一度も田んぼ仕事をせえと言われたことがなかった。農家の娘やったけど、鍬を握ったこともなかったんで。出作の姉ちゃんがお嫁に行くのと入れ替わりに、ヨシミさんが兄のところに嫁いできて、家の中のこともしてくれとったからな。それが、お嫁に来たら、もうほんまに大変じゃった」

父と母は、祝言の翌日、道後温泉に新婚旅行に出かけた。当時としては、恵まれている方だったかもしれない。母が松山城で撮った、若々しい父の写真が残っている。

だが、旅行から帰ってくると、翌朝から、母を待っていたのは、自分たち夫婦の分だけでなく、舅、姑、夫の二人の弟の六人分の食事の用意と、高校生だった義弟二人の弁当をこしらえることだった。当時は、プロパンガスが普及し始めていて、母の実家では、進取の気性があった上の兄の発案で、ガスコンロを使っていた。しかし、嫁いできた父の家は、昔ながらのかまどに薪をくべ、お釜でご飯を炊いていた。祖母が、ガスを怖がり、煮炊きは、かまどでするのが当然だという固定観念に縛られていたからだ。

おかげで母は、大変な思いをすることになった。

母屋の裏には土蔵が建っていて、その隣に釜屋と呼ばれる台所があった。釜屋は、その呼び名の通り、かまどを据えた部屋で、部屋の半分くらいを占める大きなかまどで煮炊きをするのだ。

朝四時から起きて、米をとぎ、火をおこすところから始めて、薪の燃え具合を気にしながら、味噌汁の具を刻んだり、漬物を桶から出したりして、ひたすら動き回る。ようやく朝食の後片付けが終わったと思うと、腰を落ち着ける間もなく、慣れない野良仕事にかり出された。朝六時まで高いびきで寝ていられる夫がうらやましかった。

母は私と体質が似て、睡眠不足がすぐ体にひびくところがあった。寝不足と過労がかさむと、母は食べられなくなる。実家でぬくぬくと過ごしていた頃に蓄えたものを、母は少しずつ使い果たしていくことになる。母を冒すことになる病魔は、すでにこのときに準備され始めたと言えるかもしれない。

それでも、寝不足や過労だけであれば、まだ耐えることができた。母を本当に苦しめたのは、母の想像も常識も超えた事態だった。

始まりは、嫁いで半月ほど経ったある日のことだった。

それまで祖母は馬脚を露（あらわ）すこともなく、機嫌よく過ごしていた。祖母も、よそ行きの顔をしていたのである。兄嫁のときも同じだったのかもしれないが、早晩やってくる嵐を、周囲の人間はどういう思いで待っていたのか。

母屋の裏には、土蔵や釜屋と並んで、小さな門があり、それを出たところには、細い道を挟んで、分家した兄夫婦が住む、新築の家が建っていた。

兄嫁は一切姿を見せなかったが、話し好きの兄は、その裏門から、始終本家を覗きにやってきて、母にも気さくに声をかけた。様子をうかがうように、二言三言言葉を交わし、たわいもない冗談で母を笑わすと、長居は無用とばかり、さっと帰って行くのだった。

どういう事情で、兄夫婦が本家を出て、裏の家に住むようになったのか、そのいきさつも、母はほとんど知らなかった。兄嫁がこちらには足を向けないところからしても、姑との間に何かあったのだろうと、それくらいは察しがついたが、いかにも気位の高そうな教師の兄嫁は、母からすると苦手な印象で、姑と折り合いが悪いのも宜なるかなという気がしていた。

この時点では、どちらかというと兄嫁の気性の問題であり、母は、自分なら姑とうまくやれるという気になっていたのである。

嫁いでから何度目かの日曜日だった。祖母はどういう風の吹き回しか、毎日大変だろうから、きょうは、仕事の方は休んで、映画でも見てきなさいと、気の利いたことを言い、小遣いとして三百円を渡してくれた。封切りの映画が百五十円で見られた時代である。流行遅れの映画なら、三本立てで、五十円だった。三百円もあれば、映画を見て、軽い食事ができた。

母は素直に姑の好意を喜び、この半月ほど頑張ってきたご褒美だと受け止めた。姑に嫁として認められたような気がして、うれしかったのである。

当時は、地方の小さな田舎町にも映画館があって、大野原でも、山中座という昔からの劇場が盛況だった。萩原の嫁ぎ先から、山中座まで歩いて十五分か二十分。その周辺には店も多く並んでいて、町には活気があった。

母の実家の十三塚からも、嫁ぎ先の萩原からも、この辺りはちょうど中間地点に当たる。娘時代にもよく足を運んでいたので、母はその頃に帰ったような懐かしい気持ちになった。

「お母ちゃん、しばらくぶりに映画が見れて、うれしいてな。何かおみやげをと思たんじゃ」

母は、近くの店に立ち寄り、姑のために選んだのは、ミレーの『落穂拾い』の複製だった。

家に帰ると、まず舅と姑に帰宅の挨拶をしに母屋に行った。手をついて礼を言ってから、

「お気に召すかどうかわかりませんが、こんなものがあったので、お義母さんにどうかと思って」と、例の複製を差し出したのである。

祖母はそれを手に取ってまじまじと眺めていたが、母にも、その顔がみるみる険しくなるのがわかった。

「何な、これ。こなな腰の痛い絵を買うてきて。私に仕事をせえと言うんか！」

母はあっけにとられた。

確かに『落穂拾い』では、腰をかがめた農村の女性が、刈り取りの後、落ちた穂を拾う場面が描かれている。しかし、それは農民の姿を描いた芸術作品である。

母はなんとかわかってもらおうと、「これはミレーという画家が描いた、有名な絵で……」

と言いかけると、姑は、絵を母の前に投げ返した。

「この嫁は、姑に口答えするんか。私は、好かんと、言うとんじゃ。きれいなお花や別嬪さんの絵なら、飾ろうとも思うけど、何でこなな腰の痛い絵を、若嫁さんが買うてこないかんのじゃ」

祖母の怒りは、油を注いだように燃え上がってしまった。

「本当にびっくりしてな。お母ちゃん、いそいで手をついて謝ったけど、何で謝らないかんのと思たわ」

そばにいた祖父が、「まあ、ええやないか。知らんと買うてきたんやから、そう言わんでも」と、祖母をなだめながら、母の方にはばつ悪そうな顔をしてうなずいてきたが、母はあまりの衝撃に、半泣きになって頭を下げ続けたのだ。

自分の部屋に戻ってからも、なんとも言えない不可解さと理不尽さが心に渦巻き、この気持ちをどう処理すればいいのかわからなかった。父は部屋におらず、マッシュルームの栽培に使っている、乾燥場にいた。

母は父にいましがたあったことを話し、「あの絵のどこが悪いん？　何であんな言われ方せないかんの？」と、胸に渦巻く不可解な思いをぶつけたのだった。

父は屈んだ姿勢で作業をしながら、母の話を黙って聞いていたが、「おまえは何も悪うない。

ただ、運が悪かっただけじゃ。お母はんには、そういうときがあるんじゃ」と、言葉少なに答えた。

母は父の煮え切らぬ態度が不満だったが、それでも父に話せたことで、少しは溜飲が下がった。姑には機嫌が悪くなることがあり、たまたまそれに出くわしてしまったということだろうか。

「お母ちゃん、まだ、わからんかったんよ。お祖母ちゃんが病気やということが。それに、お父ちゃんを産んでくれた人やろ。悪うは思いとうないしな。だけど、たとえ嫁の買うてきたものが気にいらんとしても、それは心の中にとどめて、わざわざ言い立てることではないやろう。お母ちゃんはそういうものやと思とったから、お祖母ちゃんの言い草にびっくりしたわ」

母が私にそう語った頃には、もう十年以上の時間が過ぎていたが、まだそのときの衝撃が残っているというふうであった。

母は祖母から投げ返された『落穂拾い』の複製を、自分たちの部屋であるひやの壁に貼った。その絵は、私が物心ついて小学校に通う頃まで、そこに貼ってあった。

翌朝には、祖母は気分を直したのか、昨日のことなどなかったように、普通に挨拶してくれたので、母はほっとした。夫が言うように、たまたま機嫌が悪いときに、自分が意に沿わないことをしてしまったのだ。母はそう思って納得した。祖母は、昨日見た映画のことを尋ねてきたりした。母は恐る恐る、『ビルマの竪琴』が、とてもよかったという話をした。姑も、興味をそそられたのか、「そうな。ビルマに残った兵隊さんの話な」と、身を乗り出すように聞いてくる。母は、昨日の失点を挽回したい気持ちもあって、「お義母さんも、ぜひご覧になったら。私、いつでもお供します」と言うと、姑はまんざらでもない様子であったが、少し迷ったのか「見るもん、見んもん」と自問自答する様子をみせたので、「ぜひ」と誘うと、「そなに言うてくれるんなら、行こかのう」と、話は決まり、今度の日曜日に、一緒に出かけるということになった。

母は、昨日の出来事も忘れて、姑と仲直りできたことを喜んだ。

父に、その計画のことを話すと、予期せぬことだったのか、少し驚いた様子で、「そうか……。お母はんと？」とだけ言った。

果たして次の日曜日、二人は並んで日傘を差し、徒歩で映画館に向かった。

映画が始まる前に、母は売店で塩昆布とニッキ玉を買い、姑に勧めた。そこまでは、すこぶる順調だったと言える。

問題は、映画が始まってから半時間ほど経ったときに起きた。祖母が小声で何か言ったような気がしたので、お便所にでも行きたくなったのかと、気遣うように注意を向けると、祖母は、母に話しかけるというよりも、映画にも上の空の様子で、自分の世界にとらわれているようだった。「言うもん、言わんもん」と、自問自答してから、ぶつぶつ何か言っている。映画の感想というわけではなく、この俳優は男前だとか、眉が太いとか、親戚の誰かも、同じくらい眉が太いだとか、内容とは直接関係もないことのようだ。母は、姑が自問自答するときがあることに気づいていたが、単なる口癖かと思っていた。だが、それは独り言だったのだ。どうやら、心に思ったことが、そのまま口に出てしまうようだ。ところが、祖母本人は、自分の言っている言葉が、誰にも聞こえていないと思っているのか、周囲を気にする様子もない。

「お祖母ちゃん、あの調子でな、映画もそっちのけで、一人ぶつぶつ言うし、自分の言うたことに、自分で笑（わろ）うたりもするやろ。近くの席に座っている人が、こっちの方をちらちら見るし、お母ちゃん、生きた心地ものうて、映画どころでなかったわ」

三本立ての映画が一本終わったところで、母は少し気分が悪いので、先に帰りますと言って、席を立とうとした。祖母は、我に返ったように口をつぐみ、それなら自分も帰ると、一緒に席を立った。

外に出ると、「大丈夫な」と祖母は、母を気遣い、まさか自分の行動が母を驚かせたとは露ほども思っていないようだ。母は、迷惑をかけてしまったことを詫び、「外の空気を吸うたら、だいぶようなりました」と取り繕った。だが、言葉少なの帰り道、母の様子が違っているのを、祖母も感じたはずだ。

その夜、父と母との間には、一騒動あった。鈍感な父も、母の顔色を見て、何が起きたか、おおよそ察しがついたに違いない。

「お義母さんのこと、どうして最初に言ってくれんかったん？　寄ってたかって、みんなで私をだますようなことをして」

母は悔しさのあまり泣きながら、父を責めた。

「だましたりしとらん」と、父は否定したものの、それは母を余計怒らせただけだった。

「ちゃんと話してくれとったら、私だって、考えた……。あんまりひどいじゃないな」

父は黙り込むしかなかった。

「お母ちゃん、何で、それまで気がつかんかったん？」と、子どもだった私が、疑問を呈すると、「何でやろう。そこまで長う一緒におることがなかったからかな。お母ちゃんも、どうかしとったわ。あばたもえくぼではないけど、だいぶのぼせ上がっとったんかな」と口惜しそうに言うのだった。

「後で考えたら、お祖母ちゃんと話をしとったらな、必ず誰かが割って入ってきてな。あれも、ボロが出んようにしとったんじゃなあと、わかるんじゃけど……。そら、いまは、お祖母ちゃんのことも、病気やから仕方がないと思えるで。でも、あのときは、ちゃんと言うてくれんかったことが、どうしても納得がいかんかったわ」

「お父ちゃん、何で言わんかったんじゃろ？」

「そらあ、それを知ったら、お母ちゃんがお嫁に来んと思たんじゃないかな」

「お母ちゃん、知っとったら、お嫁に来んかった？」

「どうやろう。わからんけど、お父ちゃんのことが本当に好きだったら、来たかもしれんな。それに、お祖母ちゃん、ええときもあってな。こんな優しい人だったんと思うときもあるんで。独り言を言うくらいなら、お母ちゃんだって、それほど苦にもならんけど、あんたも知っとるように、お祖母ちゃん、ときどき悪いときがあってな。その頃はまだ若かったし、それは激しかったで。近所中に聞こえるような大きな声で哭(おら)んで、そういうときは、手のつけようがのうてな。一言でも何か言うたりしたら、十倍になって返ってくるから、黙って、嵐が鎮まるのを待つしかなかった」

そういうときのことは、私もよく覚えていた。私が小学生の頃はまだ、ひどく荒れるときがあって、表のガラス戸を開けて、それはすごい声を出して叫ぶことも、しばしばだった。年齢が上がるにつれて、祖母の症状は落ち着き、激しい興奮が見られることは少なくなったが、それは家族が一切逆らわずに、耐え続けるという代償を払ってのことだった。

そういうことがあって、母がつらそうにする度に、私はよく言ったものだ。

「お母ちゃん、こんなところにお嫁に来んかったらよかったのに」

「お母ちゃんも、何度もそう思うたけど、お父ちゃんだけおいて帰るのも、かわいそうでな。お母ちゃん、決心がつかんかったんよ」

「お母ちゃん、馬鹿やな。お父ちゃんなんか、ほっといたらええのに」

私は、母が理不尽な目に遭うことに対するやり場のない怒りを感じて、そう言った。

「でも、そうなっとったら、あんたは生まれてないで」

それは困るという気がした。しかし、となると、私は母の不幸を前提として存在していることになる。そういうやりとりをする度に、幼い私は、少し複雑な思いを味わったものだ。


祖母は次第によそ行きの顔を捨て去り、地金を出し始めた。たばこを吸いながら、あるいは鏡の前に座って髪を結いながら、独り言を言い続けるのは、日課のようなものだったが、月に何日か調子が悪い日があり、そういうときは、怒りモード全開で家族にくってかかったり、意味もなく爆発したりした。家族といっても、標的になるのは、決まって母で、たまに、嫁をかばおうとした祖父がとばっちりを食うこともあった。

父も含めて、血のつながった息子たちや孫である私が標的にされることは、まずなかった。祖母の中には、とても幼い自己愛があって、自分と同一化した存在は可愛いが、そうでない異質な存在は許せないという二分法が顕著であった。祖母は、自分のことをとても美しいと思っていて、化粧や髪結いに長い時間をかけたし、興が乗ると、少し派手すぎる着物をまとい、頭には垂れ絹のようなものをかぶって、お姫様のように歌いながら踊ることもあった。自分のことをかぐや姫だと言っているのを、聞いたこともある。いまの姿が仮のものだと思いたかったのだろうか。自分の美しさを損ねる、野良仕事や雑役は極力嫌い、自分は特別な存在だと思おうとしているようだった。

祖母は、最初の嫁ぎ先で、夫を肺病で亡くしたという。そのとき、夫の分まで野良仕事をさせられたのが、よほど堪(こた)えたとみえて、独り言の中で、その当時のつらさを語ることがあった。精神変調の最初の兆しは、その頃にあったのかもしれない。まだ、子どももいなかったので、祖母は実家に戻された。したがって、祖父の三四郎との結婚は、再婚であった。

三四郎の方も再婚で、これにはいわくがあった。三四郎の最初の妻はタカエといい、夫婦仲もよかった。上の男の子は、生後二月足らずで亡くなったが、すぐに娘のキヨエが生まれた。ところが、それと前後して、タカエの兄がスペイン風邪にかかり急逝してしまう。跡継ぎを失ったタカエの実家には、タカエ以外に跡継ぎとなる者がいなかった。タカエを返してくれと泣きついてきたが、そんな要求を、やすやすと呑(の)むわけにはいかなかった。散々揉めた挙げ句、檀那寺であった地蔵院が仲裁に入り、結局、タカエは、三四郎と離婚し、実家に戻った。娘のキヨエは、生まれて二ヶ月だった。そのため、タカエは、離別した後も、乳をやりに、元の婚家に通ってきたという。その一件以来、我が家は地蔵院と縁を切り、國祐寺の檀家になった。タカエは、その後、跡継ぎになってくれる男性と一緒になったものの、三四郎とは嫌いで別れたわけでもなく、幼い娘を残していたので、我が子の顔を見にちょくちょく姿を見せたという。

祖母のタケが三四郎のところに嫁いできたのは、タカエが三四郎のもとを去って二年後のことで、キヨエは、まだ三歳。タケは二十二歳、三四郎は二十九歳だった。タケに期待されたことは、キヨエの継母としての役割だったろうが、タケはすぐに長男を身ごもり、悪阻(つわり)が始まったので、キヨエをあまりかまうことはなかったようだ。キヨエの世話は、まだ健在だったキヨエの祖母と女中が担った。タケにとってやりにくかったのは、その頃も、着飾ったタカエが、お菓子やらオモチャやらを携えてやってきては、キヨエを甘やかすことだった。キヨエがタケになつくはずもなく、タカエの方は、タケが我が子に冷たくしているのではないかと、三四郎に不満を言うのだった。

母は状況をこんなふうに分析することもあった。

「お祖父ちゃんは、優しい人だったけど、どこかだらしないところがあってな。けじめをつけるのが苦手というか、どっちにもいい顔をしようとして、結局、どっちも不幸せにしてしもうて。お祖母ちゃんが、ああなったのも、嫉妬が原因だったんじゃないかな。お祖母ちゃんにしてみたら、それは、つらかったと思う」

散々祖母から嫌がらせをされ、いじめ抜かれた母だったが、私が小学校上学年の頃には、祖母のことも客観的に語るようになっていた。そうすることで、母は自分の受けたひどい体験も、個を超えた視点で受け入れ、納得しようとしていたのかもしれない。

それから、三四郎とタケの間には七人の子が生まれることになる。

父が生まれたのは、タケが嫁いできてから十二年目のことで、父はタケの五番目の子どもだった。次男として扱われていたが、生まれてまもなく亡くなった兄がいたため、本当は三男ということになる。あるいは、子どもの死という出来事も、祖母の精神状態に影響したのかもしれない。とにかく父が生まれた頃には、祖母は明らかに精神に変調を来し、家事や育児も滞りがちになっていた。

父は幼い頃、疱瘡（ほうそう）にかかって死にかけたことがあったという。臍（へそ）の緒を煎じて呑ませたのが効いたのか、父は一命を取り留めた。しかし、幼い頃の父は病弱で、食が細かった。母親の病気のため、世話が行き届かなくなっていたことも影響したのか。だが、祖母は祖母なりに、父をとても可愛がったらしい。二番目の息子が生まれてすぐに亡くなり、それから二人続いて娘が生まれた。ようやく生まれた幼い息子が、また夭逝（ようせい）してしまうのではないかという不安が、祖母の気持ちの中で強かったのだろうか。そして、父に対する執着が強かった分、母に対する憎しみや反発も強まってしまったのか。

父も父で、満足に世話もしてもらえなかった母親だったが、だからこそなのか、母親を大切にする気持ちは人一倍強かったように思う。

「お父ちゃんな。小学校のときに、自分のお母ちゃんのことで、よくからかわれたんやと。ある子が、あんまりしつこく言うてくるんで、あるとき、お父ちゃん、削って尖（とが）らせた鉛筆を五本ずつくらい両手に握って、それでその子の頭を滅多突きにしたんやと」と母は、なかば呆れ顔で語りながら、だが、同時に、その口調はどこか同情的であった。幼い私は、そのエピソードを聞きながら、少し誇らしげな気持ちになったものだ。相手かまわず、負けるとわかったケンカを破れかぶれで始めてしまうようなところが、若い頃の父にはあったが、その中でも、数少ない勝利の一つがその出来事だった。父は先生からこっぴどく叱られたらしいが、理由を聞いた先生は、それ以上は何も言わなかった。被害に遭った相手の生徒は、それ以降、母親のことでからかうようなことはしなくなったばかりか、その後、父の親友になり、亡くなるまで親交があった。

「お父ちゃんにとっては、大事なお母ちゃんやからな」と、母は何度もしみじみと語ったものである。母親を早くに亡くした母は、病んだ母親をもった父の苦労がよくわかったのかもしれない。そういう母親をもった子どもの悲しみを思って、母は自分が受けた仕打ちに耐えようとしたのだろうか。

しかし、母にしても、まだそんなふうに思って、現実を受け入れるようになるのは、だいぶ先のことだった。

3

実家に帰ってきたときは、二階の窓が障子だけで、朝から明るいということもあり、またいつもより早く床につくせいか、目覚めが早い。

ときには、母より先に私が起き出して、ゲラに手を入れたり、ノートパソコンで原稿を書いていることもあった。母が起きてくると、話しかけてくるので、仕事がはかどらなくなる。たまにしか会えないのに、話しかけても息子は生返事しかしないのだから、母としては物足りなかったことだろう。

さすがにこの日は、ゲラも原稿の仕事もしなかった。どうせなら母が生きているうちに、もう少しちゃんと話を聞いてやっていてもよかったのに。

だが、母は私が仕事をしているのを、嫌がるでもなく、どんなものを書いているのか、知りたがった。私が適当に答えると、「そうな（そうなの）」と、ただ納得したようにうなずくのだった。

まぶしいくらい晴れ渡った快晴の朝だった。

朝八時、私が外の様子を見に、玄関から出ようとすると、地下足袋に仕事着姿の男性が、「おはようございます」と入ってきた。

「これからやらしてもらってもいいですか」と、いきなり言われて、最初は何のことかと訝ったが、植木屋だとわかった。母が、父の一周忌の法要に備えて、庭木の手入れを依頼していたのだ。

実は昨日母が亡くなったのだと、事情を伝えると、植木屋も驚いた様子であったが、結局、日を改めてもらうことになった。

午前九時に、僧侶が枕経を上げに来た。住職は先約があるとのことで、住職のご子息だった。新型コロナの問題以前から、母は自分が亡くなったら家族葬にしてほしいと希望を述べていた。新聞広告なども出さず、身内で執り行うことになったが、父の方が六人きょうだい、母も五人きょうだいで、身内だけと言っても、それなりの数の人が朝から集まってくれた。

その中でも母の急な死をいたく悲しんでいたのは、母と同じくらいの年格好の、近所に住む婦人で、入院する数日前に、この家に来て、母とおしゃべりをして過ごしたという。そのときには、母は腰痛のため、眠れない日が続き、食欲も落ちてだいぶ弱っていたはずだが、それでもおしゃべりする楽しみは、短時間でも痛みを忘れさせてくれたのだろう。

母が電話で、その婦人が来てくれて、久しぶりにおしゃべりができたと、話していたのを私は記憶していた。その婦人も、二年ほど前に夫を亡くして、同じ境遇だったこともあって、以前より親しみが増していたようだった。ところが、新型コロナが猛威をふるい始めると、そんな付き合いも控えなければならなくなってしまった。

外に出ても、誰もいないと、母は話していた。しばらく誰とも話していないと、珍しく寂しそうな言葉をもらしたのを聞いたのは、緊急事態宣言が出て、半月ほど経った、四月も終わり頃だったろうか。

なのに、ゴールデンウィークに私が帰るというと、母は猛反対をした。緊急事態宣言が出て、里帰りの出産さえ、遠慮するようにと言われているのに、そんなことをして、もしものことがあったら、世間に顔向けができないことになると。

もともとの予定では、五月の連休に、父の一周忌をすることになっていて、お寺にも頼んで五月四日に法要を営む手筈(てはず)を整えていた。だが、新型コロナが急拡大する中、連休に法要は難しいということになり、父の命日である五月二十九日まで延期することになった。

しかし、母の腰痛は悪化する一方で、連休前には、日常生活もままならない状態になっていた。遊びに帰る訳ではなく、母親の介護に帰るのだから、申し訳が立つだろうと、私も、家内も説得しようとし、何度も押し問答をしたが、母は頑として考えを変えなかった。

家内はいっそのこと、怒られてもいいから、母の承諾を得ずに帰ってしまおうと言ったが、私の方は、母があそこまで抵抗しているのに、その思いをないがしろにすることにも躊躇があった。

新型コロナで、いろいろ難しい問題も多く、私自身、疲れもたまっていた。母がそこまで言うのなら、連休中家でのんびりするかという気持ちもどこかにあったように思う。

帰らない代わりに、スーパーで惣菜の代わりになりそうな、缶詰やインスタント食品、カロリーメイトのようなものをたくさん買って、それを箱に詰めて送った。

その食品が、まだ半分以上残っていた。だが、思ったよりも、手をつけてくれていて、カロリーメイトも三本ほど飲んだ形跡があった。考えたら、炊事もろくにできない状態で、缶詰やらインスタント食品やらで、どうにか露命をつないでいたとも受け取れる。そのさまを想像すると、なんとも悲しい気持ちになる。栄養がつくものを、一度でもじかにその口に運んでやれなかったのかと思う。忍耐と人の世話ばかりして生きてきた人生の最後に、つかの間でも、世話をされて、のどかに暮らす日々をもたしてやりたかった。

＊

一旦遠慮が失われると、祖母のタケは次第に母に対する敵意と嫌悪感を露骨に示すようになった。嫁のすることにいちいちケチをつけるというくらいの、通り一遍の嫁いびりなら、母も耐えようがあった。しかし、祖母の場合は、常識の範囲を超えていた。

母の悪口雑言を戸口に立って叫び立てることもあれば、面と向かって罵倒したり、ときにはすれ違いざま、唾を吐きかけることさえあった。母をさげすみ、人格を否定し、痛めつけることに、祖母はのめり込んでいくかのようであった。それは、単に精神の病のなせるわざというよりも、祖母自身が味わった、女であることゆえに受けた心の痛みを、その傷口から毒のようにまき散らす行為だったような気もする。

祖母はよく独り言の中で、祖父からされた性行為に対する嫌悪感を語っていた。子どもだった私も、それを聞く羽目になったが、祖母にとって、祖父の欲望も、その結果として身ごもらされ、子どもを産み、生き死にの悲しみと苦痛を味わわされてきたことも、ただおぞましく、嫌悪すべきことだったのか。それとも、もともと自己愛が強いうえに、病で理性の制御を失い、父という最愛の息子を奪った母に対する動物的な敵意を覆い隠すことができなくなっていたのか。

父はどちらかというと、母の窮状を見て見ぬふりをすることもあった。タケにくってかかったところで、余計に事態を悪化させるだけだという諦めもあっただろう。他の家族も、みんなタケに面と向かって逆らおうとはしなかった。舅の三四郎は、「こらえてくれや。病気じゃきんのう」と陰でフォローはしてくれても、矢面に立つことはなかった。それが、逆効果だということを散々味わった末の、悟りの境地だったのだろうが、母としては守ってもらえていないような気がした。

そんな家族の中で唯一の例外は、一番下の義弟である幸男だった。幸男は働きながら定時制の高校に通っていたが、学校から帰ってきて、兄嫁がつらそうな顔をしているのを見ると、すぐに状況を察して、「また義姉さんをいじめたんか」と母親のところに文句を言いに行き、挙げ句、「そななことするんだったら、わしが井戸に飛び込んで死んでやる」と言い、家の裏にある井戸の蓋を開けて、自ら飛び込もうとするのだ。タケは真っ青になって飛び出してきて、「もうせんせん」と、幸男をなだめる。毒をもって毒を制するではないが、非常識に非常識で対抗するさまを、母はあっけにとられながら見ていた。

田舎育ちとはいえ、よく本も読み、民主的な新しい考え方にもなじんでいた母にとって、自分が迷い込んでしまった世界は、あまりに自分の常識とかけ離れたものだった。母は、母親のいない家で育ったとはいえ、子どものことをちゃんと考えてくれる父がいて、姉や兄も、自分のことはおいても、家族のことを考えるということが当たり前だったので、そこには揺るぎない絆があった。

しかし、この一家は、どこかが違っていた。ちゃんと大切にされて育つということが欠落していたためか、誰も本気で相手のことをいたわることも、一貫した責任をもつこともなかった。目先の都合と感情だけで、場当たり的に動いているように思えるのだった。母にはそれがとても気持ち悪かったのである。

もちろん、母もただ黙って耐えてばかりいたわけではない。何度も家を飛び出し、十三塚の実家に帰ろうとした。その度に、父が追いかけてきて、もみ合いになった末、連れ戻された。渋々父の説得に従ったのも、母の中に、父に対する同情や、まだ父を捨てきれない思いがあったのだろう。

あるとき、母は、父が寝ている隙に逃げ出そうとした。

「ひやのガラス戸あるやろ。お母ちゃん、そろっと、あそこから出て、お父ちゃんがすぐに追いかけて来(こ)れんように、外から鍵をかけたんじゃ。鍵が固(か)とうて、無理に締めようとする音で、お父ちゃんが気づいてしもうて、飛び起きてきたんじゃ。恐ろしかったで。お母ちゃん、もう脇目もふらんと逃げたわ。お父ちゃん、ガラス戸をガチャガチャいわしながら、『こら、待たんか!』と言うてな。お母ちゃん、必死で走ったがな。そやけど、このまま走っても、どうせ追いつかれると思うてな、わざと脇道にそれることにしたんじゃ。田んぼの溝を這(は)いつたうように、身をかがめながら、それは長いことかけて、やっとうちまでたどり着いたらな、もう先にお父ちゃんが着いとって、座敷に上がって、十三塚のお祖父ちゃんと話をしとったわ」

母はそこで苦笑いを漏らすのだった。

最初は、夫の言い分を聞いて、嫁ぎ先に帰るように、娘に言い聞かせてきた榮助だったが、何度目かに娘が助けを求めて、逃げ帰ってきたときには、夫に娘を引き渡すことを拒んだ。榮助は、とても筋の通った人だった。自ら見込んで娘の身を託した婿だとはいえ、娘が逃げ帰ってくるのに、何ら実効性のある策も講じず、ただ迎えに来るというのでは納得がいかなかったのだ。

父は追い返された。

だが、父の方も、母を諦める気はさらさらないようだった。何度か足を運んできて、話し合いが重ねられた。ある日、三四郎も一緒にやってきて、新たな提案をしてきた。「重信（父の名）に別の所帯を構えさせようと思う」と言うのである。また戻ってきてくれる気持ちになるまで、そうしたいと言うのだ。三四郎としては、かなり思い切った決断だったに違いない。

だいぶ減ったとはいえ、まだ一丁近くある田んぼをどうするつもりかと、榮助が逆に心配して問うと、三四郎は開き直ったように、雇い人を頼んでどうにかするという。まだ耕耘機も普及せず、牛を使って耕していた時代だ。農業の生産性は低く、ただのように安い家族労働を当てにして、ようやく成り立つ仕事だった。雇い賃を払っては、ほとんど儲けはないだろう。

三四郎は、「もうわしの代で、こなな苦労は終わりにしたらええ」とも語った。

息子とその嫁を、これ以上巻き添えにして、自分たちの不幸に付き合わせることに、終止符を打とうという気構えだったのかもしれない。

榮助は、そこまで考えてくれるのならと、娘を返すことにした。

父は、大野原の隣町である豊浜に小さな部屋を借り、そこで母と暮らし始めた。父の新しい仕事は、アミトールという乳酸菌飲料の営業だった。販促用のアミトールを、外で遊んでいる子どもや立ち話をしている主婦に試飲してもらって、契約につなげるのだ。ただ、競合品も多く、やすやすと契約はとれなかった。父は、母を呼び出して、残った販促用のアミトールを、神社の裏で、一緒に飲んだりした。売れ行きはぱっとしなくても、甘酸っぱい幸せな味だったろう。母は洋裁の仕事に復帰していて、家で仕事をしながら、合間に家事をこなした。母にとっては、長く夢見た生活だった。

父の営業成績がとびきりよかったとは思えないが、営業所を経営していた夫婦から、営業権を受け継いでくれないかという話を持ちかけられるようになっていた。というのも、社長が胃ガンになり、もう長くはなかったのだ。その仕事に魅力を感じなかったのか、将来性に不安があったのか、結局、その話は断った。それは、正しい判断だったと言える。まもなく社長は亡くなり、父一人が営業に回っていたが、競合品に押され、売り上げは落ちる一方だったからだ。

それでも、そのまま事態が推移していれば、あの悪夢のような日々は例外的な出来事で終わり、母の人生はだいぶ違ったものになっていたかもしれない。母が、病気をすることもなく、私の人生も変わっていたかもしれない。

だが、例外だったのは、この穏やかな日々の方だった。

振り子は逆に引き戻されていくことになる。というのも、三四郎が最初の脳卒中の発作を起こして倒れたのである。

三四郎には、母も恩義を感じていた。陰ながらいつも庇ってくれたし、今回も、自分の都合よりも、二人の幸せの方を優先してくれた。父も母も、三四郎に無理をかけたばっかりに、こんなことになったのではないか、という思いがあった。

父が戻りたがっていることは、母にもよくわかった。ただ、母に自分からは言い出せずにいるようだった。父の暗い顔を見たり、ため息をつくのを聞くのは、母としてはつらかった。

幸い、このときの卒中発作は比較的軽く、大きな後遺症もなく回復したが、これまで通りに、三四郎一人に一丁近くある田畑を任せておくのは現実的でなかった。

まだ足を軽く引きずっている三四郎と、榮助、父母の間で、話し合いが行われた。三四郎が用意していた新提案は、台所は別にして、姑とも顔を合わさず、田んぼ仕事も母屋の台所仕事もしなくていいので、とにかく萩原に戻ってほしいということだった。ひやのガラス戸を出ると、すぐ左側に三畳ほどの空き部屋があり、それまでは道具部屋として使われていた。そこを片付けて、台所に改造し、煮炊きができるようにするというのだ。

またあの暮らしに戻るのかと思うと、母は気が重く、不安であったが、父の胸中や義父の大変さを思うと、ここまで譲歩してくれているのに、我を通すことも悪いように思うのだった。母が、裏の先生のように、もっとはっきりものを言える性格であれば、よかったのかもしれないが、母親がおらず、人の情けにすがるしかない中で育った母は、他人の意向に逆らってまで、自分の思いを貫くということはできないのだった。

結局、母は萩原に戻った。母屋には立ち入らず、ひやの方で暮らすことになったが、姑とあまり顔を合わさなくてすむというメリットはあったものの、姑だけでなく、今度は義弟たちも、別所帯にしていることをあまり快く思っていないのか、母と顔を合わせても、そっぽを向くという具合で、想像以上に居心地の悪い暮らしだった。姑は相変わらず荒れる日があり、母屋のガラス戸を開け放つと、そこから顔を突き出し、ひやの方に向かって叫ぶということも再々だった。大概は、聞くに堪えない母の悪口で、それだけなら聞き流すこともできたが、実家のことまで悪く言われると、母も悔し涙をこらえられないこともあった。

あるとき、母がひやの台所で、煮炊きをしていると、戸口に祖母が立っていた。祖母の手には、包丁が握られていた。

「お母ちゃん、別に怖くもなかった。こんな暮らしを続けるくらいなら、死んでもいいような気持ちゃったから」

母は逃げようともせず、「そんなに憎いのなら、刺してください」と、自分の体を差し出すように、祖母の前に立った。祖母は、母の気迫に負けたのか、きびすを返すと、母屋の方に立ち去った。

しばらくは胸の鼓動が止まらなかったという。ここで暮らすことは、やはり無理だという気持ちが再び強まることになった。しかし、父と別れることも、母の選択肢にはなかったようだ。この一家と離れて、二人だけで暮らせるのなら、どこでもいいという気持ちが母を捉えるようになった。

その一件があって、母の思いに、周囲もう異を唱えることはなくなった。都会に出ることも、一つの選択肢だった。だが、父にはまだ農業で成功したいという夢があって、その思いを捨て切れていなかった。

そんなとき持ち上がったのが、ブラジルへの移民の話だ。二人の思いが合致し、計画は急速に現実味を帯びてくる。いよいよ二人の決意が動かしがたいものとなったとき、三四郎は、自分も連れて行ってくれと言い出した。卒中からは、ほとんど後遺症もなく回復していたとはいえ、四十日以上かかる船旅をして、満足な病院もないかもしれない異国の地に、祖父を連れて行くことは考えられなかった。だが、父がいないとなると、誰が先祖から受け継いだ土地を守るのか。結局、父のすぐ下の弟の照幸が、鉄工所を辞めて、後を継ぐということになった。

榮助の方も、二人の決意が変わらないと知ると、「お前たちがどうしても行くというのなら、富美男にも一緒に行かせようと思う」と言い出した。富美男とは、母のすぐ上の兄である。榮助としては、母を一人最果ての地にやることが気がかりでならなかったのだろう。母のきょうだいの中で、一番やんちゃで、冒険心のある富美男は、自身乗り気になり、独身のままでは不自由だと、急遽、結婚相手まで見つけた。こうして、二組の夫婦が、神戸からブラジル・サンパウロに向かうこととなったのである。

ところが、この計画は思いもかけないことから頓挫する。原因は、私であった。出航まで一ヶ月というときになって、母が私を身ごもっていることがわかったのだ。

すでに悪阻が始まっていて、船に乗れる状態ではなかった。ブラジル移民の話は、それで呆気なく終わりになった。

母の悪阻はひどくて、本当に何も食べられなかった。日増しに暑くなる頃で、母の体は痩せ細る一方だった。心配した父は、何か食べられそうなものはないかと思案していたが、母がミカンなら食べられそうだと言う。しかし、季節が季節だ。村中を探し回って、父は、しなびたミカンを見つけ出してきた。それは喉を通ったが、大して足しにはなりそうもない。他に食べられるものはないかと尋ねると、母が、アサリを食べたいというので、父はさっそく豊浜の一宮浜に行って、アサリを掻いてきた。鍋いっぱいのアサリのお汁を、母はぺろりと平らげた。

どちらが原因で結果なのかはわからないが、私もアサリのお汁は大好きだ。それも、塩味だけのすまし汁が好物だ。母も多分そんなふうにして食べたはずだ。

そんな身重の体で、母は再び母屋の用事もし、野良仕事を手伝うようになっていた。子どもができてしまったら、この家で生きていくしかないという諦めが、母の中に生まれ始めたのか。

母は食卓も、母屋で共にするようになった。家族はそれを歓迎したが、母にとって、運命に屈するような、不本意な思いであっただろう。気を遣ったつもりか、夕食を、祖母が用意してくれるのだが、決まって、炒り子出汁の塩辛いうどんで、母はそれに手を焼いた。他の家族が、それを美味しそうに啜(すす)るのが、不思議でならなかった。

片や父は、ブラジル開墾の夢を、酪農に切り替え始めていた。どうやって資金を調達したのかは知らないが、牛舎を建て、乳牛を飼い始めた。父は、我が子ができるということで、将来への新たな夢を抱くようになっていたのだろうか。

だが、それも母にとっては、迷惑な話だったに違いない。父が酪農の仕事に熱中した分、他に働き手がいるわけでもなく、結局、母にかかる負担は増えたからだ。しかも、酪農は朝が早い。牛舎で、長靴を履いて、糞まみれになって作業するのも、身重の母には重労働だったし、母が本当に望んでやりたいことでもなかった。ただ、夫が情熱を注いでいることに、協力しなければという義務感だけが、母を動かしていたのだろう。

父が飼い始めたホルスタインは、種付がうまくいって、妊娠していた。子牛が生まれて、初めて乳が出るので、それまでは何の収入にもならなかったが、父と母は、野良仕事の他に、牛の世話に精を出した。

働き通しで、母は臨月を迎えた。三月のある寒い朝、午前六時頃、母は産気づいて、父に声をかけた。父は産婆を呼びに、自転車で飛び出していくと、荷台に産婆を乗せて戻ってきた。もう頭が出かかっていた。母が私を産んだのは、普段暮らしていた、ひやでだった。

「お母ちゃん、あんたを産む間、お父ちゃんの腕を、にぎり棒の代わりにつかんどったんで」

産声が上がったのは、午前九時で、安産だった。それでも、余程強く握っていたのか、父の腕には長い間痣が残っていたという。


私の誕生は母にとって喜びだったはずだが、同時に母のなけなしの体力を容赦なく奪い取ることになった。腹を空かしていた私は、母の乳を遠慮なく吸ったが、母に供されるのは、例の塩辛いうどんで、卵や魚は、滅多に口に入らなかった。私は、文字通り母の体を吸って大きくなったのだ。三千六百グラムで生まれた私は、三ヶ月もすると、体重が七キロを超え、母の出す乳では、その食欲をまかないきれなくなった。乳が足りないことに気づいた母は、粉ミルクに頼るようになった。

当時、粉ミルクは高価だった。一缶が六百五十円くらいした。現在の物価に換算すると、その十倍くらいの価格になるだろう。母の手元にあったわずかな現金は、見る間に底をついた。家長はまだ三四郎であり、一家の財政は三四郎が握っていたので、父も自由になる金はほとんどもっていなかった。当然、ミルク代は、家長である三四郎に出してもらえばすむことだったが、母は遠慮して、それを言い出せなかった。父が三四郎に頼ることも、よしとしなかった。自分の乳が出ないことで迷惑をかけるという思いと、それが姑に知られたら、どういう痛罵を浴びることになるのかという恐怖とが、母をそうさせたのである。

母は嫁入り支度に、榮助が仕立ててくれた着物を一着ずつ、豊浜の質屋に運び始めた。質屋は足下を見て、どれをもっていっても、千円しか貸してくれなかった。どうせ質流れすることを見越していたのである。

「粉ミルクの大きな缶と小さな缶を買うたら、千円でおつりが、十円か二十円じゃったわ。それを、あんたは、あっという間に飲んでしもうてな。あんたが大きくなる頃には、タンスにいっぱいあった着物が、すっかりなくなってしもうたがな」と、母は笑いながら言うのだった。

母は明らかに栄養失調になっていた。そんなことはおかまいなく、痩せ細った体に私を背負って、母は働かねばならなかった。過労と睡眠不足が、着実に母の体を蝕んでいた。微熱が出るようになり、寝汗をかいた。体がけだるく、顔色も悪かった。

実は、母自身、体の異常に気づいていたが、言い出せずにいた。

「お便所に行くたび、蛇口をひねったみたいに出血してな」

酪農につきものの座り仕事がよくなかったのか、子どもを負ぶっての立ち仕事がよくなかったのか、母は、出産のときにできた痔疾をひどく悪化させていたのだ。しかも、その体で、私に乳を飲ませていた。乳の出が悪くなるのも無理はなかった。とうとう母は貧血で倒れてしまい、病院に担ぎ込まれた。

母は痔の手術を受けることになり、父が立会人を務めた。余裕の表情で、積極的に医師に質問をしていた父だったが、途中で青ざめ出した。

「お父ちゃん、お母ちゃんのお尻から、あんまりたくさん出血するもんじゃから、気分が悪うなって、倒れたんやて」と、母はそう説明しながら、どこかおかしそうにするのだった。

手術は成功し、それで元気になるはずだったが、母はいっそう衰弱した様子で、汗ばんだ顔で荒い息をしていた。時々変な咳もした。肛門科の外科医は、お尻からの出血にばかり気を取られて、他を見落としていたのだ。慌ててレントゲンを撮ると、左肺が真っ白だった。外科医は慌てて紹介状を書いた。

母は自転車の荷台に乗せられると、父の背中に必死につかまった。向かった先は、この地域で一番大きな病院の第四病棟。そこは、結核の療養病棟になっていた。病院に着くと、母は、そのまま隔離病棟に入院となった。

母の驚きと絶望。自身の母親を結核で失っていた母にとって、何よりも恐れていたのが結核という病だった。自分もまたその死病にとりつかれ、命をとられようとしているという思いが、母を暗澹たる気持ちにした。

私の方は、母が痔の手術を受けたときから、十三塚の祖父のもとに預けられ、兄嫁や叔母が面倒をみてくれていた。痔の手術が終わって元気になれば、またすぐ息子と会えると思っていた母は、息子との面会も許されないまま、隔離病棟に入れられてしまうという事態になり、背筋が冷たくなるような思いを味わっていたはずだ。

このまま自分はここで亡くなってしまうのではないのか。もう二度と息子をこの手に抱くことも、乳を与えることもできないのではないのか。そう思うと、ただ涙が零れ落ちるのだった。

隔離病棟で、心細い夜を過ごしながら、母はさまざまなことを考えたという。

自分自身が味わったように、あの子も母親のいない、心細い人生を歩んでいかねばならないのか。自分は小学三年生になっていたが、まだあの子は乳飲み子だ。家の状況を思うと、果たしてまともに育っていけるとは思えなかった。どんなことがあっても治りたかった。しかし、母親を同じ病で失い、肺病を不治の病と思っていた母にとって、完治することは望みすぎることに思えた。

「お母ちゃん、神さまにお願いしたんよ。命は差し上げます。でも、あの子が小学生になるまで、あと五年生きさせてください。そう心の中で念じて、毎晩お祈りしたんよ」

それを聞きながら、すでに小学生だった私は複雑な気持ちになった。もし神が母を哀れんで、願いを叶えてくれたとしても、母はもういつ死んでもおかしくないということになる。なぜそんな欲のないお願いをしてしまったのかと、遠慮深い母の性格を恨めしく思ったものだ。

当時、肺病は、単に不治の病というだけでなく、人が恐れ、忌み嫌うという社会的な悪疾の側面をもっていた。今日で言えば、ＨＩＶ感染症や、最近では第一波のときの新型コロナウイルスに対して人々をとらえたパニックは、かつての結核に対する恐怖心とどこか似ているだろう。そうでなくても、自分は人と違うという劣等感にさいなまれてきた母は、世間が恐れる病にかかってしまった自分を、さらに忌まわしい罪を背負ってしまったような気持ちにさえなっていた。

「人の嫌う病気になると、嫌でも人の心が見えてしもうてな。口ではええこと言うても、寄りつきもせん人もおった」

排菌が収まって、面会のできる病室に移ってからも、祖母は無論のこと、父の兄も姉も、母が可愛がっていた下の義弟も、一度も見舞いに現れることはなかった。

「自分の命だけが可愛い人たちじゃと思たわ」

父方でやってきたのは、父を除くと、祖父と父のきょうだいで唯一、父のすぐ下の弟照幸だった。照幸は、足音も高く病棟に現れると、いつもと変わらない笑顔で、母の体調を尋ねた。母が、「こんなところに来てもらって、すまんなあ」と気遣うと、「どっちゃないわい（どうってことないです）」と、頑丈そうな胸を一つ拳でたたいた。

父のことを、父のさまざまな欠点にもかかわらず、母が誰よりも信頼していたのは、父が母の入院中、一日も欠かさず母のところに通ったからでもあった。父は、母に滋養をつけようと、毎朝搾りたての牛乳を母のところまで届けた。早朝から起きて、一人で乳搾りをし、田んぼの用事も片付けて、母のところに駆けつけるのだ。車もなかったので、自転車で何キロかの道を、毎日行き来したが、雨の日も、大風が吹いた日も、欠かさずやってきたという。

祖母や周りのものがどういう言い方をしていたかは、想像がついたが、父の行動は一切ぶれることがなかった。

二人でしていた仕事を一人でこなしている父の大変さがわかるだけに、母は、疲れている父に、自分の病気がうつってしまわないかと案じた。

「お父ちゃんにな、私の病気、怖ないん？　そんなに毎日来て、あんたに病気がうつらへんかと思うて、私、心配やわ、て言うたら、お父ちゃん、『何が怖いことあら。わしは、お前の病気のことなんか、一回も気にしたことない』と言うたんよ」

父が恐れていることがあったとしたら、母をこのまま失ってしまうことだったろうが、父はそういう悲観的なことは極力考えないようにしていたのか、母の病状があまりよくなかったときも、「絶対ようなる」としか言わなかった。

父は、これまでの過酷だった人生において、悪いことを感じないようにすることで、希望を失わずにやってきたに違いなかった。母にはそれが鈍感だと映ることも多かったが、そうするしか父が生き延びる方法はなかったのだろう。そんな父の鈍感さは、ある面で純粋さや一途さにつながり、母の救いとなることもあったのだ。

アルコール依存症で、メスをもつ手が震えるという評判の胸部外科の医者は、顔を合わせる度に、母に肺切除を勧めた。助かる見込みは、正直五分五分だが、どっちに転んでも、何年も療養生活をする必要はなくなる。母は、生存率の低さはやむを得ないとしても、肺切を受けると、肋骨を一本取らないといけないので、左肩が二、三センチ下がると聞いて、どうしても手術を受ける気になれなかった。

それで、一ヶ月二ヶ月と決心がつかずに過ごすうちに、母の祈りが効いたというよりも、内科の医者が処方してくれたアイナ（イソニアジド）やパス（ニッパスカルシウム）が功を奏して、排菌が止んだ。母は幸運だったと言える。抗結核薬の登場が、結核を不治の病から治療可能なものに変え始めていたのだ。片や手術を選んだ者は、亡くなる人も多かった。病棟で母と親しくなった女性で、手術場で亡くなってしまった人もいた。

だが、根が悲観的な母は、自分の幸運を手放しで喜ぶことはせず、

「どっちがどっちに入れ代わっとっても、不思議はなかったんで」と、語るのだった。

その間、私の方はというと、十三塚の祖父のところで過ごしていたが、何ヶ月もの間、母の乳を飲み、誰よりもそばで過ごしていたため、すっかり無事というわけにはいかなかった。ツベルクリン反応をすると、私の小さな腕は、真っ赤に腫れ上がり、強陽性を示した。レントゲンでも肺尖部(はいせんぶ)にあやしい影があり、結核の初期感染を起こしていることがわかった。発症を予防するため、私は定期的にストマイ(ストレプトマイシン)を打たれることになった。

人の最初の記憶というものは、しばしばその人がその後の人生で抱えることになる宿命やテーマを暗示するという。はたして、私の最初の記憶と呼べるものは、病院で看護婦(現在の看護師)に抱かれ注射を打たれているというものだった。幼い頃は、その場面をある程度鮮明に覚えていたのだが、年をとるにつれて、記憶の記憶しかなくなってしまった。

病院の空気は、どこか不穏だが、しかし、ただ不快なだけの体験ではなかった。

母は、もう排菌が収まっていたのか、それとも、私もすでに感染していたので、もう感染す

る恐れがなかったのか、どちらかはわからないが、私は病院に連れて行かれる度に、母と会うことを許されていたようだ。母は私に会うのを楽しみにして、売店で手に入るささやかなおもちゃやお菓子を買って、私が来るのを待っていたらしい。そういう話を母自身の口から聞いたのは、多分、私が小学生の頃のことだったろう。

「お母ちゃんのところに来ると、後で、あんたがおなかを壊してしまうんで、困る言うてな、いつも怒られとった。それでも、お母ちゃん、あんたに何かしてあげとうてな。ついあげてしまうんよ」

母からすれば、もう会うこともできないのではないかと、悲観したこともあった我が子である。短い面会の時間をどれほど待ち望み、貴重に感じたかは、想像に難くない。

「その頃のあんたは、また本当に可愛いてな。看護婦さんが、奪い合うようにして、あんたのことを抱いたんで」

母自身、いまでは信じがたいというように回想したが、そうやって私に語ってくれた頃には、私はだいぶやんちゃで、手に負えない問題児になっていたのだ。

そのことに、母と離れて暮らして過ごした日々がどう影響していたかは、定かではないが、母自身の考えでは、何かが間違ってしまったということのようだった。

十三塚の家には、母の父と兄、妹、兄嫁、そして、兄の二人の娘がいた。私からすると、祖父、伯父、叔母の節子姉ちゃん、ヨシミ義伯母さん、従姉の美佐子姉ちゃん、佳代子姉ちゃんということになる。従姉たちは、私よりそれぞれ八歳と五歳年上であった。私が一歳前後だったとき、彼女たちは、もう小学生だったことになる。

いつの記憶かは定かではないが、従姉が平机の前に座って勉強をしている横で、私が机につかまるように立っていた。従姉の横にはヨシミ義伯母さんがついて、勉強を教えていたようだ。従姉がうまく答えられなかったのか、義伯母さんが怒っていた。そんな緊迫した空気を私はなんとなく感じていたはずだが、幼い私は、筆箱から勝手に鉛筆を取り出そうとしたか何か、余計なことをしてしまったらしい。義伯母さんから今度は私が怒られてしまったのを覚えている。

母の入院中とおぼしき記憶がもう一つ残っている。

その日、私たちは伯父、義伯母、従姉妹たちと、自転車に乗って、海水浴に出かけようとしていた。私が誰の自転車に乗せられていたのかまでは、定かでない。多分、壽明伯父さんだった気もする。自転車の一団が、家から続く細い道をたどって、表の広い道に出ようとしたとき、一団は急に動きを止めた。

どうやって現れたのか、それも定かではないのだが、母がいたのだ。母という認識がどれほど私にあったのか。病院で何度か見かけた女の人というぐらいのものだったかもしれない。その女の人は、私に対して特別で、やや押しつけがましい好意を抱いているらしいということくらいは感じていた。母はおそらく外泊か外出の許可をもらって、一日実家で過ごしに戻ってきたのだ。

私にとっては不都合なことだった。というのも、私は海に行くことを楽しみにしていたのだ。海水浴という言葉もまだ知らないはずの私がそう認識していたのは、おそらく、前にも私は伯父たちと海に出かけたことがあって、それがちょっとした楽しみだということを、経験的に知っていたのだろう。

ところが、私は自転車から降ろされ、せっかくの海水浴に参加できなくなってしまった。私は母と二人だけ、家に戻ると、退屈な一日を過ごすことになった。なんと母は、布団を敷くと、私と一緒に横になった。母の腕に抱かれながら、私はかなり居心地悪く、ひどくつまらないことになってしまったと感じていた。退屈に天井を眺めながら、布団の中でもぞもぞしていた。私が覚えているのはそれだけだ。それから、母と何かをしたという記憶もないし、母が帰っていったという記憶もない。

私は眠り込んでしまって、知らないうちに母は病院に戻ったのか。

海水浴に出かけたとすると、夏ということになる。母が入院したのは、三月生まれの私が十ヶ月のときで、つまり一月か二月頃のことだった。母は六ヶ月間の入院で、幸運にも結核から回復することができた。ということは、退院したのは七月か八月。退院が近づいていた頃だと思われる。

そういえば、その記憶にはどこにも祖父・榮助の姿がないのだが、そのことは事実とよく符合する。というのも、祖父は、そのとき丸亀の労災病院に入院していて、家にはいなかったからだ。

祖父は納屋の裏にある田に、除草剤のホリドールをまいている間に、意識を失って倒れてしまった。重症のホリドール中毒だった。

「虫の知らせじゃろうかな。上の兄さんが、たまたま納屋の裏の田をのぞきに行ったんじゃと。そしたら、お祖父ちゃんが、田の水に顔をつけて倒れ込んどったんで」

祖父は重体で、担ぎ込んだ病院では、もう助からないと言われたが、伯父は承服せず、労災病院にまで運んでもらい、どうにか一命を取り留めた。

その出来事は、私にも少なからず影響があった。祖父の方に付き添いが必要になったため、私の面倒をみきれなくなったのだ。

母が事情を主治医に相談すると、若い内科医は、お子さんと病院で過ごす方法がないか、検討してみるとまで言ってくれた。が、結局、その案は実現しなかった。代わりに主治医は、少しだけ退院を早めましょう。ただし、入院しているときと同じように、もう半年、自宅で静養することという条件をつけたのだ。

それは、母にとっても私にとっても、最良の計らいだったと言えるだろう。

こうして、母は退院すると、嫁ぎ先の萩原ではなく、十三塚の実家でしばらく過ごすことになった。


母は亡くなるまでの五日間、病院で一人最後のときを過ごしながら、この頃のことを思い出しただろうか。新型コロナで、面会もできないという状況は、結核で、幼い息子にも会えないまま、隔離病棟に入院したときの状況と重なって感じられたはずだ。あのときは、まだ一歳にもなっていない私を人手に預け、このまま亡くなってしまう無念さと悲しみに、泣いてばかりいた。そのときに比べれば、子どもの心配をする必要もなくなり、父の世話も最期までやり遂げ、見送ることができた。むしろ、こうして病院で手当てを受けられることに、安堵を感じていたのだろうか。

母は、結核で死の淵にあったとき、神に祈った言葉を思い出しただろうか。せめてあと五年生きさせてほしいと、祈ったことを。その十倍も母は生きることができ、私たちを見守ることができた。母の性格を考えると、命を召されることに、母はもう何の悔いもなかったように思える。自分が果たすべき役割を果たせたことに、母は満足していたのではないか。

だが、五十云年前のあのときは、父も母もまだまだ生きねばならなかった。乗り越えていかねばならない苦労が、待ち受けていたのである。

萩原の家の牛舎で、孤軍奮闘していた父は、母の回復を喜びながらも、別の問題に直面していた。それは、母の入院費をどうやって支払うかという問題だ。酪農を始めるのに当たって、祖父に無理を言って、資金を都合してもらった手前、父も、母の入院費まで出してくれとは言いづらかったのだ。あるいは、祖父の方にも、まったく金銭的な余裕などなかったというのが事実だったかもしれない。

父の計画では、乳牛を次々増やしていければ、牛乳の生産量も増え、収入も倍々と増えていくはずだった。だが、生まれた子牛は雄で、たった一頭しかいない乳牛も、乳腺炎を起こして、乳の出が落ちていた。父が朝から晩までどんなに頑張って働いたところで、多額の入院費を払える当ては、どこにもなかった。

そんなとき、思いがけないことが起きた。先祖が遺してくれた、わずかばかりの山林があったのだか、その山林が山泥棒の被害に遭ったのだ。この山林には、父がキノコの研究をしていた頃には、腐葉土を取りに、よく足を運んでいたものの、酪農を始めてからは、年に一回松茸を採りに入るくらいのものであった。天然の松茸が採れる内緒の場所があって、ちょっとした楽しみだったのだ。

まもなく犯人が逮捕された。裕福な家のドラ息子の仕業だった。家族が菓子折をもって謝罪に訪れると、人のいい三四郎は、どうせ放ってあったものだから、気にしないでいいと、あっさり謝罪を受け入れてしまった。父は折悪しく出かけていたのだが、戻ってきて、その話を三四郎から聞くや、血相を変えて飛び出していった。相手方の家まで追いかけていくと、菓子折を突き返したのだ。

弁護士を雇う金など、毛頭ない父だったが、執念だけはあった。相手が音を上げるまで日参し、六万円の賠償金を支払うことで話がついた。いまで言えば、六十万円くらいか。その金で、父は母の入院費を払うことができた。

がっかりすることの多かった父の人生において、数少ない勝利の一つだったと言える。夫として、どうにかしなければという一念のなせる業だっただろう。

退院した母は、先のような事情で、さらに半年ほど、十三塚の実家で静養することになった。上の兄である壽明は、母が気兼ねなく静養できるようにと、小さな一室を空けてくれた。裸電球を一つぶら下げただけの粗末な部屋だったが、私のおぼろな記憶の中のその部屋は、とても暖かく、居心地のよい場所であった。小ぶりのちゃぶ台とおもちゃ箱（木製のりんご箱だったかもしれない）が置かれていた以外には、家具らしい家具もなかったように思う。それでも、私にとっては、裸電球のオレンジがかった光彩に包まれた部屋が、心和む光景として、幼い記憶にしばらく残っていたように思う。

「その頃のあんたは、それはいい子でな。お母ちゃんの言うことを、よう聞いて。おもちゃでも、絵本でも、遊んだ後、きちんと後片付けしてたな。それが、どうなってしもたんやろ……」

母が嘆くのを聞きながら、私も不思議だった。私だって、別に母を手こずらせたくて、問題を起こしているという意識はなかった。やることなすこと、裏目に出てしまうだけで、気がついたら怒られているのだ。人間、年が上がっても成長せずに、逆に愚かになってしまうということがあるのだろうか。小学生一、二年の頃の私は、もっと幼かった頃の自分の話が出る度に、そんなことを漠然と考えていたように思う。だが、それは少し先の話だ。

伯父の壽明は、寡黙で飾り気のない人物だったが、父親譲りの商売気（いまでいうビジネス感覚）を受け継いだところがあり、旺盛な事業意欲を示し始めていた。数年前から始めた塗装業が、折しも岩戸景気の建築ブームに乗って、母などには想像もつかない成功を収めようとしていた。無口で物静かだが、真実を見抜く眼力をもったこの伯父の気質は、取り付きやすいものではなかったものの、その人柄に触れた人からは篤い信頼を受けた。

次第に大きな仕事も請け負うようになり、事業の発展ぶりは、傍目には華やかにさえ映ったものの、多少リスクのある仕事や納期の迫った仕事も、無理をして抱えなければならなかった。

寿明は、男手一つで、自分たちきょうだいを育ててくれた父親の苦労を身にしみて知っていたので、自分の成功の矢先に父親が倒れたとき、どんな犠牲を払ってでも、父親を元の体に治してやろうと決意していた。塗料まみれになって稼いだ金を、惜しみなく祖父の治療につぎ込んだ。病院に行くときは、ピン札の千円札を何十枚も用意しておいて、その束を、回診の度に、医者の白衣のポケットにねじこんだ。

「一体、いくらばらまいたか見当がつかんくらいじゃわ」と、母はまるで見ていたかのように、私に話したものだ。病院では、祖父はどこかの金満家のご隠居だという噂が立ち、実際、すべてが特別待遇だった。

嘗めてきた欠乏が、過剰な補償を求めようとするのだと言ってしまえば、それまでだが、人間の営為など、崇高の最たるものから、極悪非道なものまで、それを突き動かすものは、その落差が生むエネルギーなのかもしれない。そして、人間の情熱は、それを準備した長い時間と、花火のように輝く一瞬の短さによって、往々にして悲劇性を帯びる。

その後まもなく、寿明がたどることになる運命を考えると、幼い私でさえも、母からその話を聞く度に、やるせない思いがこみ上げるのだった。

伯父の一念が通じて、祖父の榮助は順調に回復を遂げた。あの日、われわれが海水浴に出かけようとしていたのも、付き添いが必要ないくらいまで、祖父がよくなっていたということだろう。

その後も、祖父についての記憶はない。祖父が退院するのと入れ違いに、母と私は、萩原の家に戻ったからだろう。私はもうすぐ二歳になろうとしていた。

4

私の記憶が割としっかりあるのは、四歳頃からで、二歳から三歳までの記憶は、断片的で、混沌としている。

家には乳牛がいたこと、母牛以外にも子牛がいたこと、搾りたての牛乳を飲んでいたが、私はそれがあまり好きでなかったこと、祖父母以外に幸男叔父さんがいて、一緒に暮らしていたこと、そういったことがいくつかの場面として、ぼんやりと記憶に残っている。子どもの頃には、もっと鮮明に思い出すこともできたと思うが、年々、原記憶とでも言うべき生の記憶自体はかすれてしまい、かつて存在した記憶についての符牒のような説明書きに置き換わってしまったところも少なくない。

もはや生の記憶が更新されることはない母についての記憶も、これから先、かすれていくばかりで、こういう思い出が存在したという記録だけに置き換わってしまうのだろう。いや、そうした記憶があったことさえも、忘れ去られていく。それは、母についてのみならず、誰に関しても、そして自分自身についても、不可逆的に進行していくプロセスだ。そして、私の死とともに、私の中に残された二次的な記憶さえも一切が消滅することになる。

何があったかの手がかりは、ここに書き残された何万字かの文字だけということになるのだろう。頼りないかすかな痕跡とはいえ、そこから想像で補うことで、私や母の個人的な体験を超えた何かを、読み手となる人が感じ取ることができるという可能性を、むしろプラスに受け止めることもできるだろう。

その頃の記憶の多くは、母から聞いたことを私があたかも自分が体験したかのように想像した場面の記憶のように思う。たとえば、私が萩原の家に戻って、ほどなくして起きたアクシデントとして、母から何度も聞かされたのは、祖父の三四郎が、私に甘酒を飲ませた話だ。私がおかわりをせがむので、ほしがるだけ飲ませてしまった。その夜、私は機嫌が悪く、泣き続けた。夜中になってようやく泣き止むと、今度は死んだように眠り始めた。ずっとその様子を見ていた母は、どうもいつもと様子が違うと感じていた。おなかが、母の表現を借りれば、「宮太鼓のように」膨らみ、熱をはらんでいた。

「お父ちゃんを起こしてな、このままほっといて大丈夫じゃろか、と言うたんよ。お父ちゃんも、これは腸熱（腸炎）やらわからん、言うて、それからお母ちゃんとお父ちゃん、急いで用意して、あんたを負い子で背負ってな、自転車で竹広はんまで走ったんよ。何遍も玄関のガラス戸を叩き続けてな、しばらくしたら、ようやく灯りがついて、先生が起きてきてくれたわ」

竹広とは、町の開業医だった。医者は私の状態を見て、「何を食べさせたんど？」と、母を鋭い眼(め)で振り返った。母は恐る恐る事情を話すと、「一歳の子に、甘酒をか……」と顔をしかめた。

処置をした後で、医者は手を洗いながら言った。

「明日の朝連れてきとったら、死んどったの」

以来、大人になるまで、私は甘酒が飲めなかった。どうしても受けつけなかったのだ。だが、不思議なもので、三十を過ぎた頃から、徐々に平気になり、そのうち美味しいと感じるようになった。物心つく前に体に刻み込まれたトラウマであっても、どうやら克服できるらしいという考えを抱くようになったのも、一つには私自身のそうした体験があった。

祖母を狂わせる一因ともなった祖父の優しさは、弱さやけじめのなさにもつながっていた。祖父がよかれと思ってしたことだったので、母も祖父を責めるわけにもいかず、黙っていたが、こうした常識外れなことが起きる度に、母は、この家で暮らすという自分の下した決断が、子どもさえも守ってやれない状況に巻き込んでしまったのではないかと思い、迷いや後悔がまた湧き起こってくるのだった。

父の酪農は、次の大きな山場を迎えていた。二頭目の子牛の出産が近づいていたのだ。母牛が産気づいたのは、まだ寒い春先のことで、父と一緒に、出産に立ち会った母は、まだ体力が戻りきっていなかったこともあり、目に隈（くま）ができるほど疲れてしまった。無情にも、生まれた子牛はまた雄だった。母は、父の落ち込んだ顔を見るのがつらかった。

乳牛は成長が早い。生まれた子牛が一頭だけでも雌牛ならば、一年もすれば、自ら子牛を産んで、乳を出してくれる。現に、父と同じ頃に酪農を始めた人でも、次々雌牛が生まれて、乳牛の数を増やしているところもあった。しかし、生まれてきたのが二頭とも雄牛では、また発展性のない一年に耐えなければならない。

つきがないと言えばそれまでだが、どうしてこれほど悪いことばかりが続くのかと思うほど、成功に見放されていた。

それでも父は諦めず、次の種付を試みた。ところが、さらに不運が見舞う。種付をしても母牛が妊娠しないのだ。当時、種付には七千五百円かかった。父にとっては、大きな出費である。獣医は妊娠の見込みについて、あいまいなことを言い、父は諦めきれず、三回その金を払ったが、結局、妊娠することはなかった。父には、もう一頭雌牛を飼う余裕も気力も残っていなかった。父の夢は破れた。

母としては、正直ほっとした面もあった。

「牛はなあ」と、普段は饒舌な母も、それ以上何も言わなかったが、母としては父の夢にケチをつけたくなかったものの、酪農を始めてから、あまりいいことがなかったというのが、正直なところだったのではないか。

あれほど研究熱心だった父も、報われない日々の労働に疲れ、ノートに記録することさえ、おざなりになっていった。父は、酒を呑む機会があるごとに、べろべろに酔い潰れるまで呑んだ。それも、家では両親の目があるので、よその家で呑むのだ。おかげで母は、父を迎えに行き、連れて帰るのに往生した。

母は盆と正月には、里帰りを許された。晴れ着に着替え、用意が調うと、私の手を引いて、祖父母のいる母屋に挨拶に行く。「これから帰って参ります」と言うと、祖父は「そうか」と言い、懐を探る。渡してくれるのは、決まって百円札が三枚だった。母は礼を言って、それを受け取り、私を自転車の荷台に乗せて、十三塚の実家へと向かう。

里帰りの度に、通過しなければならない関門が母を待ち受けている。

自転車は、萩原から下り勾配の道を進んで、少し賑やかな辺りに出る。大野原のメインストリートである辻だ。通りの両側には八百屋や魚屋、洋品店や呉服屋、お菓子屋や本屋といった店が並んでいる。

「お母ちゃん、手土産代わりに、仏壇のお供え物でも買いたい思てな。それがじゃ。ちょうど小西のおもちゃ屋の前辺りを通りかかったら、あんたがお尻を揺するんじゃがな。危ないんで、慌てて止まったら、あんたはもう自転車の荷台から飛び降りて、おもちゃ屋に駆け込んどったわ。仕方なしに、お母ちゃん、自転車を停めて、あんたを追いかけて、中に入っていったら、あんたは、もうおもちゃを抱えとってな。それも、決まって、一番高いおもちゃでな」

それから母は、おもちゃを買うのは、帰りにしようとか、別の物にしようとか、あの手この手で私を説得しようとするのだが、私はまったく聞く耳をもたない。

「よう知っとるな、どれが一番高いか」とおもちゃ屋の主人も笑っている。

普段なら無理矢理でも取り上げられているところだが、店の人の目があるので、母も及び腰だ。それをいいことに、私は調子に乗って、説得に応じようとしない。

すったもんだの挙げ句、結局、母は根負けして、私の言いなりになるしかなかった。

「お祖父ちゃんにもろたお金では、足らんでな。お母ちゃん、財布をそれこそ逆さにして、払ろたんで」

母は仏壇のお供え物も買ってこられなかったことを、父親に詫びると、榮助は、「元気な顔を見せてくれたら、それでええがい」と言って、長く伸びた眉の下の丸い目を細めるのだった。娘の不幸な結婚に責任を感じてか、榮助は説教じみたことも言わなかった。

だが、長兄の壽明の方は、もっと冷徹に事態を見守っていた。口数の少ない、無愛想なこの伯父のことが、幼い私は何となく苦手というか煙たかったのだが、この伯父には私の姑息な作戦が通用しないことを何となく感じていたためだろうか。

といって、普段は妹に意見することも滅多になかった。ただ、その年の正月、それは、伯父が最後に迎える正月になるのだが、十三塚に帰ったとき、そんな私の様子を見て、兄は妹に言ったという。

「火鉢の前にお母ちゃんが座っとって、あんたは、お母ちゃんの膝の上で、買うてきた新幹線のおもちゃだったかな、それをうれしそうに抱えとったわ。『兄さんも、温もらんな』言うたら、珍しく兄が腰を下ろして、火鉢の火に当たりながら、あんたのことを、じっと見とったわ。そして、言うたんよ。『お前がこの子を可愛いと思う気持ちは、わしにもようわかる。じゃがのう、満たしてやるばっかりでは、この子のためにならんど』。お母ちゃんも、『兄さん、私もわかっとんじゃ。でも、わかっとっても、つい負けてしまうんじゃ』と答えたんじゃ。そしたら、兄さん、何と言うたと思う? 『お前が負けてどうするんど。この子はそれで通用するもんと思うてしまうぞ』。そう言うたんで」

母が涙ぐんでいるのを見て、榮助が、「もうそれぐらいで、よかろがい」と割って入ったので、壽明もそれ以上は意見することもせず、「まあ、ゆっくりしていけや」とぶっきらぼうに言って立ち上がるのだった。

母が、唇を噛みしめて、悲しそうにうなだれているのを見ると、十三塚の祖父が、「口は悪いけど、あれはあれなりにお前のことを心配しとんじゃ」と、小声で取りなすように声をかけた。母は、「兄さんの言う通りじゃ」と言うと、堰を切ったようにしくしく泣き出した。

「あのとき、お母ちゃんは、心の中では、『兄さんになんか、私の気持ちは、わからんわ』と、思とったけど、いまになって考えたら、兄はよう見てくれとったんじゃなあと思う。私が後で困ることになるのを見越して、ああ言うてくれたんじゃろな」と、母は小学生の私をしみじみ見ながら言うのだった。

祖父の榮助は、次男であり、もともと家を継ぐ予定はなく、警察官になるつもりで、その道の勉強をしていたという。十三塚の家は当時牛や馬を商う博労（ばくろう）をしていて、それなりに裕福だったが、父親が人にだまされて大きな借金を背負い、小作に転落するという憂き目に遭ったうえに、百姓を嫌った長兄が、家を出て分家してしまったため、やむなく、若干十六歳の榮助が家督を継ぐことになったのだ。家長としての責任感と勤勉さと多少の才覚で、貧困のどん底から家産を立て直そうともがいてきたが、責任感が強すぎて、余計な苦労まで背負い込んでしまうこともあった。弟を、無理をしてまで大学にやったのも、榮助の気性のなせる業だったが、その無理が祟って、連れ合いを亡くすことにもなった。

そんな榮助も、壽明の事業の発展とともに、長年の重圧から解放され、平穏な時期を迎えていた。若い頃の激しい性格も丸みを帯び、好々爺的な雰囲気を漂わせるようになっていた。祖父にとっては、一番幸福な時期だったとも言える。

壽明は、前年には、高さ六十メートルもあるダムの塗装を一手に手がけるまでになっていた。

「手元が狂て、ペンキの缶が、壁にはねながら下まで落ちたんじゃと。後で見たら、ぺちゃんこに潰れとったんじゃと。それが自分じゃったらと思て、さすがの兄さんも足がすくんだと言うとった」

そういう話も、兄がいかに勇敢に、危険な仕事をやり遂げているかという成功譚で終わっていた。もちろん心配性の母のことである。兄にもしものことがないか、不安に思わないはずはなかった。ただそれも、工事の請負代金の金額を聞いたり、台所が、最新の鉄筋コンクリートに改築されていたりするのを目の当たりにすると、不安よりも賞賛や憧れの方が強まるのだった。

榮助がたまに首山の観音さんだとか、大野の祇園さんのお参りに出かけるというと、「一杯呑んで来いや」と、兄嫁に内緒で仕事着のポケットに小遣いをそっと入れてくれるのだと、珍しく祖父は目を細めて母に語ることもあった。榮助は、息子の心遣いが、よほどうれしかったのだろう。

まさか、その正月から二ヶ月もしないうちに、恐ろしい災厄が見舞い、榮助が再び一家を背負って立たねばならなくなるとは、誰にも想像がつかないことだった。

それゆえに、母はその日のことを思い出して、私にも何度も語ることになる。


父の酪農にも将来の見通しが立たず、母は外で働きたいと思うようになった。その方が、少しでも現金収入が得られるし、それに、この家から離れて、外の空気を吸うこともできる。豊浜の海岸が埋め立てられ、工場がいくつかできて、その中のダイドーラスという、ラスを作っている工場が、ちょうど従業員を募集していた。母は、そこに行きたいと思った。

しかし、母が外に出るには、まだ三つにもなっていない私の子守が必要である。祖母一人に任せるのは、さすがに気が引けたが、最初の卒中を起こして以降、祖父の三四郎もほとんど仕事をしておらず、家にいたので、思い切って母は頼んでみた。

祖父は、すんなり引き受けてくれたが、祖母は、「嫁が働きに出て、年寄りに子守させるんじゃと」と独りごちたので、案の定、あまり歓迎されていないことがわかった。

すかさず母は、「少しですが、お給料が入ったらお礼をさせてもらいます」と、付け加えた。すると、祖母も少し興味をひかれた様子で、「嫁に子守賃、もらうもん、もらわんもん」と、何度か繰り返していたが、最後には、もらうことに決したようだ。

母の給料が、日給で三百円。一ヶ月で七千五百円ほど。その中から、お礼として二人に千円ずつ渡すと、母の手元に残るのは五千五百円ほどで、そこから電気代やおかず代、衣料費などをまかなわなければならなかったが、母にとっては、わずかでも自由になる現金収入を得られることは、ありがたかった。

そういうわけで、私は母が仕事に行っている間、祖父母と一緒に過ごすようになった。その頃の記憶もうっすらと残っているが、私が甘えていたのはもっぱら祖父の方で、祖母は自分のことの方に忙しく、上の空のことが多かったので、私も彼女には、あまり期待しなくなっていた。

だからといって、祖母が私に何か嫌なことを言ったりしたりすることはなく、いつもとはいかなかったが、機嫌がよければ食べ物を作ってくれることもあったし、私が何か危ないことでもしようものなら、声を上げて止めてくれた。祖母はとても臆病で、気が小さいところがあり、私が家から出て、前を走っている道路の方に行くだけで、大騒ぎした。

もう少し年が上がってのことだが、私が熱を出してひやで寝ていたら、わざわざ氷枕を用意してもってきてくれたこともある。

「ああいう優しいところもあるんじゃなあ」と、母は感心したように言っていた。

子どもは、どんな環境でも当たり前のこととして受け入れる。私は祖母に対して、祖父ほどではないが、それなりに親しみも感じていて、祖母が独り言を言うことにも、話しかけても上の空で気づいてもらえないことにも、さほど違和感を覚えることもなく、そういうものとして受け入れた。

私は積み木で遊ぶのが好きだったので、自分でも独り言を言いながら、自分の思いつきに基づいて世界を作ることに熱中していた。祖母は私のしていることに、興味をもって質問してくることもなかったが、私も祖母の独り言の世界に口を挟むこともなかった。それでも、祖母の独り言は、嫌でも耳に届く。

祖母は、心の中で思っていることを、すべて独り言という形で表現していたので、私は、人間の本音というものに、幼い頃から触れながら育ったことになる。

人間の本音にも、高尚なものや、崇高な観念が存在することを否定するつもりはない。しかし、私が日常的に耳にした人間の本音というものは、滑稽なほどに幼稚で、醜く、自分勝手で、馬鹿げたものだった。

その後、私が精神科医になってから、抑圧することはよくないことであり、本音を抑えて我慢してきたことが精神のバランスを狂わせるのだから、もっと本音を言うことが必要だということを精神療法の基本として学び、私自身もそうしたことを患者に話すようになるのだが、その一方で私が思ってしまうのは、人間の本音など、それほど美しいものでも、称えるべきものでもなく、むしろ、それを心のうちに抑えていられることこそ称えるべきであり、人間の崇高さが存在するとしたら、本音を包み隠さず言うことではなく、それを語らずにいることではないかという思いであった。

だから、気持ちを抑えて、本音を言わずにいたことは、何ら否定することではなく、むしろ言いたいことや思っていることを、感情のままに吐き出すということが、最終的に目指すべき成熟した精神故になしうることであり、立派なことなのだと思うのであった。

母が何よりも傷つけられ、苦しめられたのは、そうした抑制の欠如という非常識さによってであり、配慮や思いやりを欠いた言動によってであった。母が育った十三塚の環境と、萩原の家の決定的な違いは、相手への配慮よりも、自分の本音が優先されてしまうという精神構造の幼さにあったと思う。そうした環境は、母にとって理不尽かつ、苦痛極まりなかっただけでなく、そうした環境に自分の子どもをおかなければならないということにも、母は不本意な思いを感じていた。

「どうしてこなに（こんなに）子どもっぽい人たちばっかりなんやろうって、お母ちゃん、不思議でならんかった。悪い人ではないんじゃ。でも、それが余計始末が悪うてな。一人でも、まともに話ができる人がおったら、お母ちゃんも、もうちょっと苦労せんですんだと思う」と母はよく嘆いた。父はその中では、一番ましな部類に入るようだったが、それでも、ときには、父も同類であることが露呈する。そして、私にも似たところがあるらしかった。

「あんたもよう似とらい」と、母は突き放すように言うこともあった。

この鈍感さは、生まれ持った遺伝的気質なのか、それとも、まともな世話や共感を与えられずに、半ば放置されて育った結果なのか。

母も、早く母親を亡くしたので、母親から十分な世話を受けて育ったとは言えない。しかし、十三塚の家には、母親の死を補うだけの思いやりや結びつきがあったのだろう。それに引き換え、萩原の家では、母親が亡くなったわけではなかったが、母親としての機能は半ば失われ、混乱と無秩序だけが支配していた。しかも、それを補うだけの思いやりや思慮深さをもった存在もおらず、目先の欲と感情だけが気まぐれに渦巻いていた。

無秩序な環境ほど、子育てをするのに最悪のものはない。母の嘆きを倍加させたのは、自分だけでなく、唯一の希望である我が子まで、台無しにされていくという恐怖と嘆きだったのだろう。

環境といえば、母が気にしていたことが、もう一つあった。

東京オリンピックが近づいているということもあり、テレビが普及し始めていたが、まだ近所にはテレビのない家も多かった。我が家も貧窮のどん底にあり、テレビを買う余裕などなかったのだが、ある裏技を駆使して、叔父の幸男がテレビをただ同然に手に入れてしまったのだ。その裏技とは、こうであった。

幸男は、定時制高校に通っていた頃、電気店で働いていたことがあって、そのとき習い覚えたのが、電気製品を修理したり、組み立てたりする技術だった。テレビの部品を買って自分で組み立てると、半分以下の値段で作れることを知っていた幸男は、テレビを自分で組み立てることにした。しかも、彼は一台ではなく、二台のテレビを組み立てたのだ。そして、そのうちの一台を近所の人に売ったのである。市価より安い値段で売っても、二台分の部品代をまかない、おつりがきた。つまり、テレビがただ同然に一台手に入ったというわけである。

そういう経緯で、我が家にテレビが登場したのだが、それが私にも少なからず影響することになる。

「お祖父ちゃん、あんたを膝の上に抱いて、テレビを見せるんじゃけど、手を伸ばしたら、すぐにチャンネルを回せるように、一日中、テレビの真ん前に座ってな」

祖父は最初の卒中の後遺症で、足が少し悪かったので、立つのが面倒だったのだろう。おかげで私は、画面にかぶりつくような至近距離で、テレビを毎日長時間見続けることになった。

「ちょっと近すぎるんでないかと思たんじゃけど、子守を頼んどる手前もあって、そうとも言えんでな」

私の発達にどういう影響があったかは不明だが、小学校に入学したときの視力検査で、視力が両眼とも、〇・二しかなかったのは、おそらくその影響だったのだろう。

私はもともと軽い斜頸（しゃけい）があったらしいのだが、母はそのこともひどく気にしていた。斜頸のせいか、人と話をするときに、右斜め上方ばかり見る癖があって、視線を合わせないのだ。

母が入院するまでは、そんなことはなかったし、退院してしばらく十三塚で過ごしていたときも、斜頸は少しあったものの、目が合わないということは、あまり感じたことがなかった。一体この子に何が起きているのかと思うと、母はとても不安になった。視線がおかしな方を向いてしまうのは、首のせいではないかと思い、母は根気よく私の首をまっすぐに向け直そうとした。

「何遍やっても、手ェはなしたら、もとに戻ってしまうんじゃがな」と母は悲しそうに回想した。

気になることは、他にもいくつかあった。その一つは、私がおしっこを漏らすようになっていたことだ。

「おむつも早うとれとったのにな、また毎晩オネショをするようになって。お母ちゃん、毎晩、あんたのおしっこの番をせないかんようになって」

ひやのガラス戸から数歩出たところに、納屋と広庭の境目があって、境界を示すように長細い花崗岩の敷石が埋め込まれていた。母は私を両脇から抱えて、その敷石の辺りまで運ぶと、私のものをつまみ出し、シーと耳もとでささやく。私は寝ぼけ眼で、ただ母のなすがままになっている。そんな光景をおぼろに記憶している。

もう少し大きくなると、さすがに家の前で放尿するのは具合が悪かったのか、縁側の方に運ばれていくようになった。

癇癪もひどかった。母の帰りが遅かったりすると、私はその怒りを母にぶつけるのだ。祖父母を手こずらせた覚えはない。いつも怒りをぶつけるのは、母に対してだった。私は私なりに我慢していたのだろうか。

「お母ちゃんが戻ってくるのが遅い言うてな、あんた怒って、お釜の大きな蓋を、投げつけてきたことがあったんで」

私がその光景を何となしに覚えている気がするのは、母から何度もそのエピソードを聞かされたためだろうか。

愛着という観点から見ると、私が母に示していた反応は、抵抗／両価型と呼ぶべきタイプに当たるだろうか。母親がいなくなって、しばらくして戻ってきたとき、幼い子どもが母親に対して示す反応は、その子の愛着の安定性やタイプをよく示しているとされる。母親との愛着が安定した子どもは、母親が戻ってくると、素直にそれを喜び、母親に甘えることができる。しかし、抵抗／両価型と呼ばれるタイプの子では、逆に怒りを示し、母親を拒否したり、攻撃したりする。そうした反応は、愛情不足を感じている子どもにみられやすいが、ずっと放っておかれたというよりも、大事にされるときと、されないときの差が大きいケースで、そんな反応を示しやすいと考えられている。

幼い頃の私には、自閉的なところもあり、それが遺伝的な要因によるものなのか、一歳にもならないときに母親と離れていたことの影響によるのか、それとも、子どもにとって、あまり理想的とは言えない環境の問題がいろいろ重なった結果なのかを、見分けるのは難しいが、抵抗／両価型というだけでは説明がつきそうもない。とにかく、挙げたらきりがないくらい、もろもろの不利な要因が混じり合って、どっちにしろ、あまり芳しくない方向に向かっていることは、母も感じざるを得なかった。

それでも母は、生活を少しでもよくしようと、必死の思いで働いていた。それに、母にとっては、外の世界で得られる人とのつながりが、救いになっていた面もあったに違いない。

まだ寒いある日のことを、私はぼんやりと記憶している。幼い私が、居間に当たる中の間で遊んでいると、表でオートバイのエンジン音がして、誰かがやってきた。玄関のガラス戸には明るい日が差していた。そこを少し開けて、表の方をのぞくと、黒い革の外套に身を包んだ大柄の男が、やはり黒いオートバイから降り立つところだった。私は見慣れない人影に怖くなって、中の間の方に駆け戻った。やがて玄関の戸が開いて、その人物が颯爽と入ってきた。伯父の壽明だった。家には、私の他に祖父と祖母がいた。壽明は、つきたての餅をむろぶたに入れて持ってきてくれたのだ。

　壽明が萩原の家に姿を見せること自体珍しかったが、寡黙で、いつもなら用事だけ済ませ、さっさと引き上げるのに、その日は、茶を勧められると、外套と靴を脱いで、中の間でいつになく気さくに祖父母とも話を交わした。その日、祖母も機嫌がよかったらしく、嫁が働きに出て、自分にまで小遣いをくれるとうれしそうに語ったのだった。

　祖母は大体、外見に弱いところがあり、風采が立派だったりすると、ひいき目に見てしまう。祖母の愛想のよい反応に、壽明も少しほっとしたのか、和やかな笑い声が響いた。祖父の膝の上に抱かれながら、手遊びをしていた私にも、ほのぼのとした雰囲気が心地よく感じられた。帰るときには、私も玄関の前まで出て、壽明がバイクにまたがり、走り出すのを見送った。それは、生きた伯父を見た最後となった。

　その日、母は仕事でいなかったのだが、その後、母は壽明に一度だけ会ったという。

日の短い二月の夕刻、仕事帰りの母は、どうしても父や兄の顔が見たくなって、わざわざ大回りをして、十三塚の実家に立ち寄ったのだ。

「虫の知らせだったんじゃろか」と、母は自分の行動をそうとしか説明できなかった。

「私が自転車を降りたらな、ちょうど上の兄さんが、納屋の前に停めたオートバイのところにおってな。もう暗うて、顔もよう見えんくらいじゃった。この間の餅の礼を言うたら、お祖母ちゃんとも話ができてよかった、そう言うてくれてな」

それから、壽明はやや唐突にこう質問したという。

「お前、そうやって仕事に出て、なんぼ貰いよんや」

母は、兄が稼いでいる実入りに比べたら、恥ずかしいような金額だけど、お金だけの問題ではないと答えた。

兄がどういう表情で母の話を聞いていたのかはわからないが、壽明はただ、「あの子を、年寄りに任しといて、ええんか?」とだけ聞いてきたのだった。

母にもいろいろ言い分はあった。だが、兄は何かを感じて、母にそう忠告したのだろう。

「あれが上の兄さんの遺言で」

それから一週間後、母の務め先に電話が入った。昼過ぎのことで、弁当を食べようとしていたときだった。電話は父からだった。父は私の家の前にあったハギレ屋で電話を借りて、掛けてきたのだ。上の兄が事故に遭ったらしく、重体なので、すぐに病院に行けという。二年ほど前、母が結核で入院したのと同じ病院だった。工場から病院までは、自転車で急げば十分ほどの距離だった。母はまだ何が起きているかもわからず、命にかかわるような怪我でなければよいがと、ただ祈るような気持ちでペダルをこいだ。

息を切らせながら、母自身、三年ほど前に入院していた病院にたどり着き、病室に入ると、そこは修羅場だった。兄嫁はベッドに取りすがって泣き崩れ、榮助は膝を折って病室の隅に座り込み、男泣きに泣いていた。そして、下の兄の富美男は、頭に血まみれの包帯を巻いた兄の手を握りしめて、呻くように「兄貴」と呼び続けているのだった。

その少し前、富美男は、医者の白衣に取りすがり、「助けてやってくれ」と懇願したが、医者は首を横に振るだけだったという。手の施しようがなく、ただ死が訪れるのを待つしかなかったのだ。

壽明は、足場の点検に行った際、番線にはじかれて転落したのだという。現場は農協の集荷場で、それほど高い足場ではなかった。わずか数メートル、それが油断を生んだのだろうか。運悪く、下にあった大きな石に、後側頭部から落ち、頭蓋骨をその中を走る血管とともに損傷してしまったのだ。急性硬膜外血腫だったと思われる。いまなら救命することもできただろう。

「鼻からも、口からも、どくどく血が出てくるのを、どうすることもできんでな。意識がないはずじゃのに、兄さんの両方の目から、涙が止めどなく流れ落ちてくるんじゃ。本当に無念だったんじゃと思う」

母はその光景を何度も何度も語った。

二時間後、壽明は、三十七年の生涯を閉じた。母親を早く亡くし、それでも弱音一つ吐かず、妹や家族の支えとなって働き続け、ようやく人生に、希望の兆しが見えかけたとき、無残にも命が絶たれてしまったのだ。

私にとっても、その日のことは、特別な記憶として残っている。

母は真っ青な顔をして戻ってくると、私に伯父が亡くなったことを告げ、これからお別れの挨拶に行くので、着替えなければならないと言った。そう言われても、私には、そのことが具体的にどういう現実を指しているのか、あまりピンとはきていなかったように思う。ただ、母の悲しげに消沈した声が、何か途方もなく恐ろしいことが起きてしまったことを感じさせた。

私が母のこぐ自転車の後ろにつかまって、十三塚のうちにたどり着いた頃には、病院から運ばれた壽明の遺骸が、奥の座敷に敷いた布団の上に横たえられていた。

曇り空の冬日はすでに暮れかかり、薄暗い電灯の下には、遺骸を取り囲むように一族が集まっていた。遺骸に取りすがったヨシミ義伯母さんや従姉妹たちの泣き声が響き、私はその雰囲気の異様さに、すでに足がすくんでいたが、母はためらう様子もなく、「さあ、あんたも、お別れの挨拶しような」と、私の手を引いて、毅然と座敷の方に進んでいった。

私は母の陰に隠れるように、腰の辺りにつかまりながら、恐る恐る横たわった伯父の方を見た。分厚い冬布団をかぶって寝かされた伯父の顔には、白い布が掛けられていた。だが、よく見ると、頭に巻かれた包帯に、赤い血の痕が滲んでいた。

反対側に座っていた兄嫁は、母と私に気がつくと、泣くのをやめて、頭を下げた。

母はすぐそばに座ると、手を合わせてから、

「お顔を見せてな」と、兄嫁に断った。

兄嫁がうなずくと、母は遺骸の顔を覆っていた白い布をめくった。

私はその死顔をかなり克明に覚えていた。蒼白だったが、その端正な顔は、傷一つなくきれいだった。ただ、鼻孔に鼻血の痕が残っていた。

「兄さん、何で死んだんな……」と母は泣き出し、それに誘われるように、周囲から再び泣き声が上がる。私は激しい感情の渦に圧倒されながら、それでも泣かなかったのは、衝撃が強すぎて、半ば無感覚になっていたからだろう。

号泣や嗚咽の中で、伯父だけが沈黙していた。一月ほど前に私のもとに颯爽と現れて、祖父母と気さくに話をし、私も少し親しみを覚えるようになった伯父は、どこか遠くへ行って、もう笑うことも、答えることもないのだった。

私は母に言われるままに、伯父の口を、葉っぱに含ませた水で湿らせた。あれほど精悍で、力強かった伯父は、何の反応も返さなかった。

伯父の死は、死というものに私が最初に触れた出来事でもあった。

「ほんまにつらい葬式じゃった。事業を大きいするから言うて、刷り立ての名刺が千枚、葬式の日に届いたんで。それも全部、棺に入れたんで。ヨシミ義伯母ちゃんが、棺のそばを離れんでな。なんぼに（なかなか）蓋が閉められんのじゃがな。何人もでかかって、ようやく引き離したんで。ほんまに気の毒やった」

葬式の夜、私は十三塚の家に、母と一緒に泊まった。私は自分が寝ている布団の柄が、亡くなった伯父に掛けられていたものによく似ていることに気がついた。私は、一向に寝付こうとせず、母を困らせた。私がぐずっている声を聞きつけたヨシミ義伯母さんが、通夜に使った布団は、血がついたので捨てたと言っても、私は信用しようとしなかった。

当時は、火葬場の火力が現在のもののように強くなかったので、焼き終わるのに一晩かかった。翌朝の火葬場の一室のひんやりとした空気を覚えている。引き出された台車の上には、白く積もった灰に混じって、骨の燃え滓（かす）が、およそ人間の形に散らばっていた。壽明伯父さんは、大柄で、骨太な体質だったらしく、割合に骨格が原形をとどめていた。

「兄さん、こんな姿になって……」と、再びハンカチで目頭を押さえる、母たちの嘆きとは別に、私は壽明伯父さんを組み立てていたものの正体に、強い衝撃を受けていた。それは私を脅かすように横たわっていた、血を流した遺骸とは違って、安らかな透明さを帯びていた。太い骨さえ空気のように軽く、火箸でかき回すと、骨のかけらが、ふわふわと羽毛のように、中空へと漂い出しそうだった。

その場に立ちこめていた嘆きの質も、微妙に変化し始めていることに、私は気がついていた。女たちは相変わらず悲嘆に暮れてはいたが、彼女たちをとらえ、揺すぶっていた熱い激情は、冷やされ、諦めと静かな嘆きに変わっていた。

親戚の一人が、壽明伯父さんが、金歯を入れていたことを思い出し、誰ともなく、溶けた金を探したが、どこにも見当たらなかった。

「もう拾われたんじゃろか」と誰かが言い、それっきりになった。

成功の矢先に襲った伯父の突然の死は、一族全体に暗く長い影を落とすことになった。

「叩いても死なんと言われたほど、丈夫な人だったのに」

母は、自分のように病弱な者が生き延びて、病気一つしたことのない兄の方が先に死んでしまった運命の皮肉を、何度も嘆いた。

兄のために何もできないことを、母はいつも悔やんでいたが、母は私のベビーダンスの上置きの飾り戸棚に、兄の小さな遺影を飾って、毎日手を合わせるようになった。

私はあまりその写真を目にするのが好きではなかった。あの日見た伯父の死顔を思い出してしまうからだ。

だが、母はことあるごとに伯父の死を私に忘れさせまいとした。ことに、伯父が転落死した際、致命傷となったのが、耳の後ろの損傷であったことを、母は口やかましいほど、私に警告し続けた。

落ち着きのなかった私が、どこかに頭をぶつけたりすると、まず問題になるのは、その部位だった。「耳の後ろでないんな?」と、母は怖い顔で問いただし、もしそこに近い部位だったりすると、母の顔色は変わり、その変化を見て、私もそら恐ろしくなるのだった。

その年の四月、私は初めて保育所というところに連れて行かれた。入園式のような式があったのだろう。式の記憶はないのだが、母の自転車の後ろに乗って、保育所から帰っていく光景を、私ははっきりと覚えていた。

私の記憶に残っていたのは、入園式とはまったく関係のない一つのシーンだ。自転車の後ろにつかまっていると、タイトスカート姿の若い女性が、少し離れた道を、やはり自転車で走っていくのが見えた。私の興味をとらえたのは、彼女の膝の辺りに巻かれていた白い包帯だ。まるでその白い包帯が、彼女の膝から下と膝から上を、つないでいるように思えたのだ。

いまから考えれば、伯父の頭に巻かれていた白い包帯と同じものが、女の人の足をみごとにつなげているということに、摩訶不思議なものを感じたのかもしれない。この映像というか空想は、とても強い印象を残したらしく、かなり年が上がっても、その場面を生々しく思い出すことができた。

母が保育所に私を入れようと決意したのには、伯父の言い遺した言葉が影響していたと思われる。それに、祖父母のもとに預けておくよりも、他の子どもたちとのふれあいや、先生から教えてもらうことが、私の成長によい刺激になるのではないかと、母は考えたのだ。

しかし、母が申し込みに行くと、町の担当者は、農家の子が保育所に入ることに、当初、難色を示した。家で見ればいいというのである。母は引き下がらなかった。自分が、外に働きに行っていることや、祖父も一度卒中を起こしてから、あまり体調がよくないこと、祖母のことをどう説明していいかわからなかったが、どうにか受け付けてもらった。

その保育所は、できあがったばかりで、なぜか大野原の中心部ではなく、紀伊という町の中心から外れた地区にあった。多分私は、その保育所の一期生か二期生だったはずだ。大野原には、そこにしか保育所がなかったのか、大野原の中心部に住む子どもたちも、そこの保育所に通っていた。昔からの本屋や洋品店や散髪屋の息子たちもいた。母からすると、そうした一家は、町のセレブのように感じられていたようだ。

萩原から通っているのは私だけで、同じ田舎とはいえ、彼らは町の子で、私に比べると都会的な空気の中で育ち、暮らしぶりもハイソだったに違いない。母としては、自分の息子を、その仲間に入れて、よい教育を受けさせたかったのだろう。

紀伊の保育所までは、路線バスで通った。町の中で一番賑やかな辻の中心部近くにタクシー会社があって、その前がバス停になっていた。道路を挟んで、当時としては、しゃれた洋品店なども軒を連ねていた。

毎朝母は、萩原の家から、私を自転車の後ろに乗せて、バス停のところまで連れて行く。萩原の家の前の道は、まだ舗装されていなくて、道の至る所に大きな凸凹があった。母はいつも急いでいた。自転車が、くぼみに大きくはねるので、お尻が痛いと言って、母を困らせたこともあった。

バス停には、人だかりができている。バスが動き出すときは、ちょっとした愁嘆場が繰り広げられるが、私は泣いて母を困らせたことはなかった。母と別れることはつらく悲しかったはずだが、母が働きに行く日常に、少しは慣れていたので、そこまで深刻にならずにすんだのだろう。

それに、私はもう四歳になっていた。今日の数え方で言えば、年中さんの年だ。

私を見送ると、母は、バス停から、さらに三キロほど離れた豊浜のダイドーラスへと自転車を飛ばさなければならない。

私を乗せたバスは、豊浜とはちょうど反対方向に進む。金毘羅街道とも呼ばれていた道で、そのままずっと進んでいくと、琴平に通じる県道だ。といっても、保育所の前までは、バス停で三つか四つ分、十分あまりの道のりで、杵田川(くにた)という大きな川を越えると、すぐだった。

幼い頃というのは時間の質がまるで違っていた。わずか十分あまりの時間でも、濃厚な体験となり得たし、ドラマが起きることもあった。

私が保育所で最初に心を許したのは、あゆみちゃんという世話好きの、しっかりした女の子で、いつしか、バスに乗るときは、あゆみちゃんの隣の席に座るようになっていた。

ところが、ある日、その座席に洋品店の息子の藤川君が、大きな顔をして座っていた。私は席を代わるように要求したが、藤川君は応じようとしない。とうとうケンカになったのだが、藤川君は私よりも栄養状態も体格もよく、ケンカも強かった。私は顔をかきむしられて流血し、悔しさと痛みで泣き出した。だが、思いがけず形勢が逆転する。あゆみちゃんが、藤川君を厳しい口調で非難し、藤川君は結局私に席を譲らざるを得なくなったのだ。「大丈夫?」と、いたわられながら、あゆみちゃんの隣に座ることができたのである。ほんの一、二分の時間だったかもしれないが、人生も捨てたものではないというような気持ちを味わっていたように思う。

母親がそばにいないという不安な気持ちと、母親以外の人が自分を庇ってくれるという心地よい安心感と、その両方を味わう中で、人は少しずつ自分という枠を超えていけるのかもしれない。

保育所という体験は、私にとって、自他に目覚める機会であり、それは、ちょうどよいタイミングでやってきたように思う。とはいえ、三月生まれで、発達もゆっくりだった私にとって、保育所に通うことは、試練の日々であった。

横長の園舎の一番端っこが、私の所属した黄組で四歳児のクラス、その隣が、もっと低年齢の子どもが入る桃組だった。桃組の教室の向こうが、保育準備室という部屋になっていた。その部屋には、色とりどりの画用紙や画板、お遊戯のための道具、紙芝居などの品々とともに、下着やズボン、おむつなどの着替えがしまわれていた。私はお漏らしをしては、先生に両脇を抱えられ、よくその部屋に運び込まれた。

黄組の担任は高木先生という若い女性だったが、手早く着替えをしてくれた。私はぼんやり棚を見上げながら、されるがままになっている。朝はいてきたのとは違うズボンになって、みんなのところに戻っていく。

「ズボンが替わっとる。また、したん?」と、あゆみちゃんから半ば心配そうに、半ばおかしそうに言われることは、子ども心にも面目のないことだったが、さりとて自然現象で起きることなので制御しようがない。

おしっこだけならいいのだが、大きい方もよく漏らすようになって、周囲を困らせた。母も私のズボンが替わっているのを見る度に、少し顔を曇らせる。「行きとうなったら、行くんで」と口を酸っぱくして教えられるのだが、なぜかそのときが来ると、タイミングを逃してしまうのだ。他のことに気をとられているのか、上の空になっているのか、自分でもよくわからないのだった。

母はだいぶ心配していたが、一番気にしていないのは、張本人の私で、保育所から戻ると、スーパージェッターや鉄人28号になったつもりで、家の前に広がっていたレンゲ畑を、手を横に広げたり、前に突き出して駆け回っていた。

まだ、父は酪農を細々と続けていて、家には牛もいた。母が勤めに出ていた間は、バス停に迎えに来るのは父だった。しかし、父の姿がない日もあった。そんなときは、バス停から萩原の家まで、二キロ半ほどの道のりを、一人歩いて帰らねばならないのだが、四歳の私には途方もなく遠く感じられた。

私がとぼとぼ一人歩いていると、近所に住む高校生のお兄さんが、自転車で通りかかって、家の前までのっけてくれたこともある。のどかな時代だった。

父が迎えに来なかった六月のある日、我が家では緊急事態が起きていた。祖父の三四郎が、二度目の脳卒中の発作で倒れたのだ。今回は前回よりも症状が重く、祖父はそのまま寝たきりになってしまう。祖母は、夫の介護などする気がさらさらなかった。祖父は大小便垂れ流しの状態で、その世話を誰かがしなければならなかった。結局、母は工場勤めを辞め、父の仕事を手伝いながら祖父の介護をすることになった。

家に母がいることが多くなって、私としてはありがたかったが、母としては、残念な思いもあったようだ。

私はある日、ダイドーラスに母といっしょに挨拶に行った日のことを覚えている。母は、いつもの出勤とは違って、よそ行きのワンピース姿で、私もそれなりの格好をさせられていた。一人の若い女性が、私のことを歓迎してくれて、果物のいっぱいのった皿を出してくれた。後で、社長の妹だと知った。母が工場長と呼ばれる男の人と、工場の中で話をしている間、私はラスを作る巨大な機械が、絶え間なく動くさまに見とれていた。母の話では、何人もの人間の手や足を食べてしまったという巨大な機械を、私は想像の中でだけ知っていたのだ。

先ほどの若い女性が、名残を惜しむように、われわれをすぐ裏に広がる浜に誘った。防波堤を降りると、初夏の日差しで明るく輝く浜辺を三人で歩いた。私は浜に打ち上げられている貝殻とかプラスチックの容器だとかを夢中になって拾った。会社の人も惜しんでくれたところをみると、母は熱心に仕事に取り組んでいたのだろう。父が、海の向こうにアメリカがあると言っていたのを思い出して、私が「アメリカはどっち?」と聞くと、母も女性も困った顔をして、

「さあ、どっちじゃろうな」と笑った。私が見ていた海は、瀬戸内海だったのだ。

それから、母はあの家に縛られて、野良仕事と介護に這いずり回ることになった。祖母は、祖父に対してそれまでも嫌悪感を抱いていたが、半身不随になって寝たきりになってからは、あからさまに毛嫌いするようになった。祖父が糞便を垂れ流していようが、近づこうとさえせず、野良仕事をしている母を呼びに来るのだった。母は仕事を放り出して、家まで駆け戻り、祖父のおむつを取り替え、また田んぼに戻る。

祖父は、母を気の毒がって、「すまんのう。すまんのう。わしが、こなな情けない体になったばっかりに」と繰り返した。母は、そんな祖父が可哀想で、「気にせんでええんで。おじいちゃんは、元気になることだけ考えてな」と答えると、祖父は涙をためた目で、母を見ていたという。

祖父の病状が祖母をいらつかせるのか、それとも季節的な要因によるのかはわからないが、祖母の精神状態も安定せず、よく興奮して叫ぶようになっていた。母が勤めを辞めて、小遣いを渡すことができなくなり、その不満もあったのだろうか。攻撃の対象は、大抵母に向かうのだが、下手(へた)に母を庇ったりすると、寝たきりの祖父が、とばっちりを受け、口汚く罵(ののし)られたり、母が布団に掛けてあったちゃんちゃんこで、散々にひっぱたかれたこともあった。

祖母が口にする恨み言にはいろいろあったが、よく口にした一つは、祖母が精神を病み始めた頃、祖父は家事も育児もせずに、わめきちらす祖母を鎮まらせようと、暴力をふるったことだった。だが、半身が麻痺した祖父にはもう、荒れ狂う祖母に言い返す元気さえなく、ただ妻の仕打ちに耐えるしかなかった。そして、母にはただ、「わしが悪かったんじゃ」と、言うだけだった。

順番が前後するかもしれないが、ある雨降りの日の出来事が記憶に残っている。梅雨の頃だったのか、それとも秋の長雨の頃だったのか、定かではないが、雨が一日中降っていたことだけは間違いない。

その日の昼ご飯の後から、私の歯が痛み出した。あゆみちゃんが心配して、先生に伝えてくれた。虫歯が痛んでいるのだと言うと、先生は、歯磨きをしてみなさいと言われた。私は歯を磨いてみたのだが、余計に痛くなってしまった。「痛い痛い」と、泣きながら大げさに騒ぐ私の様子は、同情よりも周囲の反感を買ってしまった。先生まで「歯が痛いのくらい、ちょっとは我慢しなさい」と言い、それを聞いた級友たちも、先生に同調して、自分も足に傷があるけど我慢しているとか、この間、歯が痛んだが、泣いたりしなかったとか、言い立てるのだった。

それでも、痛い痛いと繰り返しながら、鼻水まで垂らして泣いている私の姿を、しまいに笑い出す始末だった。「そんなに痛いの?」と、最初は心配してくれていたあゆみちゃんまで、段々態度が冷たくなって、「もう知らん」と呆れられてしまった。あんな子は放っておきましようと、先生も園児も寄りつかなくなり、私を抜きに紙芝居を始めてしまった。

私はすっかり見放された気持ちになり、中庭に面した廊下でしくしく泣いていると、園長先生が通りかかった。私の顔をのぞき込んで、事情を聞いてくれた。

結局、園長先生の取りなしで、私はいつもより早いバスに一人乗って帰ることになった。バスに乗る頃には、痛みは治まっていたのだが、いまさら痛くないとも言えず、私はうつむきがちにバスに乗り込んだ。乗客は私だけで、いつものバス停には、連絡を受けたらしい父が迎えに来ていた。母ではないことを物足りなく思いながら、「お母ちゃんは?」と尋ねると、「用事があってな」と父は短く答えた。

私は父の自転車で歯医者に連れて行かれ、治療を受けた。実は、その日のことを克明に記憶しているのは、それから後に起きた出来事によってである。

家に帰った私は、異様な光景を目にすることになったのだ。いつもは祖父が寝ている奥の座敷の真ん中に、大きな鉄皿のようなものが置かれ、その上で火が焚(た)かれていたのだ。その横では、白装束をつけた人が炎に向かって何かを撒(ま)きながら、野太い声で経を唱えている。めらめらと燃え上がる炎は、お護摩の火で、白装束をつけた人は、行者だった。行者は何人か弟子を連れてきていた。

愛媛県新居浜市に、阿島というところがあって、そこに、その行者の道場のようなものがあった。とても法力のある行者だという評判だった。実は私もその道場に行ったことがある。豊浜から鉄道で一時間ばかりかけて新居浜まで行き、そこから路線バスで半時間ほど揺られた、山間の地にその道場は建っていた。裏側に大きな川が流れていた記憶がある。

道場で加持祈禱を受けるのだが、加持にかかりやすい人とかかりにくい人がいて、一番かかったのは、幸男叔父さんだった。幸男叔父さんは、すっかり狐のようになって、行者が指を一本触れているだけなのに、体をよじらせて、のたうちまわった。何かが憑いているというので、体から出ていくように、念入りに行者から責め立てられていた。

父や母はあまりかからなかったが、一番みてもらいたい祖母は、本能的にそういう術を怖がって、ついて来ようとはしなかった。それで、肝心の病巣にメスを入れるためには、我が家に招くしかないということになったのだろう。

その行者は、「阿島の先生」と呼ばれていた。髪を長く垂らした豪快な風貌と、堂々たる体格にはカリスマ性が宿り、「エイ、ヤーッ」と絞り出すように気合いを入れる声は迫力がみなぎっていた。燃え上がる護摩の火とそれを自在に操るかのように立ちはだかる行者の姿に、私があっけにとられていると、父が、とんでもないことを言った。私のお漏らしが治らないで困っていると。「わかった」と行者は請け合い、次の瞬間、私は行者の腕に抱え上げられていた。そして、護摩の火にかざされ、その上を三、四度行ったり来たりしたが、ことにお尻の辺りを念入りにあぶられた。

結果から言うと、護摩の火も祈禱も、私の排尿や排便のコントロールには、あまり役立たなかったし、祖父も回復の兆しはなかった。祖母は、阿島の先生をひどく怖がっていて、せっかく自宅に来てくれたのに、絶対に加持祈禱を受けようとしなかったので、そもそも法力があるかどうかを確かめることもできなかった。

夏が終わる頃には、私も保育所に少しずつ慣れ、あゆみちゃん以外にも、一緒に遊ぶ男の子ができはじめていた。一番仲がよかったのは、西山君だった。彼は、発達が早く、運動神経も抜群で、口も達者だった。発達の遅い私からすると、正反対とも言える存在だったはずだ。私が憧れと尊敬に似た気持ちで彼に親しみを感じたとしても、彼は私のことをどうして受け入れてくれたのかはわからない。

意地悪をする子もいたが、西山君は、上級生のような公平さが備わっていて、誰かがいじめられていたりすると、それを止めようとした。そういう公平さで、私を受け入れてくれたのだろうか。

一方、本屋の息子である福山君は、口数の少ないタイプで、とりたてて目立ったところのない、育ちのいいお坊ちゃんだった。しかし、人に意地悪をしたりしないという点で、安心して遊べる相手だった。

その頃、私が人並みにできることと言えば、絵を描くことであった。ある日、私はあることを思いついて興奮気味に家に帰った。その思いつきというのは、紙を切り抜けば、どんなものも再現できるのではないかということだった。私は世界を手に入れられるような気持ちになり、そのアイデアに夢中になった。家に帰ると、新聞紙に、思いつく限りのものをクレヨンで描き、それをはさみで切り抜いた。中でも、私を有頂天にさせたのは、ロープウエイの切り抜きで、ロープもゴンドラも、どちらも紙を切り抜いて作ると、母のタンスと私のベビーダンスの間に、ロープをかけて、そこにゴンドラを吊り下げたのだ。どちらも新聞紙の切り抜きなので、私が想像したほどの迫力はなかったが、とりあえず、絵本でしか見たことのないものを再現できたことに、私は満足した。

その日、私が疲れ果てて眠っていると、日が暮れて母が帰ってきた。母は私が作ったものを見て、「これ、なんな?」と、不思議そうに尋ねたのだが、私は起き抜けの寝ぼけ頭ということもあり、私をとらえていた情熱はうすらいでしまっていた。

私は遊び疲れて、母が帰って来る頃には、一人眠ってしまっているということも多かったが、そんなとき、いつも母の背中に負ぶわれて、私はひやから母屋まで連れて行ってもらった。暗がりの中を進む間、まだ眠気の残る体を母親の背中に押し当てながら、なんとも言えない安心と心地よさを味わったものだ。

それから母は、私を中の間の上がり框のところに下ろし、自分はお勝手の方に行って、遅い夕食の準備を始めるのだ。


保育所に慣れてきたとはいえ、私にとって、それが心細い試練の時間であることに変わりなかった。それゆえに、母が私を迎えに来たある日のことを、特別な出来事として記憶している。明るく晴れた日だった。私はみんなの羨望のまなざしを浴びながら、母に連れられて、黄組の部屋を後にした。それから、自転車の後ろに乗って、いつもより長い距離を走った。川沿いの道の景色が印象に残っているのは、母の自転車が、保育所のすぐ近くを流れている柞田川に沿った道を観音寺の方に向かって進んだからだろう。

その日母は、定期的な検査を受けるために、観音寺の市中にある保健所に向かったのだ。私も一緒に検査をされたのかどうかは覚えていない。ただ、晴れ渡った気持ちのいい景色の中を、母の後ろにつかまって、軽快に進んでいった印象が心地よい思い出となっているのをみると、ツベルクリン反応の注射をされたりということもなかったように思える。検査が終わってから、母とうどん屋さんに寄ったような気もする。外食することは、年に一度か二度の特別なことだったので、その日の記憶を余計に輝かしいものにしているのだろうか。

しかし、母にとって、年に一度か二度保健所から呼び出されて検査を受けることは、いまも体に残る烙印を思い出させられるようなもので、私の弾んだ気持ちとは裏腹に、不安を抱えて自転車を走らせていたに違いない。

それがどれほど重い桎梏（しっこく）であるかを、年が上がるにつれて私も共有するようになる。

母のタンスの引き出しの奥には、大きな茶封筒に入れられた、大判のレントゲンフィルムが後生大事にしまってあって、母はそれを折に触れて取り出しては、私に見せた。レントゲンフィルムには、母の肺が実物大で写っていた。

母がそれを取り出す度に、幼い私は暗い気分になり、母の説明を聞かされると、自分にかけられた恐ろしい呪いでも思い出したように、息がつまるような気持ちになるのだった。白黒のレントゲンフィルムはそれ自体、子どもの目には恐怖を催させる無機質な感じがあったが、母が右肺の白くなったところを指しながら、他人に聞かれることをはばかるように声をひそめると、私は生きた心地もしなくなるのだった。そこには、まだ空洞が残っていて、その空洞のために、毎年呼び出しを受け、検査を受けさせられるのだと、母は話した。母にとって、それは、まるで隠さなければならない罪でもあるかのように、自分が人並みでない過去をもつことを示しているように感じていたのである。

だが、母が私にわざわざそんなものを見せたのは、乳児期に初期感染してしまった私にもかかわりがあったからだ。

「あんたも、ちょっとやられとるんやから、よう気をつけとかんと。お母ちゃんと同じ目に遭うんで」

それから母は、医者の不気味な予言まで付け加えた。

「出るとしたら、この子が思春期を迎える頃じゃろう」と、医者は私の予後について語ったというのだ。

私のことを必死で案じている母の言葉だけに、その予言は余計に重みを増し、私は自分の命が風前の灯火になったように感じて、気もそぞろになった。

その頃の母は、自分の不安を自分の心の中にしまっておけなかったのだろう。

その後、母はそうした自分の弱さを乗り越えていき、考え尽くした言葉だけを口にするようになっていく。会った人が必ずといっていいほど、母の思慮深い態度や言葉遣いに、強い印象を受けるらしく、感嘆の言葉を聞くことも少なくなかったのだが、その境地に行き着く前の母は、不幸なことがあまりにも続きすぎて、抱えきれない不安に常に翻弄されていた。そこに幼い私も、否応なく巻き込まれたのである。

母が姿勢にうるさかったのも、あの恐ろしい予言のことが頭を離れなかったからだろう。不吉な運命から私を何としても守ろうと、母は必死だった。母は姿勢が悪いと肺に影響すると信じていて、私が猫背になるのをとても嫌がった。

自分の薄っぺらな胸板と父や祖母の分厚い胸を比較し、父や祖母のような鳩胸が理想的だと考えていた。私は母の見ている前で背骨を反り返らせ、胸を張るように言う。「そうじゃ。それくらいじゃ」と母はようやく合格を出すが、母が目を離すと、またすぐ私は元の猫背に戻ってしまう。

私が咳でもしようものなら、母は一段と神経質になる。何日か空咳が続いたりすると、母は次第に深刻な表情になり、私の診察を始める。大きく息を吸ってみるように言われ、私は指示される通りに、肺を空気でいっぱいに膨らませる。母は、どこかで息がつかえないかと問い、私は首を振る。

「お母ちゃんが病気だったときは、息がつかえて半分も吸えんかった」と母は言い、ほっとため息をつく。

母は多分肺結核がどれほど恐ろしい病気かを私に教え、健康に気をつけてほしかったのだろう。だが、その効果は必要以上だった。私は年端のいかない子どもだった頃から、死というものの影におびえるようになっていた。生きていることがひどく危うい綱渡りで、足元にはいつも死が口を開けて待ち構えていることを、私は意識するようになった。

　伯父の死からしばらくして、何の行事だったかは忘れたが、伯父の供養のため、観音さんにお参りに連れて行かれたことがあった。私は石段を元気よく上ったものの、降りる段になって、転げ落ちそうな恐怖に足がすくんでしまった。母がいくら手を引いても、どうしても動こうとせず、とうとう四つん這いになって後ろ脚から降りる始末だった。


　母が思いがけず迎えに来てくれることは特別な喜びだったが、来てくれるはずの日に母が現れないことも、ときにはあった。

　風がとても強い日だった。だが、その日に限って、バスを降りると、私だけ誰も迎えがいなかった。バス停から萩原の家まで歩いて帰ることもときにはあったものの、雨降りや天気の悪い日には、必ず父か母が迎えに来てくれていたので、私は思いがけない事態に動揺した。

　私はとぼとぼと歩き出したが、何しろ風が強く、小さな体が吹き飛ばされそうになる。いつも横を通るお社にそびえる楠の巨木が、ざわざわと恐ろしい音を立てていた。

　心細さで泣きそうになりながら、それでも涙をこらえて歩き続けた。八兵衛という集落を通り過ぎると、視界が開け、見慣れた山が姿を現す。その麓に広がる田野が萩原で、はるか向こうに、私の家のある集落が見え始める。そこまで来るのに、幼い子どもの足では小一時間かかった。

集落の外れにお墓があった。そこまでたどり着くと、私は駆け出した。すぐ門の近くまで来たところで、私は蹴つまずいて倒れた。必死に立ち上がると、そのまま家に駆け込んだ。母はちょうど玄関先にいた。血相を変えて駆け込んできた私を見て、何事かと驚いたらしい。私は母のところに駆け寄ると、母にしがみついて泣き出した。

「ごめんな。迎えに行ってあげたかったんじゃけど、お医者さんが来とってな」

祖父の容体が思わしくないのだった。

母は私のズボンや手のひらについた砂を払い落とし、どこも傷ついていないと言った。しかし、私は泣き止まず、転んだときに打った肘が痛いと言い張った。

すると、母は指先に唾をつけて、私が痛いと言っている箇所に塗ると、「オヤノツバクスリクスリ」と呪文を唱え、「はい、もう大丈夫じゃ」と言った。

不思議と、それで痛みがなくなったように感じ、私は泣き止むのだった。母の魔法の呪文だった。

祖父が亡くなったのは、それから間もなくのことだった。年金をもらったら、それを母にやるのだと言っていたが、祖父にはそれくらいしか、母に感謝の気持ちを表す方法がなかったのだ。だが、祖父は結局、年金をもらえる年齢に一ヶ月足りずに亡くなった。

祖父が最期を迎えたのは、座敷に敷いた布団の上でだった。息絶える瞬間まで、祖父が握りしめていたのは、母の手だった。

「崖に落ちるような気でもしたんじゃろうか。あんなに弱っとったのに、私の手を痛いほど握りしめて」

母に死に水をとってもらいたいと常々言っていたが、祖父の最後の願いは叶えられた。

葬式の手はずに、私は父と葬儀屋に行った。葬儀屋の店頭には、さまざまな葬式道具や仏具が飾られていた。花輪や大小の燭台、蓮の花を象（かたど）った置物。眺めているうちに、私の心はすつかり虜になり、蓮の花の置物がどうしてもほしいと父にねだったが、さすがに買ってくれなかった。

白い経帷子（きょうかたびら）をまとった祖父は、大きな杉板の桶に、胡座（あぐら）を組んで座らされ、その隙間を、擦り糠を詰めた袋で埋めて固定された。合掌させた両手の間にまで袋がぎっしり詰められた。最後には、首から上と、薄くなった頭だけが見えた。

桶の蓋を閉じる前に、最後の別れをするように促された祖母は、とんでもないというように強く首を振った。

祖父は土葬された。十二月の寒い日で、私は祖父を入れた桶を埋めるために掘られた、途方もなく大きな穴をのぞき込んでいた。

それから、数年後のこと。まだ墓石もなく、盛り土のままだった祖父の墓に、掃除に訪れていた父は、突然、異様な事態に見舞われる。地面が沈み込んで、父の体は腰まで地中に埋まったのだ。父は本能的な恐怖に駆られ、必死に這い上がった。母もその場にいたが、二人の頭をよぎったのは、お祖父ちゃんが地下から呼んでいるということだった。

後で冷静に考えれば、朽ちかけていた棺桶の蓋が、父の体の重みで抜け落ちてしまったに違いなかったが、そこには、祖父の遺骸があるはずで、それを踏んづけてしまったかもしれず、さすがの父もしばらくそのことを気にしていた。

というのも、父は祖父のことをとても大切にしていたのに、まだ墓を建てられずにいたからだ。だが、祖父のことを決してないがしろにしていたからではない。墓を建てる前に居士号（こじごう）をもらうのが順序だと聞いた父は、母牛を手放したりしてかき集めた三十万円を寺に献納し、居士号を授けてもらっていた。しかし、さらに墓を建てる金の算段まではつかなかったのだ。

だが、その日の出来事は、父をせき立てたらしく、その翌年、ようやく墓が建つことになった。

私は相変わらずぼんやりした子どもで、周囲のことには上の空だったが、それでも少しずつ成長していたようだ。お漏らしも少しずつましになって、トイレにも自分で行くようになっていた。そんなある日、私は保育所のトイレに入って排便をしながら、ある考えにとらわれたのを覚えている。そのトイレは、ベージュ色の塗装を施した鉄筋コンクリートの建物で、子どもたちが過ごす棟とは中庭を挟む形で別棟になっていた。大便用のトイレは落下式だったが、子どもまで落ちないように、キンカクシの前のところに、コの字型の金具がついていて、そこにつかまれるようになっていた。私はその金具を握りしめ、用を足しながら、こう思ったのだ。これから長い年月が経って大人になったとき、自分が鉄棒につかまりながらトイレをしたことを将来思い出すだろうと、いまこうやって考えたことを思い出すだろうと。

私はそれから十数年経って、大学生になったある日、山手線の電車の中で、ハイデッガーの『存在と時間』を読みながら、あのときの光景を、トイレの窓から差し込んでいた午後の光と一緒に思い出した。まさに、あの瞬間、私は現存在の歴史性の認識に目覚めたのだと知って。四歳のあの日、心の中で予知したことを、いま自分が思い出すことで、約束が果たされたのだという不思議な思いに、私はとらわれたのだ。

それは、母が、自分がいなくなったときのことを考えて、私に言い残してくれた言葉が私とともに生き続け、私を支えてくれているように、私がいなくなった後も、私の書き残した言葉が、誰かの心の片鱗にある暗がりを、ほんのわずかでも照らすことができるのでは、という希望を与えてくれるのだ。

幼児期は半ばまどろんでいるような時間だとシュタイナーは述べているが、半睡半醒の心地よいまどろみから、ときどき目覚めるような瞬間があった。

だが、再びぼんやりとした自分に戻ると、誰かの助けがなければ、先生の言ったことも頭に入っておらず、呆れられてばかりという日常が相変わらず繰り返されることになる。

いつも私に、何をすればよいかを教えてくれるあゆみちゃんは、私にとって心強い味方だった。そのあゆみちゃんが、一度だけ私の家まで遊びに来てくれたことがあった。あゆみちゃんの家も、奇しくも牛を飼っていたが、あゆみちゃんのところはどんどん牛が増えて成功しているらしかった。実際、私が高校生になった頃も、彼女の家は酪農を続けていた。

もっともそんな事情を知るようになるのは、私が保育所を出てから何年も経ってからのことで、四歳のときの私は、あゆみちゃんに、心地よい親しみを感じているばかりで、それ以上の考えは何も持っていなかった。

せっかくあゆみちゃんが、歩いてうちまで来てくれたというのに、私は運悪く昼寝の最中だった。母も私を起こそうと試みたらしいが、私はまったく目を覚まそうとしなかった。あゆみちゃんも、何とか私の目を覚まさせようと、ひやの入り口のガラス戸をガタガタ鳴らしたりしていたらしい。一時間ばかり粘っていたが、とうとう諦めて帰ってしまったと、目が覚めてから母に聞かされた。

保育所生活の集大成として、学芸会があったが、演目は『笠地蔵』であった。ぼんやりしている私は台詞のないお地蔵さん役の一人になった。母が言うには、舞台の最中も「ぼうっとしていた」ということで、隣の子のまねをして同じ動きをするのがやっとであった。それでも、ステージでおしっこを漏らしたりしなかっただけよかったと、母は自分を慰めていた。藁笠をかぶった格好で、あゆみちゃんの隣に並んだ記念の写真が残っている。

卒業に当たっての高木先生のコメントは、照れ屋で、人前で話をするのは苦手だったが、絵を描くのが大好きだったというものだった。

母は高木先生の話をする度に、「あんた、何遍お漏らしして、先生にパンツを替えてもらったか」ということを持ち出すので、私は閉口した。

二、三年して、高木先生がお嫁に行ったと、母が話しているのを聞いた。私は何となく寂しい気がした。

祖父が亡くなって間もない、冬のある夜のこと。私は体が冷え切った感覚で目を覚ますと、いつも両脇に寝ている父と母の布団がもぬけの殻だった。いつもなら私を起こしてくれる母がいないせいで、私はオネショをしてしまい、体が冷えてきたらしい。私は不安な気持ちで、「お母ちゃん」と言いながら、小玉の薄暗い電球だけがともった部屋を見回したが、やはり人影はなかった。私は起き出して、ガラス戸を開けると、ひやから外に出た。月も出ていない闇夜で、冷え切った外気が、濡れた下腹から這い上がってきた。

　これまで父と母が夜中にいなくなってしまったことなどなかったし、そもそも私は一度寝てしまうと、朝まで目が覚めない質（たち）だったので、そんなことがあったとしても気がつかなかった。母は「河原に捨てられても、わからんわ」とよく言ったものだ。

　どうしてその夜に限って私は目を覚ましてしまったのだろうか。それはおそらく、どこからとも伝わってくる不気味な気配が、辺りに立ちこめていたからだ。その気配を生み出しているのは、何かうなり声のような物音と、ときどき響く甲高（かんだか）い金属音のようなもの。私は、何かに吸い寄せられるように、履き物を履いて、広庭との境目の敷石を越え、向かいに建っている母屋の方に歩み出し、ふと体をひねって、表の通りの方へと視線を向けた。異様な気配はそちらから届いていたからだ。

　表の通りの方に、二、三歩歩み出して、私は驚きと恐怖で凍り付いた。真っ暗な闇に、巨大な火柱が、天に向かってまっすぐに立ち昇っていたのだ。田んぼが間にいくつもあって、数百メートルは隔たっていたが、その大きな闇が、火柱を余計に印象的なものにしていた。あたり一面に不気味な気配を生み出していたのは、消防車の駆けつけるサイレンの音だった。

「たかし、そんなとこで、何しとんど」

いつの間に出てきたのか、いつも幸男ちゃんと呼んでいる幸男叔父さんが、後ろから声をかけた。

「お母ちゃんが、おらん……」

私がそう言うと、

「火事じゃ。お父ちゃんとお母ちゃんも、火を消す手伝いに行ったんじゃろう。こななとこにおったら、風邪ひくぞ。中に入ろう」

幸男ちゃんの声はことのほか冷静で、温かかった。私は少し安心し、幸男ちゃんの言葉に従った。体が震えそうなほどに冷え切っていた。

「わしと一緒に寝るか?」

幸男ちゃんは、私の手を取った。私は途中まで行きかけて、立ち止まった。

「どしたんど?」

「おしっこが……」

叔父は私がオネショをしていることに気づき、パンツの替えをひやまで取りに戻らせると、着替えさせた。

私は母屋の中の間に敷いてあった幸男ちゃんの布団に、一緒に潜り込んだ。
「おー、寒(さむ)」と、幸男ちゃんは体を震わせ、私もまねして体を震わせた。

幸男ちゃんは電気に強く、うちのテレビだけでなく、近所のテレビも組み立てたり修理したりして喜ばれていたという話はすでにしたが、電気製品や機械がめっぽう好きだった。普段は締まり屋で、一切贅沢はしないのだが、電気製品にだけは、金を惜しまなかった。

幸男ちゃんが、あるとき、声を録音するテープレコーダーという機械を買ってきたことがあった。四角い装置の上側には、目玉のような丸い輪っかが二つついていて、それには焦げ茶色をした細いテープのようなものが巻かれていた。この薄っぺらなテープに声を録音するのだという幸男ちゃんの説明を、誰もが半信半疑で聞いていた。さっそく幸男ちゃんが自分の声を吹き込んでみせたのだが、巻き戻したテープから幸男ちゃんの声が聞こえたときは、みんなすっかり感動して、歓声が上がった。「すごいな」と母は言い、父は「ほう」と目を丸くした。調子づいた幸男ちゃんが、今度はみんなの声を録音すると言い出し、マイクを一人一人に向け始めたものだから、大パニックになった。父は考え込んだまま何も言わないし、母は「いやーん」と恥ずかしそうに体をよじるし、祖母も「吹き込んだりするもん、せんもん」と独り言を言いながら、迷っているし、私も笑いながら母の背中の陰に隠れた。

幸男ちゃんが再生すると、「いやーん」という母の声がして、祖母は「吹き込んだりするもん、せんもん」と言い、私の笑い声が聞こえて、また大笑いになったが、何を言うべきか考え込んでいた父の声だけは聞こえないのだった。

それから、次第に誰もが最初の羞恥心を忘れて、幸男ちゃんが嫌な顔をするほど、マイクに向かって言いたいことをしゃべったのだが、再生すると、その声は自分がいつも耳で聞いている声と違っていて、そう感じるのは私だけではないらしく、「私って、あんな声しとん？」と母も言い、「変な声じゃな」と感想を述べるのだった。幸男ちゃんが、テープを早回しすると、テープレコーダーは甲高い早口でしゃべり始め、それを聞いてみんなはまた大笑いした。

幸男ちゃんは、こんなふうに人をあっと驚かせるところがあった。

幸男ちゃんは定時制を卒業して、工具店に勤めていたが、年末のある日、ボーナスをもらって上機嫌で帰ってきた。火鉢の周りに集まっているみんなに、総額一万一千円のボーナスを賞与袋から出して見せびらかしていたが、そのうちどういう心境になったのか、端額の千円札を、私にぽんとくれたのだった。

十三塚の祖父・榮助を、さらに不運が見舞ったのは、長男の一周忌が終わって間もない頃だった。再び一家の大黒柱となって、朝から晩まで働きづめに働いていた祖父は、納屋の二階から転落して、大怪我をしたのだ。祖父の腰骨は破壊され、二十センチも身長が縮んでしまった。医者は歩くことは無論、金輪際立つことさえできないと宣告した。

母に連れられて祖父を見舞うと、二つ折りになったように曲がってしまった体で、その朝、三畳間に寝ていた祖父は、私を見て悲しそうに笑いかけながら、

「お祖父ちゃん、こんな体になってしもうた。余程、悪いことをしたんじゃのう」と自嘲的に語るのだった。

ただ、祖父の無残な姿に驚いて、一刻も早くこの場を立ち去る算段をしていた私には、祖父の言葉の意味も、悲しみも、理解できるはずがなかった。それでも、言葉自体の記憶と、祖父の力ない笑顔の奥で光っていた丸い目の印象は、いつかその意味が理解できるようになるまで、幼い私の脳裏に刻まれたのだ。

5

母はいつも言っていた。

「お母ちゃん、あんたに偉い人になってほしいとは思わんけど、人並みなことがちゃんとできる人になってほしいわ」と。

五歳になった私は、小学校のすぐ隣にできた幼稚園に通い始めていた。結局、私は保育所に一年、幼稚園に一年通ったことになる。幼稚園の方が、歩いて十五分ほどと、家からずっと近かったので、私としては負担が軽くなったと言える。

それでも、私は、毎朝でかけるときには、母に見送ってもらいながら、何度も何度も後ろを振り返った。百メートルばかり行ったところにお地蔵さんがあって、そこから右手に曲がるのだが、そのお地蔵さんの辺りまで、私は未練がましく後ろを振り返り続けた。

私の家の前には小さな川が流れていて、門を出て、小さな橋を渡ったところに表の道が走っていた。その門とは別に、昔の栄華の名残を示す、冠木門（かぶきもん）が屋敷の西側にあったのだが、自動車が通れないということで、そこは閂（かんぬき）をかけたまま使われなくなっていて、東側に新しい門が作られていた。門といっても、ブロックの門柱があるだけの簡素なものだったが、母はいつも橋の上辺りに立って、私を見ながら、手を振ってくれるのだった。

それは、私が大学生になって以降、母のもとを離れて暮らすようになってからも、私がタクシーで駅に向かうようになってからも、同じだった。社会人になってからもずっと繰り返された。最後に母が手を振って見送ってくれたのは、今年（二〇二〇年）の正月だった。私が見送るのではなく、最後まで母が私を見送ってくれたことになる。

幼稚園に行く道すがら、私は誰にも会わないように祈りながら、角を曲がる度に、視界の先に人の気配がないかを気にした。小学生の登校班と鉢合わせるのが嫌だったのだ。

登校班の班長は、洋服店の一人娘で、小学六年の美代子姉ちゃんが務めていた。この洋服店は、もともと端布（はぎれ）を中心に商っていたので、ハギレ屋と呼ばれていた。大阪で商売の修業を積んだご主人が、どういう縁があってか、たまたま空き家になったところで店を始めたのだが、その店が、道を挟んで私の家の真ん前だったというわけだ。

端布でも既製服でも、大阪から自分で仕入れてくるということで、品の割に値段が安く、こんな田舎の店だというのに、遠くからもわざわざ客がやってきて、よく繁盛していた。

美代子姉ちゃんは、すらっとした背丈と、瓜実顔の整った顔立ちをした女の子だったが、とても利発で、努力家で、優しく、世話好きで、年齢以上にしっかりしていた。

一人娘できょうだいがいなかったということもあって、私を半ば弟のように可愛がってくれた。母は、美代子姉ちゃんと話が合い、美代子姉ちゃんも母と話すことが好きで、ときどき立ち話をしたりする間柄だった。

美代子姉ちゃんは、一人幼稚園に通っている私を、自分たちの登校班に誘ってくれるのだが、私にはそれがありがた迷惑だった。美代子姉ちゃん自体は好きだったのだが、彼女以外にも何人も子どもたちがいるところに加わることに、私は抵抗を覚えたのだ。

美代子姉ちゃんの登校班は、もう一人の小学六年生だった男の子の家に集まっていた。出発までの時間を、その家の庭で花いちもんめをしたりして過ごすのだ。私は見つからないように足音をひそめて、そのうちの前を通り過ぎる。

あるとき、私が小走りに前を行きかけると、美代子姉ちゃんに呼び止められてしまった。

「足音がしたので出てみたら、やっぱり、たかしちゃんじゃったんね」

私はみんなが集まっているところに連れて行かれて、そこで花いちもんめに加わることになった。向き合いになった二列が、手をつないで歌を歌いながら前に行ったり後ろに下がったりを繰り返すこの遊びが、私はどうにも照れくさくて、苦手だった。それに、「〇〇さんがほしい」と言うところは、何か官能的な恥ずかしさがあり、私は身をよじりたくなるのだった。

ただ、自分をなかなかほしがってくれないのも寂しい気がして、その日はとうとう私以外の人はみんなとられてしまい、私一人と残りの子どもたちで対戦するという状況になった。ついに「たかしちゃんがほしい」と言われて、私は体をくすぐられているような気持ちになって、にやにや笑いながら、たった一人で大勢の子どもたちの集団と対峙したのだ。じゃんけんで負けて、私がみんなに吸収されたところで、終わりとなった。そばに置いてあったランドセルや手提げ鞄を拾い上げて、みんなが一列に並び直すと、学校へと向かうのだ。

美代子姉ちゃんが先頭で率い、一番後ろに小六の男の子という順番だった。私は美代子姉ちゃんのすぐ後ろを歩いて行く。

こんなふうに大事にされていたのに、私はそれでも登校班に加わるのが嫌で、こっそりその家の前を通り過ぎようとする。みんなと遊ぶ楽しみもあったに違いないが、それよりも人の集団を避けたいという衝動の方が勝っていたのだ。

幼稚園に上がっても、そういう具合で、社会性や行動の面で、後れをとっていた。ことに輪になって何かを一緒にしたり、先生の話を聞いたりすることが、苦手だった。保育所の頃は、まだみんなが幼かったので、私の問題があまり目立たなかったとも言えるが、五歳になり、周囲がしっかりしてくると、周囲と歩調を合わせられないところや、ぼんやり上の空なところが、逆に目につくようになってしまった。

集団生活は、私にとって、恐怖や不快さとの戦いという面があった。その一方で、人と交わることの楽しさというものも、少しずつ芽生えていた。

クラスの子とも何人かと仲良くなった。中でも、私が一番信頼を置いていたのは、清水君といって、両親が教師をしている男の子だった。清水君はとても利発で、発育も、運動面での発達もよく、クラスで一番か二番に背も高かった。一度、自転車で幼稚園にやってきたことがあり、みんなを驚かせた。

発育も発達も遅れ気味で、背も低い方から三番目くらいだった私が、なぜそんなクラスのスターとでも言うべき子と仲良くなったのかは、不思議である。いま考えてみると、保育所のときの西山君と共通点があることに気づく。二人とも公平で、頼りがいがあり、弱い者にも優しかったということ。とすると、私は西山君や清水君に、庇護を求めていたのかもしれない。

クラスには、やはり体も大きく、力も強い男の子を中心に、幅を利かせているグループがあって、私はその男の子や取り巻きを内心恐れていた。彼らは力を頼みに、我が物顔に振る舞い、砂場でスコップを使って穴を掘ったり、トンネルを作ったりして遊んでいても、彼らが現れれば、スコップや場所を譲らねばならないこともあった。その脅威から身を守るには、それに対抗しうる存在に頼るしかなかったという事情もあった。

とはいえ、そんな打算から親しみが生まれたというよりも、清水君の公平な優しさや面倒見のいい親分肌のところに自然に惹かれていったように思える。

私にとっての清水君は、そんな存在だったが、清水君に、私がどのように映っていたのかはわからない。私が一方的に親しみや信頼を寄せていた面があったのだろうか。

友達との付き合い方にも、少しずつ多様性が生まれていた。清水君のような子は、むしろ例外で、多くの子どもたちはもっと自分勝手だったり、狡かったり、陰で悪いことをしたりといった不公正な面をもっていた。

清水君の家は少し遠かったということもあり、私が普段遊ぶ友達は、また別に何人かいたものの、彼らは清水君ほど公平でも優しくもなく、自分の都合次第では、攻撃をしてきたり、裏切ったりということも起きたが、社会性の発達の面でのんびりだった私にとっては、よい人間関係のトレーニングになったのだろう。

友達と遊ぶことも増えていたが、その一方で私が夢中になって取り組んだのは、絵を描いたり、積み木を並べたりして、自分の空想の世界で遊ぶことだった。

絵を描くというのは、少し語弊があるかもしれない。私の絵のモチーフは、事物の形や色といった表面的な様相を描くことよりも、次第に、事物の中身や構造を描くことに向かっていったからだ。動物や人間を描くことも嫌いではなかったが、もっと私を惹きつけたのは、車や冷蔵庫で、しかもその構造を想像することが楽しかった。構造といっても、空想しただけのでたらめなものであるが、それらしく車軸やエンジンやブレーキを描いたり、仕組みを考えたりすることに興味を覚えたのだ。

こうした傾向は、幸男ちゃんや父にも認められる特性で、てーちゃんと呼んでいた照幸叔父さんも、旋盤にかけては大変な技術をもつ熟練工になった人だから、萩原の血筋にはそういう技工系の適性があったのかもしれない。

おそらく私の機械に対する関心には、そうした製品に対する憧れもあっただろう。車や冷蔵庫をもっている家も増え始めていたが、貧乏のどん底にあった私の家には、どちらもなかった。それを手に入れられない代わりの補償行動として、私はその表面的な絵を描くことだけでは飽き足らず、その構造を解き明かすことで、自分のものにしたような気持ちを味わおうとしていたのかもしれない。

その傾向がもっとはっきりしてくるのは、小学校に上がってからで、私は家の間取り図を描くことに夢中になった。理由は明白だった。家があまりにも古く、ボロボロだったので、新しい家を空想の中だけでも手に入れたかったのだ。

ある日、私が描いているものを見て、それが絵ではなく、「図面じゃのう」と教えてくれたのは父だった。私が飽くこともなく何枚も図面を描いている様子に、「設計技師になったらええ」と言った。

父の言葉に、私は雷に打たれたような衝撃を覚えた。自分のしていることに、特別な名前がついていて、それを専門にする仕事まであると知って。

「設計技師になったら、こういう図面ばかり描いて、月給がもらえるんじゃ」と父はうらやましそうに言った。

「僕、セッケイギシになるわ」

父は私の安易な考えに釘を刺した。

「それには、勉強して、高専に行くことじゃ」

「コウセン？」

「高等専門学校じゃ。高専なら授業料も安いきんのう」

父は大学とは言わなかった。高校を中退した父としては、我が子に勉強をしてほしいという気持ちは、とても強かったのだが、我が家の経済状況では、大学は高嶺の花すぎて、選択肢として現実的でないと、最初から除外されていたのだろう。

父の言葉は私の心をとらえた。私の将来の夢は、高専に行って設計技師になることになった。しかし、現実の私を見ていると、とてもそんな夢が叶いそうにもなかった。

母にとって、ショッキングだったのは参観日のことだった。

私はお遊戯の輪から一人外れて、遊戯室の周囲をうろうろと徘徊し、落ちているものを拾ったり、玉入れの球を投げたりした。挙げ句の果てに、先生に追われてお遊戯室を逃げ回り、他の父兄たちの失笑を買ったのだった。

母は恥ずかしさと悲しさで、その場にいるのもいたたまれない気持ちだった。逃げるように家に帰ると、父のところに行って、何時間も涙を流し、私の悲惨な状態を嘆いた。しかし、父も黙って聞くだけで、どうしたらいいかわからなかった。

「お母ちゃん、あのときは、つろうてな。どうして、うちの子は人並みなことができんのじゃろうか思うてな。それで、藤川先生のところに相談に行ったんじゃ」

藤川先生というのは、幼稚園の園長だったが、その年を最後に退職するという話で、幼児教育の道では大ベテランの先生だった。

藤川先生は、母の話にじっくり耳を傾けて聞いてくれた。それから、にっこり微笑(ほほえ)んで答えたという。

「お母さん、心配せんでもええですよ。たかし君みたいな子は、もっと大きくなったら落ち着いてきますからね。それに、普段はあそこまでひどくないんじゃけど、多分大勢の人が見に来とったんで、たかし君も少し舞い上がったんじゃろうな」と、母を慰めてくれたのだった。

母は、落ち着いてくるという希望的観測を、「ほんまじゃろか」と思いながらも、大ベテランの言葉に少し励まされるのだった。

「藤川先生がな、『お母さんは、ちょっと一生懸命になりすぎです。もう少し肩の力を抜いて、のんびりかまえてください』と言われるんじゃ。確かにお母ちゃん、あんたのことになると、必死になってしまうところがあったから、先生の言われる通りかもしらんなと思うんじゃけど、あんたのすることを見とったら、のんびりなんかしておられんがな」

実際、母は私の一挙手一投足に注意をこらし、口やかましく指導しないではいられないのだ。

「チリ紙はもったな？　お便り帳は入れたな？　よそみばっかりせんと、先生の言うこと、よう聞くんで。ちょっとでもしとうなったら、すぐにお便所に行ってよ。もうちょっとと思いよるうちに、間に合わんようになってしまうんで。ええな？」

母は私とは違って視力がよく、両眼とも一・五見えた。その優れた視力で、私の服装や身だしなみの不備をめざとくチェックし、何か問題が見つかると、血相を変えて、小走りに寄ってきては修正を施し始めるのだ。

こうした傾向は、私が四十、五十になっても止まず、私がたまに帰郷したときでも、私のネクタイや髪の乱れ、靴の状態をチェックして、「ちょっと待って」と言って近づいてきては、乱れをただしたり、靴を磨き出したりした。洗車をする暇がなくて、汚れた車で帰ると、朝早くから母が、洗車をしてくれていたことも一度ならずあった。その頃には、母はもう心臓にペースメーカーを入れていて、肺活量もだいぶ落ちてきていたはずなので、さぞかし重労働だったと思うが、息子の汚れた車を放っておけないのだ。

母は世話焼きだということもあったが、それ以上に母は世間体や人目を気にするというところがあった。みっともない姿を世間にさらすということが、母は嫌でたまらなかったのだ。

そう考えると、こんなふうに内情を暴露してしまうことは、母にとってはとても嫌かもしれない。とんだ親不孝をしているのかもしれない。しかし、それでも私は、母のことを書き残そうとするとき、半面のきれい事だけを書いて終わらせたくはないのだ。

母のような、人目を気にして、周囲の評価が下がることを恐れるタイプは、愛着スタイルの分類では、不安型と呼ばれる。母はその傾向が強かったと言える。早く母親を亡くし、人の思惑を気にせざるを得ない境遇で育った影響もあっただろう。

不安型の母親に育てられると、大抵の子どもも、人目や人の顔色を気にする傾向が強まり、同じ不安型の傾向を抱えやすいのだが、私の場合は、そこまで不安型が強まらずにすんだのは、人の思惑に鈍感で、何事もいいように受け止める、父の遺伝子を半分はもらっていたためだろうか。父の性格はそうでもしなければ、やっていけないような環境で育ったことにもよるだろうが。

遊び友達に関して言えば、重要な一人を挙げておかねばならない。

幼なじみである多美ちゃんだ。多美ちゃんは同じ早本という集落に住んでいて、お父さんはブリキ屋をしていた。家は天理教で、屋敷の奥には、立派な天理教の教会が建っていた。正直なところを言えば、私は男の子の友達と遊ぶよりも、多美ちゃんと遊ぶのが好きだった。多美ちゃんは、口数が多いタイプではないが、一切人の嫌がることは言わない優しい子で、一緒にいて安心だった。面倒見がよく、しっかりしていて、それなりに可愛らしく、運動神経もよかった。マット運動をすると、つま先まで伸びきっていて、鉄棒でもぐるぐる回り続けられるような、機敏な女の子がいるが、彼女もそういうタイプだった。

多美ちゃんと遊ぶときは、大抵お飯事（ままごと）をした。多美ちゃんは、自分の部屋や机をいつもきちんと片付けていたが、お飯事でも多美ちゃんは、みごとに暮らしを整えてくれるのだ。

同じ集落には、もう一人よし子ちゃんという可愛い女の子がいた。よし子ちゃんは、もともと神戸に住んでいたのだが、父親が外国船に乗っていて、半年に一度くらいしか帰らないとかいうことで、実家の近くにモダンな家を建てて、母親と妹と三人で暮らしていたのだ。

よし子ちゃん家（ち）の都会的な雰囲気も魅力的だったし、私が遊びに行くと、いつも歓迎してくれたのだが、母親がいつも家にいたせいか、私にとっては少し敷居が高く、肩がこるということもあった。それで、私が足繁く通ったのは多美ちゃん家の方だった。

同じ集落で、私と学年が一緒だったのは、この二人の女の子で、小学二年ぐらいまでは、その間を行き来することが多かった。

保育所時代のあゆみちゃんといい、多美ちゃんといい、また西山君や清水君にも、同じ共通点がみられることにあらためて気づかされる。しっかりしているだけでなく、フェアで、弱い者にも優しく、一緒にいて嫌な思いをすることがないという点だ。女の子、それも気の優しい女の子と遊ぶのを好んだのも、そちらの方が安心していられたからだろう。

その一方で、それ以外の雑多な集団のメンバーたちは、自分勝手な言いがかりをつけてきたり、いつ攻撃してくるかわからない危険な手合いたちで、私は常にその脅威を感じずにはいられなかった。

私は過保護なくらい大事に育てられていたはずなのに、基本的安心感に乏しいところがあったのは、もしかしたら、十ヶ月のときから半年ほど、十三塚に預けられたことが関係していたのかもしれないし、母があまり幸福とは言えない生活を送っていて、よく泣いていたことも影響していたのかもしれない。母がきょうはつらい顔をしていないかどうかということを、子どもながらに気にせずにはいられなかった。母が明るく幸せそうにしていると、私は飛び跳ねたいような気持ちになるのだが、母が泣いていたりすると、胸がかきむしられるような悲しみと、母を苦しめているものに対する怒りでいっぱいになるのだ。ただし、母が元気そうにしていても、すっかり安心はできなかった。母は些細なことで突然傷ついて、涙ぐんだりすることもあったからだ。

そんな私が、安心できることを第一に遊び相手を選んだのは、自然なことだったし、自己治癒行動の一環だったと言えるだろう。

その後、私が扱うことになる愛着の観点で言えば、多美ちゃんは、本当に安定した愛着の持ち主だったと言える。多美ちゃんには、六、七歳年の離れた兄がいたが、両親の仲もよく、お母さんもとても気持ちのいい人だった。多美ちゃんの案内で、両親の寝室にもこっそり上がり込んだことがあったが、枕もとには、サイドボードのようなものが置いてあり、そこにはウイスキーの瓶やグラスが並んでいた。そのサイドボードは、ブリキ屋さんらしく、ブリキで作られていて、それが私の注意を特に惹いたので、いまでもこうやって覚えている。ちなみに、多美ちゃんの机もブリキ製だった。我が家には、生活を楽しむような余裕はまるでなかったので、ブリキのサイドボードでも、まぶしく感じられた。

天理教をやっているのは多美ちゃんの祖父母で、二人が自ら教会を建てるほど、天理教に打ち込んだのには、それなりの事情があったらしいが、不幸な影は、多美ちゃんを見る限り、どこにも感じられなかった。

一方、ハギレ屋の美代子姉ちゃんの方は、表面だけを見ると、とても明るくて、聡明で、裕福に暮らしているお嬢さんだったが、他人には見せない複雑な影を抱えていた。その影は、父親と母親の仲が悪いというか、父親の異常なまでの執着心のために起きる母親への暴力沙汰と関係しているようだった。ハギレ屋のおじさんはとても愛想のいい商売人の顔の裏側に、意に反すると怒りにとらわれ、妻への激しい暴力に走る偏執的な面をもっていた。「助けて!」と、ハギレ屋の奥さんが、悲鳴を上げながら、私の家まで駆け込んで来ることが、年に何度かあった。

そんなことがあると、しばらく美代子姉ちゃんは顔を見せなくなる。

それでも、私はときどき美代子姉ちゃんのうちに遊びに行くことがあった。美代子姉ちゃんのうちには、我が家にはないような写真入りの本や美味しいお菓子があり、どちらも私にとっては魅力的だったからだ。不要になった本を気前よくくれることもあった。

大抵は、とても優しく迎えてくれるのだが、急に素っ気なくなって、しばらく来ないように言われることもあった。私が図々しく、おやつ目当てに何度でも通いすぎたということもあったかもしれないし、私が小学校に入ると同時に、美代子姉ちゃんは、中学に進み、ずいぶんと勉強を頑張っているようだったから、私のような小学生を相手にしている暇がなかったということもあるだろう。

期末試験が終わったと、晴れやかな顔で姿を見せて、母と試験の出来具合などについて話していたりした。美代子姉ちゃんは英語が得意だということだった。それを聞いた母が、「英語が得意な人は、努力家なんじゃろうね」と話していたのを覚えている。私は英語というものを習うのには、努力が必要らしいと知った。

まだ中卒の人が多い時代で、美代子姉ちゃんの両親も中卒だった。一応高校を出ていた母とは、話が通じやすい面があったのだろうか。そういう間柄は、美代子姉ちゃんが大阪の大学に進んだ頃まで続いていて、彼女は、故郷に戻る度に顔を見せて、母と長い時間しゃべっていた。

祖父が亡くなってからも、母は外の仕事に戻らず、父と野良仕事をするようになっていた。酪農を軌道に乗せることができなかった父は、もともと我が家の生業だったという葉たばこ作りに戻ることにしたのだ。葉たばこ作りは、一年がかりの大変な労力と時間のかかる仕事で、父一人ではとても成り立たず、母もそれを手伝うしかなかった。そう決断をしたのは、葉たばこで成功して裕福になる農家が出ていたことが経済的野心をかきたてたというだけでなく、高度な栽培技術や品質管理が求められる葉たばこ作りが、父の研究心を刺激したためかもしれない。母の体調のことは心配だったはずだが、父としては、何とかして失敗続きの状況を抜け出したかったのだろう。

葉たばこ作りは、真冬の温床作りから始まる。母屋と納屋の間には、ひろなと呼ばれる広い庭があって、以前はそこに乳牛がつながれたりしたのだが、今度は、そこに温床が並ぶことになった。父は大きな木槌をふるって杭を打ち込み、木枠で組み立てた細長い温床を二筋作った。それに藁を切り込むと、巨大な藁のプールができあがる。子どもにとっては、これ以上の遊び場はなかった。私は藁のプールで泳いで、よく父に叱られた。

そこに寝かせた堆肥を入れ、腐葉土をかぶせ、ビニールのテントで覆うと、温床のできあがりだ。堆肥が発酵して放つ熱と、ビニール越しに降り注ぐ太陽の放射熱で、中は真冬でもぽかぽかするほど暖かい。私はよく父の目を盗んで中に潜り込んだ。ときどき中には先客がいて、昼寝を邪魔された猫があくびをしながら私を迎えた。

そこで冬の間に育てた苗を、春になると畑に移植する。手のひらにのるほどの苗が、初夏を迎える頃には、私の背丈よりも高く伸び、大きな葉を広げるようになる。そして、真夏の収穫期を迎えるのだ。

葉たばこは収穫と同時に乾燥させなければならない。それが葉たばこ作りをいっそう過酷な労働にしていた。夜も明けないうちから、葉の収穫が始まる。取り終えた葉は荷車に積まれて納屋に運ばれる。それを乾燥場につるすために、麻紐に結わえ付ける作業をする。乾燥場につるし始めるのは、もう日が暮れかけた頃だ。

乾燥場は、三階建てくらいの高さの真四角の建物で、屋根のてっぺん部分に、中の温度を調整するため、横長の窓がついた小屋根がのった独特の形をしているので、遠くからでも一目で乾燥場だとわかる。中はがらんどうの吹き抜けで、たばこの葉をつるすための留め具と、足場になる横板を渡すための桟だけが何十段も巡らされている。横板の上に乗って、上側から一段ずつたばこの葉をつるしていくのだ。

一つの家族だけでは、とても人手が足りず、我が家と同じく夫婦だけで葉たばこ作りをしている一家と、収穫と乾燥は共同で行っていた。

密閉された乾燥場の中は、むっとするほど熱く、汗まみれになりながら、麻紐に連ねた葉たばこを、下の人から上の人へと渡し、一連ずつつるしていく。私は母の横にまとわりつきながら、「まだ?」と尋ねたり、おなかが空いたとこぼしているのだが、すっかりつるし終えるのは真夜中近くになった。

「本当に可哀想な話じゃった。母屋に入らんな言うても、あんたは、蚊に食われながら、お母ちゃんのところから離れんでな。終わってみたら、乾燥場の前口辺りで倒れ込んで眠っとったこともあった」

共同作業なので、母としては、私のことが気になりながら、途中で抜けるわけにもいかなかったのだ。

それから父は、四昼夜、乾燥場に泊まり込んで、バーナーの調整や温度の管理を行う。乾燥が終わると、つるした葉たばこを下ろし、次の葉たばこを取り込む作業にかかる。こうした作業工程を、天葉、本葉と上から順番に繰り返していき、最後に残り全部を収穫するのをポンカギという。暑さもピークの頃迎えるポンカギは、葉たばこ作りの正念場だった。

母は夏が終わる度に体重が七キロも減り、父の真っ黒に日焼けした体も痩せ細って、体重が十二貫（四十五キロ）ちょうどしかなかった。

「二人ともどこかの種族みたいに、首ばっかり長う見えてな」と、母は悲しそうに笑ったものだ。

乾燥した葉たばこは、納屋の二階に一旦寝かせながら、秋の間、選別したものを仕分けする作業をして、ようやく十二月の出荷の日を迎える。

当時、葉たばこは専売公社が買い上げる仕組みで、収納所という専用の建物まで荷車に載せて運び、そこで品質や重量を検査され、買い取り価格が決まる。代金は、その日のうちに支払われた。

葉たばこ作りの農家にとっては、一年の苦労が報われるかどうかが決まる運命の日であった。

我が家の作柄は、一年目とはいえ、最下級の評価しかもらえず、一反当たり何十万もの高値がつく農家をうらやましそうに見て、ため息をつくしかなかった。収納で得たお金から、借りていた経費を返すと、手元に残ったのは一万円ほどで、ちょうど自転車が一台が買えた。

私の記憶の片隅に、夕方、父と母が新しい自転車を押して帰ってきたのをかすかに覚えている。

「一年あずりまわって（苦労して働いて）、それだけで。ほんまにげっそりじゃったわ」

葉たばこ作りは、酪農と並んで、母にとっては最悪の経験となってしまう。それでも、変に粘り強い父は、なかなか見切りがつけられず、私が小学三年までの四年間を葉たばこ作りに費やすこととなるが、残念ながら、作柄が並の水準に届くことさえ一度もなかった。

作柄が悪かったのは、一つには、畑ではなく田で栽培していたため、湿気の多い土地がたばこには向かなかったということもあるだろう。それでも、同じ条件で、作柄がよい家もあった。父の分析によると、そうした家には共通点があった。それは養鶏もやっていたということで、鶏の糞を肥料代わりに大量に投入していたのだ。うちには、そうした裏技もなく、そのことに気がついたときには、四年が経っていたというわけだ。

ある日、幼稚園から帰ると、いつも家になどいない母が、珍しく家にいた。母はひやで、一人布団を敷いて臥せっていた。いくぶん顔が青ざめて、唇が白っぽく見えた。それでも、私は母が家にいたことがうれしくて、大きな声で「お母ちゃん、おったん？」と声を上げかけた。と、母は唇に指を当て、シッと私を三角にした目でにらんだ。

「お祖母ちゃんに聞こえたら、どうするん？」

母は祖母の目を盗んで、ここで休んでいるらしかった。私は口をつぐんだ。母はいつもと違う、少しぼんやりした顔をしていた。私は母の顔を恐る恐るのぞき込みながら尋ねた。

「どっか悪いん？」

母は首を振った。でも具合が悪くないのに、どうして寝ているのか、私には解せなかった。

「あんたは、外で遊んでたらええわ」と、母が言った。

しかし、私はなぜか外に行く気にならず、母のそばから動かなかった。

母もそれ以上は何も言わず、私は母の寝ているそばで、画帳にクレヨンで絵を描いた。

すると、母の方がぽつりとつぶやくように言った。

「お母ちゃん、おなかの子をソウハしてきたんで」

母は麻酔と鎮痛剤の名残で、まだ意識がぼんやりとして、気持ちも不安定だったのかもしれない。

きょとんとしている私に、母はソウハとはどういうことかを説明した。

私は凍り付いたようにその話を聞いた。

「生まれてきたら、あんたの弟か妹になるはずの子じゃった。まだ血の塊で、男か女かも見分けもつかんくらいじゃけど。先生は、見るかて、言うたけど、見たら余計可哀想やから、見んやったわ。手も足も目鼻立ちもはっきりわかるって、先生は言うたけど……。あんたのためにも産んであげたかったけど、産んだらお母ちゃん死んでしまう言われて……」

横になっている母の目尻から、涙が流れ落ちていた。

「ごめんな」と母は誰に謝るともなく謝った。

私は人が生まれてくるということが、そんなにも血なまぐさく、頼りのない、命がけの営みだと知って、衝撃を受けていた。そんなつらいことは、たくさんだった。ことに母を痛めつけることは。

「弟なんかいらん」と私は泣きじゃくりながら答えた。

というのも、私はその頃、よその家にきょうだいがいるのをうらやましがり、弟がほしいと、母にねだっていたからだ。私は自分のわがままな望みが、母を苦しめているような気がした。

それからしばらく母の体調はすぐれなかった。母のことを心配してだろうが、「もっと食べないかん」と、父が母を責めるように言った。父は感情表現が苦手なところがあり、心配する気持ちも怒ったような言い方になってしまうのだ。「サイハツしたら、どうするんど」と、脅すように言うのも何度か耳にした。サイハツという言葉は、母だけでなく私も不安な気持ちにした。私は何度も母から、今度サイハツしたら、もう助からないのだと聞かされていたのだ。

それから程なくして、私の誕生祝いに十三塚のお祖父ちゃんが荷車に載せて、引っ張ってきたという私のベビーダンスの上置きの飾り戸棚に、壽明伯父さんの遺影と並んで、白い顔をした可愛らしい人形のようなものが飾ってあるのに、私は気がついた。

「お母ちゃん、これ何？」と私が問うと、正座して洗濯物を畳んでいた母は、顔を起こし、その人形の方を見上げると、しんみりとした口調で、あんたの弟だと言った。

私はぎょっとして、手に取ろうと伸ばした手を引っ込めた。

ある日家に帰ると、母屋中が、まだ梱包を解いていない新品の家具や電気製品であふれかえっていた。私は突然我が家に押し寄せてきた財宝に目をむき、すっかり浮かれてしまった。とうとう我が家にも運が向いて、新しい家具を買えるほどになったのだ。新しい家具！　この何年も、我が家に新しい家具が来ることもなかったのだ。大小の家具だけでなく、電化製品や新品の布団、それにオートバイまで並んでいた。私が興奮のあまり、積み上げられた布団らしき包みの上に飛び乗ろうとすると、祖母がひどい剣幕で怒り出した。

「こらっ。幸男ちゃんのものになにするんど」

幸男ちゃんが、こんなに沢山の品々を独り占めすることに、納得がいかないものを感じながら、

「これ、全部？」と、思わず問い返した。

二日後、幼稚園から帰ってくると、私は逆の衝撃を覚えた。再び家が元通り空っぽになっていて、何一つ残っていなかったのだ。

幸男ちゃんは、観音寺の豊かな家から強く望まれて、その家の娘と養子縁組をすることになったのだ。とても美しい娘で、かなりの財産もあり、幸男ちゃんにとっても悪い話ではなかったが、祖母は幸男ちゃんを養子にやることに頑として反対した。もう一人の叔父である、てーちゃんも、婿養子にいっていたが、末っ子の幸男ちゃんまでよその家にやるのが惜しくなったのだ。祖母を説得するために、相手の父親は、交換条件として祖母に毎月五千円の小遣いを約束した。祖母は折れ、縁談はまとまった。

幸男ちゃんは夜学に通う頃から、徹底した勤勉と節約で貯金に励んでいたが、その金が百万円ほど貯まっていた。結納金で、家具やバイクを買いそろえ、結婚式の費用の二十万円は、後を継いでいた父が出したので、結局、その百万円は手をつけられずに残った。幸男ちゃんは、そのお金を婚家にとられてしまうのも阿呆らしいと、祖母に通帳と印鑑を預け、置いていくことにした。

五十五年前の百万円である。消費者物価指数で見ると、四倍ほどの価値ということになるが、感覚的には、いまの一千万円よりも大金に思えたものだ。

そういう訳で、祖母は一挙に裕福な身の上になった。毎月五千円の小遣いと、百万円の定期預金。それに引き替え貧しい父は、弟の結婚式の費用二十万円を作るのに、畑を手放さねばならなかった。

一方には、遊んでいる使い途のない金があり、他方では、生産財さえ売り払って、金を工面しなければならないという矛盾。世の中とはそういうものかもしれないが、そんな理不尽とも言える矛盾を、このちっぽけな一家は抱えているのだった。

昔、母はよく嘆いていたが、この一家にはともに苦労を分かち合い、喜びをともにするという考えが、まるで欠落しているのだった。「あずる（苦労する）者は、あずったらええ。楽する者は楽するばっかりで、知らん顔じゃ。お母ちゃんは、そういう気持ちがわからんわ」そうした思いやりのなさや身勝手さが、現実の貧困よりも、母に貧しい思いをさせるのだった。

祖母は一箱七十円のハイライトを愛飲していたが、父は三十円のゴールデンバットを買う金さえなく、法律違反を承知で、自ら収穫した葉たばこを紙に巻いて吸うことさえあった。

金回りのいい祖母は、自分のためだけの惣菜やコーラやお菓子を隠匿していて、それをこっそり取り出しては飲み食いしていた。私がそれを偶然見つけ出して食べてしまったりすると、大騒動になった。祖母に怒られるだけでなく、母にまでこっぴどく叱られた。父や母の立場としては、なんともやりきれないものがあったと思う。祖母と一緒に暮らして、誰よりも気を遣い、ご飯もお風呂も一番に用意し、貧しいながらも精一杯のことをしていても、祖母からは何ら感謝されることもなく、祖母がいつもありがたがり、褒めちぎるのは、小遣いをもたらしてくれる幸男ちゃんのことだった。

それでも、父も母も祖母に優しかった。祖母が昔より安楽に暮らせることを、喜ぼうとしていた。母としては、あまりの理不尽さに腹が立つこともあったが、自分たちがこの試練に耐え、乗り越えることで、愚かしい不幸の連鎖を止めようとしているかのようだった。

もう少し後のことだったかもしれないが、あるとき、母はこんなふう語っていた。

「お祖母ちゃんはな、この家の因縁を背負って、あんな病気になったんや思う。お祖母ちゃんを大事にして、お祖母ちゃんが幸せでおられるようになったら、この家もようなるんじゃないかなあ。お母ちゃん、そう思うようにしとるんじゃ。そう思うたら、あんまり腹も立たんしな」

母としては、怒りや憎しみに心を汚したくなければ、そう思うしかなかったのだろう。母は傷つけられたことを恨むよりも、もっと大きな心になって、それを受け入れた方が、まだしも苦痛が少ないということを、学んでいったのだろう。

とはいえ、母は、元々は筋の通らないことが許せない性格だったので、理不尽なことも許せるようになるのには、大変な努力と忍耐が必要だったはずだ。まだ若い頃の母は、そこまで寛容さを体得していなかったので、苦しむことも多かったし、息子の私に対して、厳しい一面ももっていた。

生真面目で、人の道から外れることを、何よりも恐れていた母は、道理の通った正しいことを、私に教えようとした。しかし、母が熱心にそうすればするほど、肝心の私は、母の教える正しいこととは違う面を抱えるようになっていた。その後、そんな私の二面性を、母は「陰日向がある」と表現するようになるのだが、私のそういう欠陥は、私が毎晩オネショをしていることと関係あるに違いないと考えるようになっていた。

母のこの見解は、なかなか鋭い点をついていたとも言える。犯罪者や放火行為者には、オネショするものが多いということを、私は精神医学を学ぶようになって知ったのだが、そうした傾向は、施設で育った子どもや愛着障害を抱えた子にもみられる。愛着の安定にはオキシトシンやバソプレシンというホルモンが関係するが、男性の愛着に特に関係が深いバソプレシンは、抗利尿ホルモンとしての働きもあり、この分泌が悪いと、失禁が起きやすくなる。一方、不安定な愛着は、不幸なことに犯罪とも結びつきやすい。

母はオネショをすることで、私を厳しく叱ったりすることはなかったが、粗相(そそう)する度に母が悲しそうにしたり、深刻そうな顔をしたりすることで、私は自分の欠陥を感じざるを得なかった。オネショをする子どもは、人には知られたくない秘密を抱えることを体験するが、母親がそのことを世間に知られてはいけないと思っていると、余計にその罪悪感を強めることになる。母の心配性と、世間に対して恥ずかしいことをしてはいけないという意識は、私は自分が恥ずかしい部分を抱えた人間だという意識を強めたかもしれない。

世間から隠さなければいけないという点で、私のオネショは、祖母の精神異常と似たところがあったとも言える。祖母の独り言や興奮状態も、世間に気づいてほしくない恥ずかしいことであるのと同じように、私のオネショも、あまり知られたくない欠陥なのだった。

世間から笑われたくない、ただ人並みでありたいという母の切なる願いにもかかわらず、祖母だけでなく、息子の私まで、世間から隠さなければならない問題を抱えているのだった。オネショくらいなら、母もまだ大目に見ていられただろうが、私は母の言う「陰日向がある」性向を次第に強めていくことになる。

私が肛門や排便に興味をもつようになったのも、その頃のことだ。

あるとき、私は肛門から排便する様子を見たくなって、思いあまって祖母に、「見せてくれ」と頼んだことがあった。母にそんなことを言えば、間違いなく断られたうえに、ややこしい話になるとわかっていたからだ。祖母は、目を白黒させ、私を見て笑い出したが、「そななところ、見せるもんでない」と断られてしまった。だが、私は諦めきれず、実力行使に出た。

母屋とは別に、風呂場と便所だけの棟が建っていて、普段の用足しには、その便所を使っていた。大便所は、くみ取り窓をつけるために、地面から五十センチほど高くなっている。祖母の様子をうかがっていた私は、祖母が便所の扉を開け、足を持ち上げて中に入るときを見計らって閉まりかけた扉に手を掛け、引き開けた。

私の顔は、しゃがんだ祖母のむき出しになったお尻の高さで、ちょうどいい具合であった。「見たいんじゃ」と、私が言うと、祖母は歯をむき出しにして大笑いしながら、片方の手で扉を閉じようとした。扉を閉じようとする祖母と、開けようとする私の間で、扉がいったりきたりした。祖母は私を叱ろうとするが、笑っているので言葉が言葉にならない。それに、祖母はもう催している最中だった。祖母の肛門の辺りから、ばらばらと黒い影が落下していく。それを見届けながら、私は急におぞましい気持ちになって、手の力を緩めた。扉が閉まってからも、祖母は便所の中で笑っていた。

さすがに、同じ欲求を行動に移すことはなかったが、私の肛門に対する探究心は、もうしばらく続くことになる。私はフロイトのいう肛門期の段階を迎えていたのだろうか。フロイトは発達とともに性的なリビドーが向かう方向は変化し、もっとも幼い段階の口唇期から、肛門期、男根期と移り変わっていくとした。肛門期は、トイレットトレーニングの時期と重なるとされ、年齢的にはそろそろ終わっているはずだが、私の場合には、もう二、三年、肛門期への固着が続いたことになろうか。仔細は定かではないが、私が次にターゲットに選んだのは、同年代の友達だった。

近くの家に、休みになると同じ年の男の子が遊びに来ていた。そこが、親戚の家だったのだ。名前は、まさあきちゃんといった。いつとはなしに、その子とよく遊ぶようになったが、あるとき、私は新しい遊びにその子を誘い込んだ。

とても面白い遊びがあると、ひやに彼を招き入れた。ひやは、縁側の雨戸が閉め切られたままだったので、ほとんど真っ暗だった。私はお医者さんごっこをするふりをして、彼を布団の上にうつ伏せに寝かせた。そして、そっとズボンを下げると、あれこれ理由をつけながら、肛門の辺りを調べ始めた。マッチ棒を差し入れようとしたときには、さすがに彼は抵抗したが、そこもなだめすかして、痛くないようにするからと、彼を再び元の姿勢に戻させた。そのうち、まさあきちゃんは嫌がらなくなり、黙ってされるがままになった。

私は相手のものをいじっているだけでは飽き足らなくなって、今度は自分も同じことをしてほしいと、彼に要求した。まさあきちゃんは渋々応じた。私は彼に尻をいじらせながら、うっとりとして横たわっていた。私はすぐに、自分がやるよりも、やられる方が、快感において数倍勝ることを知った。だが、まさあきちゃんは、自分がやる番になるとすぐに飽きてしまい、もうやめようなどと言い出した。

だが、いったんそうした関係をもつと、二人の間には、秘密な結びつきができあがるようだった。

その遊びに比べたら、他の遊びなど色あせて感じられた。私はまさあきちゃんが遊びに来るのをひそかに期待するようになり、顔を合わせると、どうやって二人っきりになるか、どのタイミングであの遊びのことを言い出すか、そればかりを考えていた。

「あれしょうか」と、私が思いきって切り出すと、彼も私の言葉を待っていたように、その顔は怪しげな輝きを帯び、「しょうか」と応じる。断られることは、まずなかった。

この情事は「おつべ（お尻）ごっこ」と呼ばれていた。私と彼は、暗闇に光る目を見交わし、お互いの肛門の匂いと一緒に、罪の匂いを嗅ぐのだった。

ただ、生憎、まさあきちゃんは、ときどきしか遊びにやってこなかったので、私としては、不自由を感じることになった。私は、チャンスがあると、他の子にも声をかけ、秘め事に誘い込もうとした。次に私が籠絡したのは、すぐ隣の家に、やはりときどき遊びに来ていた太郎ちゃんだった。太郎ちゃんとは、保育所でもいっしょだったが、どちらかというとアウトローなところのある彼を、以前の私は、怖がって敬遠していた。それからすると、私はずいぶんと、人間関係の幅を広げたことになる。

他にも、数人の子でうまくいったが、中には、「おつべ（お尻）ごっこ」と聞いただけで、ゲラゲラ笑い出し、肛門に何か突っ込もうとすると、血相を変えて部屋を飛び出すものもいた。

女の子にも一度試してみたことがある。相手は、よし子ちゃんだった。西洋風の顔立ちをしたきれいな子だった。彼女は多分普通のお医者さんごっこだと思っていたのだろう。部屋の闇に彼女のつぶらな瞳が輝いていた。どうにか白いパンツを下ろさせたところまではよかったのだが、肛門の方に私の手が伸びた途端、笑いとも悲鳴ともつかぬ声を上げて、彼女は転がるように外に出て行ってしまった。

あれも、太郎ちゃんが遊びに来ていた日曜日のことだ。遊びに飽きて、太郎ちゃんがアンニュイな眠たそうな顔をしていた。太郎ちゃんも引き留めるには、何かインセンティブが必要だった。私は母がいつも和ダンスの引き出しの一つから、手品のようにお金を取り出しているのを思い出した。記憶を頼りに、タンスを探った。十三塚のお祖父ちゃんは、ずいぶんと奮発したらしく、和ダンスはとても凝った作りになっていて、扉の奥に、また小さな扉や引き出しがあり、隠し戸棚になっていた。別の引き出しに鍵が入っているのを見つけて、私は奥の扉を開けた。中から蝦蟇口（がまぐち）が出てきた。開けてみると、紙幣が数枚と小銭が入っていた。私は幸男ちゃんにもらった千円を母に預けっぱなしになっていたことを思い出し、その中から千円を抜き取っても悪くはないだろうという考えに達した。

私はその千円を握りしめ、太郎ちゃんと一緒に、大久保と呼ばれていた、村の食料品店に行った。買いたいものをほしいだけ買って、太郎ちゃんと二人で食べた。どちらかというと、いつもは能天気なはずの太郎ちゃんが、「ばれへんかのう」と不安そうな表情を浮かべた。私もだんだん心配になり、残っていた菓子を袋ごと人目のつかないところに捨てた。証拠隠滅を図ったのである。それから残りのお金をもっているのも、まずいと思い、ドロップの缶に入れて土の中に埋め、目印の石を置いた。「二人の秘密の資金にしような」と私が言い、太郎ちゃんも異議はないようだった。また豪遊できる日のことを思って、二人は顔を見合わせると、にやっと笑った。昔の五十円玉は大きくて、それだけが、ドロップの缶の入り口を通らなかったので、太郎ちゃんに預けることにした。その方が安全だと思ったのだ。

だが、その夜、私はこっぴどく叱られた。大久保の主人が、われわれの豪遊ぶりを怪しんで、家に連絡してきたのだ。母は私がとうとう泥棒のようなまねをし始めたと嘆き、自分が何でも私に許しすぎたと、亡くなった壽明伯父さんの言葉まで持ち出して、後悔の涙をこぼした。

「お母ちゃん、何のために苦労してあんたを育てたと思うんな。あんたを泥棒にするためな。もうお母ちゃん、死んだ方がましじゃ」

そう極論して、泣き崩れる母を前に、私もだいぶまずいことをしてしまったと思い知り、いっしょに泣いていたが、母はそれで追及の手を緩めたりはしなかった。

「あんた、残りのお金はどこな？　使こうたのは、全部でないはずじゃ。どこに隠したんな？」

私はぎくっとした。まだ心のどこかで、残ったお金のことがばれなければいいと思っていたからだ。ほとぼりが冷めれば、また使うことができるとまで計算したわけではないが、あれは、太郎ちゃんとの秘密の資金ということになっていたので、何とか守り通したい気持ちもあった。だが、母は大久保からおつりの金額まで聞いていたらしく、きちんと帳尻が合うまで納得しなかった。私はあいまいなことを言って言い逃れようとしたが、母は私の目が泳いでいることを見逃さなかった。「ここまできて、まだ嘘を言うつもりな」と、鬼気迫る顔で私をなじった。

そうこうしているところに、太郎ちゃんが隣のおばさんに手を引かれてやってきた。私はひやで母に叱られている最中だったのだが、縁側の向こうが門から入る通り道になっていて、そこに二人が現れたのだ。太郎ちゃんも泣いていた。

ポケットから、もっていないはずの五十円玉が出てきて、これは、どうしたんだと問い詰めたら、たかしちゃんにもらったと白状したという。おまけに、太郎ちゃんは、残った金は土に埋めたと、秘密の資金のことまでばらしてしまっていた。

万事休すだった。それから私は、懐中電灯を照らした母と、父もいっしょに、村はずれの現場にまで行くことになった。私は現場検証に立ち会わされる容疑者のような気分で、埋めた場所を母に教えた。私は自分で掘り返すように言われ、それほど深いところに埋めたわけではなかったので、すぐに現金が入ったドロップの缶が出てきた。

母は中の現金を確かめながら、手の込んだ手口に衝撃を受けた様子で、

「この子、恐ろしいじょ（恐ろしいこと）。大人でも考えんようなことをして」

と、思わず口走った。母にとっては、お金を盗むこと自体あり得ないことで、しかも、それをこんなふうに隠匿しようとしていた我が子に、末恐ろしいものを感じてしまったのだろう。

私は母の言葉に衝撃を受けた。そのどこか突き放したような言葉の響きは、私の中に新しい認識を生んだ。私の中には、とても邪悪で、恐ろしい部分があるのだと。それは、母にさえ背を向けられかねないほど、忌むべきものなのだ。

それから、また火がついたように、母はいつ果てるともない説教を始め、長い夜は一向に終わらないのだった。

幼い頃から、私にはとても頑固なところがあり、叱られたりするとその頑固さが余計に強まった。自分の非を認めて、素直に謝れば、すんなり許してもらえるようなことでも、私は意地を張って、決して「ごめんなさい」と言わなかった。

そこまで怒るつもりもなかったことでも、その頑固さのために、周囲の怒りをかい、ずいぶんと損をしたが、筋の通らないことが嫌いだった母にとって、素直に非を認めようとしない私の態度は、腹に据えかねるときもあったはずだ。

何が原因だったかは、覚えてもいないが、ある夜のこと、家から出て行くように言われたことがあった。私は、悪態をつきながら外に飛び出すと、わざと地面の上に寝転がったり、家の周りをうろうろしたりしたが、決して自分からは、家に入れてくれと言わなかった。母が踏んづけるか、つまずくかするように、広庭との境目の敷石の上に横たわってもみた。母が心配になって様子をうかがいに来ることを内心期待していたのだが、母の方も、私が自分から謝ってくるのを待っていたのだろう。根比べをしているうちに、部屋の灯りが消えてしまった。私は外にあった風呂場の中にうずくまって、自分を見捨てた母に対して、怒りの涙をこぼしていた。だが、母は結局眠れなかったらしく、ひやから出てくると、私の姿を捜し始めた。私はわざと風呂場の五右衛門風呂の釜の中に隠れていた。母は私がいないので、焦ったらしい。母は父を起こして、いっしょに家中を捜し回り始めた。見つからなければいいという思いと、見つけてほしいという思いが、私の中でせめぎあっていた。とうとう私は見つけ出されたが、「こんなところに隠れて」と、また怒られた。

だが、もっと厳しく叱られると思っていたが、意外にも母は、「馬鹿じゃなあ」と言っただけで、それ以上何も言わず、家の中に入れてくれた。

いつしか母は、私のような子どもの場合、怒れば怒るほど、事態を悪化させてしまうと気づいたようだ。私を力尽くで思い通りにさせようとしても、私は逆にしか動かない。そんなことを繰り返していると、自分の息子は、手に負えない人間になってしまうのではないのか。

「あんたはなあ、本当に強情やったからな。それも、あんたのせいばっかりではない。お母ちゃんにも悪いところがあったんやと思う」

その後、いろいろあったが、私が犯罪者にならずに済んだのは、母が私よりも自分を責め、それが私の中に後悔の気持ちを生み、私にブレーキをかけるようになったからではないか。母もどう対処していいかわからなかった頃には、怒られることや叩かれることもあったが、それはほとんど役に立たなかったし、むしろ反発する気持ちを強めるだけだった。先の先まで考える母は、このままではいけないと思うようになったらしい。母はやり方を変えていった。母は怒る代わりに、私がどういう気持ちで、そんな行動をとるのかを考えるようになった。母は、私を叱るよりも、自分に非がなかったか、振り返るようになった。

母の一番強力な武器は、涙と言葉だった。その言葉は気持ちがこめられているだけでなく、自分の非にも向き合うものだった。母に非を責められても、私は反発しかしなかったが、母が自分のせいだと言うと、私の心は強く揺さぶられるのだった。

母の苦労の人生を語るうえで、祖母や私のことについて、多く紙数を費やしてきたが、もう一人欠かせない人物がいる。父だ。父こそが、母を、思い描いていた人生とは正反対とも言える、混乱を極めた、迷路のような人生に引きずり込んだ張本人であっただけでなく、しばしば父自身、母をはらはらさせ、嘆かせるようなことをしでかした。

ことに母の手を焼かせたのは、父の酒癖で、父は大して強くもないのに呑みたがるのだった。結婚したばかりの頃から、泥酔した父を迎えに行くのは、母の仕事だった。父が誰それの家で管を巻いているとか、酔い潰れて寝込んでいるという知らせが届くと、母は大八車を引いて迎えに行った。

母がたどり着くと、父は人事不省で寝ているときもあれば、意気軒昂に気焔を上げている最中で、「お前も呑まんか」と、杯を押しつけてくることもあった。

酔い潰れて眠っているときは、大八車に乗せて帰ればよかったので、まだやりやすかったが、その一歩手前のときには、さんざん手こずらされた。なだめすかして、やっと大八車に寝かせても、ちっともおとなしくしていないで、すぐに起き上がろうとする。あるときなど、大八車から降りて、一人走って先に行ってしまうので、母は大八車を引きながら、父を追いかけなければならなかった。母は笑いながらそう語ったものだ。

「普段は真面目なええ人なんじゃけど、お酒を呑んだら、すっかり気が大きいなってしもうて。なんじゃろかな、お父ちゃんも、心の中にやりきれんもんがあったんかな」

挫折と屈辱ばかりの人生に、ときにはお祭りも必要だったのだろう。

私が物心ついてからも、父はよく正気を失うまで呑んでは、騒動を起こしていた。ある春の宵、花見に出かけた父が、血まみれになって、戸板に乗せられて帰ってきたことがあった。

数人の男たちがどやどやと門から入ってきたと思うと、

「お父ちゃん……」と、母が金切り声を上げて、駆け寄った。

父はぐでんぐでんに酔っ払ったうえに、割れた額から流れ落ちる血で、目も見えない状態だった。

運んできた男たちは、納屋の前に戸板を下ろすと、小声で母に事情を説明していた。母は男たちに迷惑を謝罪し、運んできてもらった礼を言っていた。

母屋から恐る恐る出てきた祖母が、息子の変わり果てた姿を見て、血相を変えた。

「重信！」と祖母は我が子の名を悲鳴のように叫んだ。「その顔、どうしたんど？」

男たちは祖母の方を振り返り、ばつの悪そうな顔になると、母の方にもう一度ぺこんと頭を下げて、立ち去った。

「こななこと、誰がしたんど？　誰がしたんど？」と祖母は叫び続けた。

祖母の声に我に返ったように、父は濁った目を祖母の方に向けると答えた。

「心配ない。ちょっと転んだだけじゃ」

父は母の肩を借りると、どうにか起き上がり、よろめきながら風呂場の方に歩いて行った。

父が寝ていた痕には、べっとりと血糊がついていた。

ヨーチンをつけるたびに、父が上げるうめき声が風呂場から聞こえた。

応急処置を終えると、父は着替えもせず、そのまま寝込んでしまった。母は、大鼾をかいて眠っている父の体から、血液や泥で汚れたシャツやズボンを脱がせた。

母は眠っている父の横で、ぼんやり座り込んでいた。

「お父ちゃん、どうしたん？」と私は母に尋ねた。

「ケンカしたんじゃと。殴りかかろうとしたら、足がもつれて、斜面を一人で転がり落ちたらしいわ」

父がした弁解は、実は本当のことだったと知って、私は失望した。

「なんでケンカなんかしたん？」

「お祖母ちゃんのことで、何か言われたらしいわ」

「ふ〜ん」

「あんなお祖母ちゃんでも、お父ちゃんにとったら、大事なお母ちゃんなんじゃ」と母は悲しそうに言った。

母から、祖母のことで父のことをからかった同級生を、鉛筆で滅多突きにしたという話を聞いたのは、このときのことだ。

「でも、そんなことして、お父ちゃん、警察に捕まらんかった？」

私の心配そうな顔を、母は見ると微笑んだ。

「昔のことやからな。それに、子ども同士のことやし。先生からはえらい叱られたそうじゃけど、でも、お父ちゃん、それからその子と一番の友達になったんやで。あんたも知っとるじゃろ。山本の自転車屋のおじさん」

私はうなずく。ときどきうちにも顔を見せていたし、同級生の女の子のお父さんでもあったからだ。

「後でわかったことじゃけどな、山本のおじさんのところも、二番目のお母さんでな。いろいろつらいことがあったんじゃと」

私は解せなかった。そんなにつらい思いを知っているのなら、どうして他人にまで同じ思いをさせようとするのだろう。

そのことを母に言うと、母は顔を曇らせ、

「ほんまじゃな。でも、人間いうのは、弱いものなんじゃ。自分につらいことがあったら、人も同じ思いをしたらええと思うんじゃ。お母ちゃんもそうじゃった。みんな運動会に母親が来とって、楽しそうに甘えとるのを見たら、何で自分だけ、こんな寂しい思いをせないかんのやろうと、心がいじけてくるんじゃ。何も楽しいことなんかのうて、他の子の笑うとる顔を見とったら、無性に腹が立ってきてな。他の子のお母ちゃんも、みんな死んだらええって、そんなふうに思うてしまうこともあった。そんな自分が、また嫌になって……」

母は涙ぐんでいた。小学生のときのまま、生々しい傷をいまだに引きずっていた。その傷は、二十年も経っているというのに、まだ開いたままで、涙を流し続けているのだった。

「お父ちゃんがうらやましいわ。お母ちゃんが生きとって」

私にはその言葉が意外だった。子ども心にも、祖母が病気を抱え、そのせいで、父も母も苦労していることを知っていた。それでも、母にとっては、母親をもつことは、うらやむべきことなのだ。

*

後年、私は、問題を抱えた親に苦しめられるケースに数多く出会うことになるが、その最初のケースが父だったとも言える。見方を変えれば、父は、どんなに損をしようと母親を捨てられず、妻にまで苦労を背負いこませることになったわけだ。だが、それを知らず知らず助けていたのは、早く母親を失ったがゆえに、夫には同じ思いをさせまいとする、母の中の欠落のなせる業だったのか。

母が母親を失った悲しみから、本当に脱したと言えるのは、いつ頃だっただろうか。少なくとも私が小学生の頃までは、母親を失った悲しみを、折にふれて語っていた。

母にとって、母親代わりの存在は、出作の姉・千代子だったが、その頃、千代子は国立の療養所で入院生活を送っていた。夫の体が弱く、夫の分まで働かねばならなかった千代子は、雨の中、畑仕事をして風邪をひいたのが災いのもとで、病に臥せることになる。肺結核だった。母が十三塚の離れで療養している頃のことだ。母は半年で寛解したが、千代子の場合は、肺の機能が落ちてしまい、何年も入院生活を余儀なくされることとなる。したがって、姉とは、たまに見舞いに行くときに顔を合わすだけだった。

もう一人の女きょうだいである妹の節子は、大阪に嫁いでいた。当時は、長距離電話で連絡をすると言えば、余程のことがあるときだけだったので、一年に一回声を聞ければよい方だった。萩原に嫁いできてから十年ほどの、母にとって、一番つらかった時期は、母親はもちろん、泣き言を聞いてもらえる姉や妹も近くにいなかった時期でもあった。私のような、まだ年端のいかない子どもにでも、話さずにはいられなかったのだと思う。

母親の不在が意味することの一つは、話を聞いてもらえないということだ。母を失って、そのことをしみじみ感じる。たとえ普段は話さなくても、話したくなったとき、電話をかけることができ、答えが返ってくるということだけで、どれだけ助けになっていたかを、再認識するからだ。私自身、母を失って、母が長年抱えてきた寂しさ、心細さを少しは味わっているのかもしれない。

母親を失うということの恐ろしさの根源は、自分の人生の始まりからずっと愛着してきた存在からの応答を永久に失うということかもしれない。問いかければ、応えてくれた存在が、もう何も反応を返してくれないということ。やりとりをすることができないということ。その苦しさである。それは呼吸できなくなる苦しさにどこか似ている。母という存在が返してくれる言葉や微笑みを、子どもは呼吸しながら生きているに違いない。何の反応も、言葉も微笑みも返ってこないということは、いくら息を吸おうとしても、息が入ってこないような苦しさを催させる。

応答が返ってくること。しかも共感と優しさと思慮に満ちた言葉や表情が返ってくるということに子どもが守られているように、私も守られていたのだ。

もはや答えを返してくれないということ、母の言葉はいくらでも思い出し、想像することはできても、現実の母が言葉を返してくれるのではないということ。本当の応答が起きることはもう二度とないということ。そこに根源的な恐ろしさがあるように思う。

私は、まだ一歳になるかならなかったその日、母の不在という現実を前に、得も言われない不安と恐怖にとらわれていたのだろうか。いくら泣いても母が答えてくれないという事態に戸惑い、絶望し、泣き疲れて眠ってしまうということを、何夜か繰り返したのだろうか。そのとき味わった恐ろしさを、いまかすかに思い出し、説明のつかないような不安と恐れを覚えているのだろうか。

母が応えてくれないということ。愛着した対象を失うということの恐ろしさを、あらためて味わっているのだろうか。

愛着するが故に、求め続けてしまう。それゆえ、応えてくれない苦しみは、ずっと続くことになる。その苦しさを逃れるすべは、愛着を捨て、求めるのを止めることでしかないのか。母への思いを断ち切るしかないのか。だが、それが母を忘れるということだとしたら、余計に悲しいことに思える。自分が悲しみから逃れるために、その存在を忘れてしまわなければならないとしたら、その悲しみと一緒にいる方を選びたい。そう思ってはいても、人は忘れていってしまう存在かもしれないが。母のように母親のことを思い続け、語り続けることの方がある意味難しいことなのかもしれない。

四つか五つのときのことに思えるが、もう小学生になっていたかもしれない。夜、私は一人でテレビドラマを見ていた。目が見えなくなる病気にかかった人の話で、何度も手術を受けるけれども、視力が失われていく陰鬱な話だった。大学病院の病棟が、プラネタリウムのようなドーム型をしていて、それが非人間的な冷たい印象を醸し出していた。

それまで、私は自分の目が悪いということを、それほど深刻な問題とは感じていなかったが、そのドラマは私の不安をかき立てるものだった。自分も目が見えなくなるのではないか。ドラマが終わったとき、私は、不安でいっぱいになっていた。折悪しく、気がついてみると、母の姿がどこにもなかった。父もいなかった。祖母はいたが、私の助けにはならなかった。私はひやに行ってみた。ひやにも母の姿はなく、なぜか布団だけが敷いてあった。その布団の柄が格子縞になっていて、一つ一つの四角い模様をたどりながら、その格子に沿って無闇に歩いた。じっとしていられなかったのだ。自分がどうにかなってしまいそうな不安と、母がいないという事態に、私はパニックになり、涙ぐみながら、布団の上をぐるぐる回り続けた。それ以外に、自分のバランスをとるすべがなかったのだ。

幸い母は帰ってきてくれた。私が涙ぐんでいるのを、困惑した顔で見ながら、何かの集まりに出ていたのだと言った。そんな理由は私にはどうでもいいことだった。母が戻ってきたこと、母に自分の抱えていた不安な思いを、うまく語ることはできなくても、その体に触れ、安心を得ることができるということ。それで十分だった。

母は私に会う度に、これが最後かもしれないと思って会っているのだと、何度か語ったことがあった。私を見送る度に、そういう思いで見送っていたに違いない。

私もいつしか同じように思うようになった。そう思うと、別れ際に、母の手をつかんだり、背中をさすったりしたくなった。ここ何年か、一年に一度か二度帰郷して、家を出るときは、母の手を握り、背中をなでるようにしていた。その度に、母は痩せて小さくなった体を、よけいに小さくすぼめた。

6

一時は収まりかけていた新型コロナだったが、梅雨の長雨が続いた頃から再び感染者数が増え始め、あれよあれよという間に、一日の感染者が千人を超えてしまった。八月に入って、関西は、ようやく梅雨が明けたが、新型コロナの勢いは収まらなかった。

昨年の夏、母が父の初盆を迎えるにあたって、お盆の一ヶ月ほど前から灯籠を上げていたことを思い出し、私も同じようにしてやりたいと思った。香川県の西の地域では、木の骨組みに、白や金色の紙を貼って飾った盆灯籠を吊す。だが、同じものが見つからず、ネットで探しているうちに、据え置き型の廻り灯籠も美しいなと思うようになった。母としては、馴染んだ、吊下げ型の盆灯籠で迎えてほしいかとも思ってためらったが、きっと母もこの灯籠を気に入ってくれるだろうと、やや押しつけ気味に考え、こちらの廻り灯籠と、初盆用の白提灯を購入した。

京都の自宅の和室の片隅に、小机を置いて、その上に位牌や遺影を並べて、蠟燭を灯し、線香を上げていたが、その両側に灯籠を置いて、近くの鴨居に白提灯を吊した。

母は毎晩お経を録音したCDをかけて、一緒にお経を唱えていたようだが、私はただ灯籠のスイッチを入れて、光の模様が回るのを眺めているだけだ。

熊本の豪雨で球磨川が氾濫し、大きな被害に見舞われたというニュースが流れていたとき、裏のおばさんから電話がかかってきた。四国の方にも相当な雨が降ったのだが、うちの納屋の瓦の一部が落ちかかり、危険な状態になっているという。その納屋の西側の端に、私が子どもの頃過ごしたひやがあるのだ。

私は、翌日の昼休み、地元の業者に連絡して、屋根の状態を見たうえで、応急処置を施してもらうように依頼した。

その日の夕方、業者から連絡があり、屋根がだいぶ傷んでいるうえに、建物自体の老朽化がひどいとのことで、屋根を修繕するよりも解体することを勧められた。幼い日の思い出が一番残る建物なので、私の中に逡巡する思いもあったが、今後の管理のことを考えると、解体するのが現実的だということはわかっていた。

解体の見積もりを業者に依頼してからも、一抹の未練はあった。しかし、幼い日の時間や母との思い出は、あの古ぼけた納屋にあるというよりも、私の記憶の中にだけ残っているのだと考えて、自分を納得させようとした。

あのひやで過ごした日々が、私にとって、母との思い出が一番濃縮された時間であり、そこにこそ、私の原点もあった。貧しかったが、家族がくっつき合うようにして暮らした日々。大変なことや悲しいこともいっぱいあったが、父や母の必死な思いだけは、いつもそばにあって、私を守ってくれた。その意味で、幸せな日々だったかもしれない。

＊

私が小学校に入学した日を迎えることは、母にとって特別な意味をもっていた。入学式の日、母は、せめてこの子が小学生になるまで生かせてくださいと、第四病棟で祈った夜のことを思い出しながら、涙ぐまずにはいられなかった。だが、同時に、約束が果たされたいま、もしかしたら期限を延ばしてもらっていた自分の命が、神に召されてしまうのではないかという不安も感じていた。

先にも書いたが、母は記憶力がよかった。だが、記憶力のよさが人を不幸にすることもある。都合が悪いことは何でも忘れてしまう私や父とは違って、母は、悪いことも全部覚えていたので、それだけ心配の種も増えることになった。

入学の初日から、私は担任の女教師に注意され、幸先の悪いスタートを切った。配られた新しい教科書もそっちのけで、教室の後ろに立った母の方ばかりを振り返った挙げ句、先生に帰りの挨拶もせずに、母のところに抱きつきに行ったのだ。

「いつまで甘えとんや。幼稚園に戻るか？」

皮肉っぽく投げつけられた言葉に、震え上がったのは母の方だった。

母はもともと小学校でも中学校でも、教師に可愛がられた方で、ことに中学校の恩師である林先生のことは敬愛していた。母の中にあった、学校の先生に対する好印象が変わり始めたのは、兄嫁となった小学校の教師の登場からである。彼女は、いつも母を見下したような目で見たうえに、一切父や母とは交際しようとしなかった。母は最初に見たときから、「裏の先生」と呼ばれていたその女教師が苦手だったが、それをさらに決定的にしたのは、私がからんだある出来事によってだった。

私がまだ二歳だったときのこと。裏の先生が丹精していた花壇の菊の花が何者かに折られるという事件が起きた。そんなことをするのは、私の仕業に違いないと、母と私が呼びつけられた。女教師は、ものすごい剣幕で、私と母を玄関に立たせたまま、追及した。

「あんたに、したんな？　と、なんぼ聞いても、してない言うしな」

私は、二歳の頃から、すでに意地っ張りなところを見せ始めていたらしい。責められれば責められるほど、頑なにうんと言わないのだ。

「それが、あの先生は、また気にくわんかったんじゃろ。二歳の子が嘘をつくとは末恐ろしい、母親の躾（しつけ）がなってないからじゃ言うて、どれだけ怒られたか。いくら謝っても、許してもらえんでな。夜中まで玄関に立たされて、説教されたんで。あのときは、本当につらかったわ」

母のそれまでの体験から、学校の先生というのは、厳しいところはあっても、未熟な存在に対する優しさや寛大さを備えた存在という温かなイメージを抱いていたのかもしれないが、この一件が、そのイメージをだいぶ悪化させてしまったようだ。入学式の日に担任の口から発せられた一言は、その忌まわしい記憶と重なり、悪い予感に、母をほとんど戦慄させたのだった。

母が危惧した通り、小学校は、私にとって幼稚園以上に、つらい日々となった。私はもう好き勝手に画帳を開いたり、粘土をこねたりすることも許されず、ちっとも面白くない算数や国語の勉強をしなければならないのだったが、私は黒板を見るよりも、窓の外を眺めながら、荒唐無稽な空想にふけっているか、ノートに落書きをしているのだった。いまでも覚えているが、算数や国語のノートの大きなマス目が、沢山の部屋がある建物のフロアーに見えてきて、各部屋の間に壁や床を作ったり、電気工事の配線をしたり、コンセントを作ったりすることに夢中になったのだ。

そんな具合だから、成績もいいわけがなかった。母の話では、ひらがなを読み出したのは早くて、三歳のときには新聞を読み、周囲を驚かせたということだが、その実は、漢字をとばして、ひらがなだけを読んでいただけだ。いまどきの英才児に比べれば、たわいもない話だ。

小学校の入学が近づいてきたとき、多美ちゃんと遊んでいると、多美ちゃんが漢字で名前を書けるようになったと言い、たかしちゃんは書けるかと聞かれて、答えに詰まったのを覚えている。漢字というものを、まだ一切書いたことがなかったのだ。そのことを話すと、母が漢字で私の名前を書いてくれたが、難しすぎて、到底覚えられなかった。

算数の授業の何回目かのときに、「＋」の記号は、何を表しているか、わかる人？　と言われて、私は勇んで手を挙げた。「足す」だと知っていたからだ。ところが、次に「－」の記号は何か、わかる人？　と聞かれたとき、私は手を挙げられなかった。まだ見たことがなかったからだ。一人の女の子が手を挙げて、「引く」だと答えた。私は自分が知らないことを、他の子がやすやすと答えていることに、衝撃を受けたのを覚えている。

小学校に入って、もう一つわかったことは、私がひどい近眼だということだった。視力が両眼とも零コンマ二しかなかった。母はその原因に思い当たったが、手遅れだった。祖父はもう死んで、「泥蓋をかぶせられて」土中で眠っていた。あのときは、祖父の助けがどれほどありがたかったかを思い出し、祖父に悪意はなかったのだと気を鎮めた。

母は私を眼科に連れて行った。開業したばかりの、若い女性の眼科医が私の目を診てくれた。ビタミン剤の注射と、電気マッサージを受けに、しばらく通院した。零点七まで見えるようになったが、農繁期になると、通う時間がなくなり、いつとはなしに行かなくなった。注射が嫌だった私にとっては、ありがたかった。

だが、母は諦めたわけではなく、あるとき、レバーやモツを山ほど買い込んできたことがあった。十三塚の祖父が鳥目になって何も見えなくなったときに、鳥の臓物を食べたら、元通りよく見えるようになったという話を思い出したらしい。母は、私が食べやすいようにと、甘辛く味付けしてくれたが、私はグロテスクな臓物の山を見たまま、どうしても箸を動かす気になれなかった。「目が見えんでも、えんな」と母は必死の形相で私をにらんだが、これぱっかりは、私の喉を通りそうになかった。

このときの印象がよほど悪かったのか、私は長くレバーやモツを食べることができなかったが、これも不思議なもので、四十を過ぎた頃から、そのおいしさがわかるようになった。

近所に、また別の信心をしている敏江さんという婦人が住んでいた。夫が愛人を作って家に帰らなくなってしまい、その悲しみから入信したそうだが、我が家の不幸な様子が自然と彼女の目にとまった。敏江さんには、我が家を次々不幸が襲うのも、信心が足りないせいだと映ったらしく、教えを説きに足繁くやってくるようになった。

母は、敏江さんをあまり信用していなかったが、彼女がもってきた教えを説いた本の方には興味をそそられたらしい。その教えによると、病は乱れた心や邪（よこしま）な心の結果だとされており、私の近眼も例外ではないとのことだった。その本で、目の病を調べると、陰日向のある心が原因だとされていた。母は、当たっていると思ったらしく、私にもそのくだりを読んで聞かせた。

私は、図星をさされた気がしてドキッとした。どうして私の秘密を知っているのかと、戸惑った。

その頃の母は、すがれるものなら何でもすがりたいという気持ちだったらしく、いろいろ影響を受けやすかったが、私も少なからず、巻き込まれた。

阿島の先生は胃ガンで亡くなったとかで、我が家に再びやってくることはなかったが、毎晩、父と母が、お経を唱える習慣は続いていた。錫杖を振って、経壇の上には不動明王を祀ってあったから、修験道に従ったものだったと思われる。四国は、八十八か所めぐりでも知られるように、石鎚山のような霊山も多く、密教と関係の深い修験道が盛んな土地柄だった。

いつも唱えていたお経の中では、般若心経がリズミカルで好きだった。ことに、「ぎゃていぎゃてい、はらぎゃてい、はらそうぎゃてい」という一節が、音として面白かったのでよく覚えている。父と母の声も朗々と唱和していた。それから親近感をもったのは、「こんがらどうじ、せいたかどうじ」という二人の童子の名で、せいたかどうじというのは、背の高い人なのだろうと想像していた。

阿島の先生という精神的支柱を失い、心細かったのか、何度か高松まで修験道の偉い先生のお話を聴きに行くのに、私も連れて行かれたことがある。講演の最後に、三千円を払うと、快癒の施術をしてもらえるということで、長い順番待ちの列ができた。順番が近づくと、悩み事を係員に伝えるのだが、母が「オネショで、困ってます」と、恥ずかしそうに耳打ちするのが聞こえた。私は寝かされて、お尻の辺りを、お経の本でポンポンと叩かれた。

学校から帰ると、私は勝手口のところにランドセルを放り出し、そのまま多美ちゃんのところに遊びに行った。他の子と約束がない限り、ほとんど毎日のように多美ちゃんのところに通った。よし子ちゃんのところに行くこともあったが、それは多美ちゃんと遊べないときで、やはり多美ちゃんが一番気の置けない存在だった。多美ちゃんは、私よりも運動神経がよく、走るのも速かった。自己弁護のために付け加えておくと、私も決して足は遅い方ではなく、小学上学年になると、リレーの選手に選ばれるようになるのだが、多美ちゃんはもっと敏捷で、すばしっこかったのだ。ゴムのように体がしなやかで、木登りやゴム跳びも器用にこなした。だからと言っておてんばというわけではなく、いつも落ち着いていて、親切で、人望があり、小学校の間、ずっと級長をしていた。口数の多い方ではなかったが、人の悪口を言うのは一度も聞いたことがなく、私の言うことにも気持ちよく合わせてくれた。

私は多美ちゃんを将来のお嫁さんにと考えていた。だが、もう一人、私がひそかに憧れていたのは、警察官の娘の文子さんだった。同級生だったが、背がすらっと高く、利発で、どこか都会的な雰囲気をもち、食べている物も違うのか、他の子とは違う匂いがした。その子のことを特別覚えているのは、彼女が小学一年の途中で転校してしまったからだ。私は、たまたま、文子さんが警察官の父親と帰って行くところに出くわした。彼女は私に手を振ると、父親のバイクの後ろにつかまったまま、行ってしまった。

彼女に恋していたことを自覚したのは、彼女がいなくなってから後のことで、何でも黙っていられなかった私は、彼女が好きだったことを、級友の何人かに打ち明けた。それだけでは気が済まず、母にまで熱い思いを語った。すると、母は、息子の焦がれる恋心を黙って聞いていたが、「あんた、それより先に、オネショ治さんとな」と、少し冷ややかに答えたのだった。

三月生まれで、体も小さかったということもあるだろう。小学六年生などは、私には巨人のように感じられ、その脅威から逃れるために、往来を行き来するときも、できれば誰にも出会(でくわ)したくなかったので、こそこそ隠れるようにしていた。

だが、中には優しい巨人もいた。覚えているのは、竜ちゃんというそびえ立つような大男で、同じ登校班の最後尾を固めていた。大抵の大男がそうであるように、竜ちゃんにはどことなくユーモラスなところがあって、いつも集会場の鴨居に頭をぶつけて、集会場を壊しそうになっていた。

毎月集会場で開かれる子ども会の集まりでは、竜ちゃんはその上背を生かして、決まったことを黒板に書く役目をしていた。竜ちゃんは、黒板の一番高いところまで苦もなく手が届いたが、漢字をよく間違えるので、書記として打ってつけというわけにはいかなかった。

竜ちゃんのうちは、ぽつんと村はずれに建っていて、そこだけいまだに電気が通っていなかった。何度か遊びに行ったことがあるが、竜ちゃんのうちは、真ん中が通路という、どこか学校を思わせるような設計になっていて、私の興味をかき立てた。通路の天井には、他では見られない灯油のランプが下がっていて、通路の左脇には、カウンターのような台があり、その上に小さな小窓が開いていた。医院の受付を思わせるような造作だったが、それもそのはずで、竜ちゃんの住んでいる家は、戦時中まで、赤痢やチフスの患者を収容する村の隔離病院だったところなのだ。両親が大阪で空襲に遭い、焼け出されたという話で、いつからかここに住み着くようになっていた。戦争が終わってから、もう二十年も経っていたのだが、まだ戦争の傷跡はこんな田舎にも残っていた。

裏側に並んでいたという病舎はすでに取り壊され、空き地には雑木と草が茂り放題になっていた。

三歳の頃、遊びに来ていたとき、私は病舎の跡地に残った野壺に落ちて、死にかけたことがあった。多分、隔離病院の便所だったところで、「よりによって」と母は糞尿まみれになった私に水を掛けながら、ひどく狼狽していた。それでも、私は病気にもならず、腹を下すこともなかったのは、不思議だ。

竜ちゃんの二人の兄はどちらも秀才だという評判で、いつ見ても、昔看護詰め所だった勉強部屋で、机に向かっていた。家にテレビがなく、竜ちゃんは近所までテレビを見せてもらいに行っていたが、兄たちは、その必要も感じていないようだった。一家にとって電気は貴重品で、勉強部屋を照らす灯りも含めて、電気が必要なときは、父親が耕耘機のエンジンと発電機をベルトでつないで、電気を起こしていた。

母はいつも竜ちゃんの兄たちのことを褒めていた。きっと将来は立派な人になると言い、私にも彼らのようになってほしいようだった。その中に、竜ちゃんは含まれていなかったのだが、竜ちゃんは、私が校庭のすみにある雲梯(うんてい)から降りられないで困っていると、ひょっこり現れて、軽々と抱え上げ、地面まで下ろしてくれるような優しさを備えていた。

だが、竜ちゃんのような気のいい人ばかりではなかった。学校には、気まぐれな攻撃や理不尽ないじめ、それに馬鹿げた規則があふれていた。自分を守る力をもたないものにとって、学校は、危険と苦痛に満ちた場所だった。安全を確保するためには、相手の攻撃に対抗する力か、有力者に助けを求める才覚が必要だったが、そのどちらももたないものは、格好の標的にされた。

毎日多数決ゲームをやらされて、スケープゴート捜しのふるいに掛けられるようなもので、ゲームに生き残れるのは、常に大勢が移動した方に抜け目なく移動した者だった。笑い者やのけ者になりたくなければ、常に周囲に目をこらして、みんながどちらに移動するかをよく見ていなければならなかった。

ひどい目に遭わないために、私が採用した戦略は、相手の顔色を見て、その意向にこびることで、相手の攻撃をかわすというものだった。だが、その作戦もうまくいくとは限らなかった。相変わらずぼんやりしていた私は、つい気を抜いて場違いなことをしたり、虎の尾を踏んづけてしまうことも多かったからだ。

母は常々「人は恐ろしいものだ」と言っていた。私はその言葉自体よりも、そう語る母の口調が恐ろしかった。母は重要なことを語るとき、少し声をひそめ、いつもと違う緊張感を漂わせて、私の心の奥底にまで届くように語りかけるのだ。その頃の母は、世の人は他人のあらを探したり、不幸を喜んだりするものだという性悪説をとっていた。小さい頃から苦労して、嫁に来てまで人格を否定され、惨めな思いをし続けたのだから、母がそう考えるのも無理なかった。母の後半生は、この性悪説にとらわれた悲観的な考えを、段々と乗り越えていく過程でもあっただろうが、私がまだ小学生だった頃は、母はそうした悲観的な考え方にどっぷりつかっていた。

ある意味、母の言う通りだと思うこともないではなかったが、それでも私は、母ほど悲観的になることはなかった。多分、母が私のことをいつも優先してくれたので、私の人生は、母のものに比べれば、まだ安楽だったのだろう。

不思議と言えば、母に劣らず悲惨な人生を歩んできたはずの父が、母よりずっと楽観的な考えをもっていることだった。萩原の血が鈍感なせいなのか、それとも、最初から細やかな愛情を知らずに育った父は、それを失う悲しみも味わわずに済んだためなのか。

幸い私の中には、父の血も半分流れていたおかげか、母が悲観的な考え方を注ぎ込み続けたにもかかわらず、そして、人間の醜い面、弱い面を散々見せられたにもかかわらず、そこまで人間に絶望することもなく、どこか気楽に生きていた。私の中には、不安におびえる面とともに、呑気すぎるくらい呑気な一面が同居していた。

学校で嫌なことがあっても、テレビでマンガを見ている三十分間は幸せだったし、ランドセルを放り出して、誰かと遊んでいるときは、宿題のことや、罰として書かなければいけない漢字のツケがたまっていても忘れていた。

漢字のツケについて、少し付言しておこう。

定年間際だった担任の教師は、実に単純だが、効果的な方法で、クラスを仕切っていた。宿題を忘れた者、忘れ物をした者、掃除をさぼった者、先生に注意された者、どれも罰として漢字を書くことが課せられるのだ。罪科一つにつき、漢字百字だった。罰の漢字は放課後に書くのだが、それでも書き切れないと、宿題としてうちで書いてくることになる。だが、ペナルティの方が増えすぎて、返済が追いつかないということも起きる。クラスには、数千字に上る気の遠くなるような漢字の借金を背負って、あえいでいる子も何人かいたが、私もその一人だった。

この漢字の借金の残高を計算するのは、教師ではなく、親切な同級生たちだった。おまけに、クラスにはゲシュタポのような役目の子がいて、掃除の時間になると、この男の子が、ぶらぶらと見回りにやってくる。掃除を免除され、他の同級生がちゃんと掃除をしているかを見張るのが、この男の子の役目なのだ。しかも、彼の地位は持ち回りではなく、終身制だった。なぜ、彼が監督係になったのか。私の記憶する限りでは、この制度を彼が発案して、それを女教師が採用し、「あんたが、やり」と即決したのだった。彼はいつも大きな日誌をぶら下げていて、掃除を怠けている生徒を見つけると、すかさずその名前を日誌に書き留める。名前を書かれることは、漢字百字の罰金を意味する。

学校は隅々まで掃除が行き届き、純朴で温かい校風をもつ、田舎の優良校として、見学者がひきもきらなかった。見学者は、ゴミ一つ、落書き一つないことに感心したが、ゴミ一つが漢字百字に相当することを知れば、大して驚かなかっただろう。

学校生活は、不快なところもあったが、それでも私は、人並みに楽しんでいたと思う。級友たちが家に遊びに来ることもあったが、自分の貧しい暮らしぶりを、恥ずかしく思うこともなかった。

母は私が望むことは大抵叶えてくれたので、私は自分の家がひどく貧乏だとは思っていなかった。とはいえ、家がひどく古いボロ家であるとか、自家用車がないとか、貧乏を示す、隠しようのない事実に、私も段々気づくようになった。

小学校一年の三学期のことだったと思う。教習所に通っていた父が、ようやく運転免許に合格し、車を買うというので、私は大喜びで、級友にそのことを吹聴した。ただ、車がいくらするか尋ねたとき、いつもは声の大きい父が、なぜか小さい声になって二万八千円だと答えたとき、少し嫌な予感がした。いまよりはるかに物価が安かったとはいえ、車の値段として二万八千円という金額が、かなりの破格値だということは、小学一年生の私にもわかったのだ。

それでも、車がやってくる日を、私は楽しみにしていた。母も、どんな車なのか、詳しいことは知らないらしく、「お父ちゃん、どんな車を買うたんじゃろか」と、胸を膨らませていた。

待ちに待ったある日、学校から帰ると、その車が納屋の前に止まっていた。駆け寄ろうとした私は、思わず立ち止まってしまった。光沢のない、緑色の車体を見たまま、まずいことになったと思っていると、車のドアが開いて、父が運転席から降りてきた。

「どうぞ（どうだ）？」と、父は誇らしげに私の顔を見た。初めての自家用車に興奮するあまり、息子の戸惑いにも気づいていないようだった。母も助手席から降りてきたが、父ほどは興奮していない様子だったので、私の落胆の表情にも気づいたはずだが、父への気遣いからか、「あんたも乗せてもらうな？」と、父に花をもたせる言い方をした。

私は母と入れ替わりに助手席に座った。中に乗り込むと、私も少しは気持ちの高ぶりを覚えたが、スピードメーターが丸くて、目盛りが八十キロまでしかないことに気づいて、新たな落胆を覚えていた。清水君の家の車は、扇形のスピードメーターに、百二十キロまで目盛りが刻んであったからだ。だが、父はポジティブで、「どうぞ（どうだ）、八十キロも出るんど。ごっかろが（すごいだろう）」と、満足しきっている様子だった。

といっても、実のところ、この車が四十キロ以上のスピードを出すことはなかったので、八十キロのメーターでも、だいぶ見栄を張っていたのだが。

こんなこととは知らず、私は級友に車を買うことを宣伝してしまっていたので、そのうち級友の何人かが、うちの車を見学に詰めかけた。その中には、清水君とそのお兄さんも含まれていた。清水君は、行きがかり上、運転席をのぞき込んだりしたが、私に気を遣ってか、特に感想も言わなかった。

たまたまそのとき、ボンネットが開けられたままになっていて、そこをのぞき込んだ清水君のお兄さんが、驚きの声を上げた。

「この車、エンジンがない！」

みんなもボンネットをのぞき込んだが、確かに、中は空っぽで、白いペンキを塗った底の方に雨水がたまっていた。多分父は、降り込んだ雨水を乾かそうとして、ボンネットを開けてあったのだ。

実は、ボンネットのところは、トランクで、エンジンは運転席の座席の下にあった。買ったばかりだというのに、エンジンのかかりが悪いと、父が座席を外して、エンジンの頭の部分に差し込まれたプラグを抜いて、指で拭いたり、息を吹きかけたりしていたので、私はエンジンがどこにあるか知っていたのだ。だが、それを言い出す気にはなれなかった。

清水君のお兄さんは、すっかり混乱した様子で、車の周りを自転車で器用にくるくる回りながら、「この車、おかしい、おかしい」と言い続けていた。

この車は、私にとって背負わねばならない十字架のような存在となる。十字架という表現は適切でないかもしれない。隠さなければならない、恥ずかしい秘密といった方がよいだろう。

私は、できれば裕福な家の子のように錯覚したままでいたかったのだが、そうもいかなかった。父がこの車で、村のあちこちに出没し、私の横を通過しながら、わざわざスピードを落として、「乗るか？」と声を掛けてきたりするものだから、私がいくら知らぬふりをしようとしても、うちの車だと知られてしまった。父の車はすっかり有名になって、たまたま通学路を通りかかったりすると、「たかしちゃんちの車じゃ」と、みんなが振り返り、私はひどく恥ずかしい思いをした。

私は後年、赤面恐怖や視線恐怖で悩んだ時期があったが、多分、このときの恥ずかしい体験が関係しているに違いない。

母はそこまで気にしている様子はなかったし、車のことで一言も不満を言うのを聞いたことはないが、世間体を気にする母としては、もう少し世間並みの車に乗りたかったはずだ。

母はそれから、二年ほどして、バイクの免許を取ると、スクーターを買った。父のような中古ではなく、新車のスクーターだった。それが、母なりの精一杯のリベンジだったのか。

本当は車の免許を取りたかったのだそうだが、予算と時間がなくて断念したらしい。何十年も経った後でさえ、そのことを悔しがっていた。

*

母はそれから半世紀以上の間、亡くなる一ヶ月あまり前まで、バイクを運転して買い物にも病院にも通うことになる。

母のバイクは、原付ではなく、中型のバイクだったため、車体が重かった。八十四歳の痩せ細った老人が扱える代物ではなくなっていた。だが、母は何一つ不満を言わなかったので、そのことに気がついたのは、もう取り返しがつかない事態になってからだった。

　三月のある日、スーパーで水を買って、それを買い物かごに載せようとした瞬間、母の腰骨は悲鳴を上げた。それでもどうにか家まで戻っては来たが、痛みがひどくて、バイクを納屋に入れることもできなかった。母が亡くなった後、私が帰ったときも、バイクはそのままの位置で、雨ざらしになっていた。何事も几帳面で、きちんと直さないといられない母の性格を考えると、よほどの痛みで、どうにもならなかったのだと思われる。私はそのバイクを自分の手で押してみて、暗澹とした気持ちになった。そんな状況になっても、息子に戻って来いとも言わず、自分でどうにかしようとしていたのだ。

　だが、バイクを動かすこともできなくなったことは、母の腰骨だけでなく、気持ちまでも砕いてしまったようだ。母にとって、バイクは自由と自立の象徴だったのかもしれない。バイクに乗れなくなったとき、母はもう自分の力だけでは生活できないと思ってしまったのか。

7

竜ちゃん家のように我が家よりも貧しい家がある一方で、裕福に暮らしている家の代表は、伯父である裏のおっちゃんのところだった。

例の出来事が尾を引いていたのか、裏口を出ればすぐのところにあるその家に、私は遊びに行ったことさえなかった。祟りでも恐れるように、母が近づくことを恐れていたのが、私にも伝染していたためだろうか。それとも、近づきがたい空気が漂っていたためだろうか。

ところが、そのタブーが破られるときが来た。小学校一年の夏休みのある日のことだった。裏口を出ると、小川沿いに延びる小道があって、その両側に、裏のおっちゃんの家と乾燥場が向かい合うように建っている。小道は、お地蔵さんから続く少し広い道につながっていて、その道を左に下ると、多美ちゃんの家に行くことができるが、まだ遊びに行くには、時間が早すぎた。私は、どこに行くともなく、裏のおっちゃんの家の庭を取り囲んでいる生け垣の前を通り過ぎようとした。

生け垣の向こうに、無花果（いちじく）の樹が頭を突き出して、大きな葉っぱを茂らせていた。庭に入る入り口があって、覗き込むと、木陰に、折りたたみ式のサマーベッドが広げられていて、その上に誰かが横たわっていた。

樹陰に置かれた水色と白のストライプのサマーベッドはいかにも涼しそうで、この辺りではあまり見かけない優雅な風情が感じられた。ランニングシャツにランパン姿で、その上に体を伸ばしているのは、裏のおっちゃんの二男で、従兄の育男だった。私は好奇心の命じるままに、木陰の方に近寄っていった。育男は、私よりも十一も年上で、もう高校三年生だったはずだ。

育男は手枕をして、もう片方の手で本を支えながら読書をしていた。サマーベッドの脇には、木製のしゃれた小机が置かれ、その上に、難しそうな本が何冊か積み重ねてあった。

育男は、私が入り込んできたことに気づかないのか、それとも気づかないふりをしているのか、黒縁メガネの目を、本から動かさなかった。

「何しとんな?」と私は尋ねた。

「見てわからんか」

育男は横柄な言い方で答えた。

私は少し考えてから、慎重に答えた。

「本読んどんな?」

「まあな」と育男は不機嫌そうに答えた。その顔は、せっかくの優雅な時間を、私のようなものに邪魔されたことが気に入らないのか、煩わしげだった。

だが、私は気にせずに聞いた。

「何の本な?」

育男は、突然体を起こした。うるさいやつだなと言うように、私を見た。

「ほれ、見せてやるわ」と、育男は読んでいた本を私の方に差し出した。私は受け取り、開いたページに目を落とした。難しい漢字や見たこともない記号が並んでいた。

「お前、わかるか?」

私は首を振った。

「わからんやろ。ちゅうことは、何の本か説明しても無駄だということじゃ」

育男は、何を言うのも、他の人とは違う言い方をした。それが、私にはとても新鮮に聞こえた。

従兄の育男が、裏の伯父の家で、ミッシーという犬と一緒に暮らしていることは、ずっと以前から知ってはいたが、本人とまともに口を利いたのは、実にこれが初めてだった。

育男の後について、のこのこ家に上がった私は、部屋を横切ろうとして、立ち止まった。三面鏡の前に座った人影が化粧をしていたのだ。ずんぐりした背中に見覚えがあった。次の瞬間、鏡の中からまっすぐに、こちらを射すくめるように見ている視線に気がついて、私は縮み上がった。義理の伯母、つまり裏の先生だった。

「たかしか？」と、伯母は眉墨をつかんだまま、なぜ私がここにいるのかと問いたげだったが、鏡越しでは頼りないと思ったのか、振り返って、直に私を見た。

私は消え入りそうな声で挨拶した。

「ええから、早う来い」と育男は立ち止まっている私をうながした。私は伯母の後ろを通り抜けて、育男のいる台所の方に行った。息の詰まるような思いに襲われたが、伯母は何も言わなかった。

私はこの伯母がいると緊張したが、そういう難点を差し引いても、育男はずば抜けて面白い遊び相手だった。育男は、いろんなことを教えてくれた。将棋の駒の動かし方から、女の子の口説き方まで。社会主義や共産主義について学んだのも、育男からだった。私はさっそく左翼になった。

育男のうちには、いろいろ珍しいものがあった。家の横にはコンクリートブロック造りの納屋があって、屋上が、いまで言うルーフテラスになっていた。それ自体珍しかったが、建物の中には、卓球台だとか、ゴルフのボールだとか、変速機のついた自転車だとか、釣り竿のリールだとか、バーベルだとか、興味深いものがいっぱい置かれていた。育男の部屋には、それ以外にも、ステレオだとかギターだとか、コーヒーを淹れる機械だとか、地球儀だとか、将棋の盤だとか、我が家にはないものがところ狭しと並んでいた。

私に将棋の手ほどきをしてくれて、覚え立ての私の相手をしてくれたり、私に切手のコレクションを見せてくれて、そのうちの何枚かをくれたりした。

それから、ヒマを持て余していた私は、育男のところに、足繁く出かけるようになった。母は以前のこともあって、私が育男のところに出入りしていることに不安を覚えているようだった。育男は大学受験を控えていたので、私のような小学一年生を相手にしている場合ではなかったはずだ。迷惑がられて、また裏の先生からきついお叱りを受けるのではないかと、おびえていたのだろう。だが、私は母の心配をよそに、育男の家にしょっちゅう上がり込んで過ごすようになっていた。

育男のところには、よく友人が訪ねてきた。育男たちは昼間っからビールを飲んで、議論していた。それは私にとって、ちょっとしたビジネスチャンスだった。ひとっ走り、ビールの当てを買いに行き、お駄賃を稼ぐのだ。私が選んだつまみが、気が利いていると、育男が褒めてくれたこともあった。

「おまえ、変にませたところがあるのう」

使い走りは、いつも私の仕事だったので、慣れていたのだ。家の買い物に行くときは、一円も駄賃などもらえなかったが、育男は気前がよく、釣りを全部くれたこともあった。

その夏の出来事として覚えているのは、育男がかき氷を作ってくれたときのことだ。育男のうちには、私の家にはないものがいろいろあったが、その一つが、氷かきの機械だった。私がそれをしげしげ眺めていると、育男が、どうやって使うかを、やって見せてくれたのだ。私は削られて落ちてくる白い氷を感動して眺めていた。育男は、どのシロップがいいか聞いた。私はイチゴのシロップを選んだ。腹ん中まで真っ赤になるぞ、と言いながら、育男はたっぷりシロップをかけてくれた。私がうまそうに平らげてしまうのを、育男はメガネを上げて見ていた。

「おまえ、かき氷好きじゃのう」

かき氷は、海水浴に行ったときに一度か二度か食べたことがあるくらいで、私にとっては滅多に口に入らない特別な食べ物だった。私がうなずくと、育男が言った。

「そうか。そなにかき氷が好きだったら、あの機械貸してやるわ。おまんきで、氷かいて、好きなだけ食うたらええがい（食べたらいいよ）」

せっかくの育男の親切な申し出だったが、私は顔を赤らめ、返事をしなかった。

「え？　もって帰らんのか？」

私は恥ずかしさに身をよじりながら答えた。

「もって帰っても、使えんわ。うちんき、冷蔵庫がないもん」

育男はきょとんとして、

「そうか？　おまんち、冷蔵庫ないんか？」

私はうなずいて、かき氷の方に顔を伏せていた。

「そんなら、かき氷食いとうなったら、うちに来たらええがい。いつでも食わしてやる。おまえとは、従兄弟やもんな」

育男らしくもない理屈だったが、私は育男の気遣いに素直に感謝した。

育男はいつもこんな具合だった。貶(けな)すかと思えば、親切で、優しかったりもする。気を許すと、手痛いことをズバッと言われたりする。そのアイロニカルで、斜に構えた人生態度は、私の父の純朴さとも、母の必死さとも異質で、変な居心地のよさがあった。

育男は、ある種ダンディズムの信奉者だった。おまえは、どうも女々しいところがあると、ある日育男が私に言った。女々しいというのは、男らしくないということだと言い、育男は男らしいとはどういうことか、わかりやすく説明してくれた。男らしいとは、例えば、誰も取れないような豪速球を、「おれが受ける」と言って、自分から名乗り出て受ける男のことだ。たとえボールを顔面で受けて、ブワーッと鼻血を流そうと、平然とボールを待ち構えている男のことだと。

よく聞いていると、その男とは、どうやら育男本人のことらしかったが、私にもとても明快で、理解しやすい説明だった。育男に対する尊敬は深まるばかりだった。

「これが、おれにできる一番やさしい説明じゃ」というのが、育男が好んで用いるフレーズだった。育男に言わせれば、世間の人間の大部分は、救いようのない馬鹿ばかりで、育男のように賢明な人間は、一握りもいないのだった。そして、その一握りには、育男や育男の母親が属し、うちの父や母や私、それに意外なことに、育男の父親も、その他大勢の愚か者の方に属するらしかった。

「あの男は」と、育男は言った。「うちの血筋とは違う。おまんきの血筋の人間じゃ」

私は伯父に対して、大して好感をもっていたわけではないが、そのときだけは少し親近感と同情を覚えた。

「おまえらは」と育男は、私に言った。「骨の髄まで卑しい。一生かかっても、おれの足元にもとどかん」

おまえらというのは、要するに、父と母と伯父と、それから私のことらしかった。

だが、私にあまり反論はなかった。ある意味、育男の言う通りだった。私のプライドのなさと奴隷根性は、救いがないほどだった。

近所に、タケオちゃんという私より三つほど年上の子がいたが、私はその子の家来というよりロボットだった。タケオが私に命令し、私はタケオの言うままに行動するのだ。自分で判断せず、機械になりきる。苦痛に満ちたはずのことも、命令されるままに行動すると、そこには快感が潜んでいることを知った。その命令が理不尽で、常識を外れているほど、快感は大きくなった。

タケオが、屁を嗅げと言ったら、屁を嗅いだ。何度も繰り返されるうちに、それは一つの儀式になった。タケオは、屁を催すと、私を呼びつけ、尻を突き出す。すると、私は何を放っておいても、恭しく進み出て、タケオちゃんの尻に鼻を押しつける。屁を鼻先に浴びても、私は何も思わなかった。

タケオは、私がどれほど純粋な機械であるかを試すこともあった。私の中に残っているかもしれない恥ずかしさやプライドといった人間的な感情を捨て去るように試練を与えるのだ。あるときは、ケイコにキスをしろと命じた。私はケイコに無感情に抱きつき、ほっぺたに無理矢理キスをした。ケイコちゃんは、私よりも二つ年上だったが、近辺で一番可愛いと評判の女の子で、タケオちゃんは、私を使って代理行為をしていたのかもしれない。私も内心ケイコちゃんを憎からず思っていて、そんなことをすれば、彼女に嫌われてしまうという危惧がないではないのだが、機械として行動するときは、そんな感情を切り離しているのだ。

タケオの命令は、ますますエスカレートした。あるとき、私が多美ちゃんや他の女の子二、三人と遊んでいると、タケオがやってきて、ロボット遊びを始めた。

私をいかに自由自在に操れるかを見せつけていたが、そのうち、タケオは女の子たちに、チンポを見せろと命令した。私は一瞬躊躇したが、言われた通りに実行した。女の子たちは悲鳴を上げ、顔を手で覆った。タケオは、私に走り回れと命令したので、私は局所を露出したまま、部屋の中を走り回った。

私が育男のところに始終出かけるようになって、タケオも育男のところにやってきたことがあった。育男が、丁半博打やポーカーのやり方を教えてくれて、一円玉をチップに三人で丁半博打をやったり、ポーカーに興じたりしていたのだが、半世紀以上経ったいまでも記憶しているくらい楽しかったのは、博打そのものの面白さというよりも、育男の話術のおかしさや、ちょっと悪いことをしているような感覚が、私を惹きつけたからだろう。そこまではよかったのだが、タケオが、何かの話の拍子に、私が女の子たちに局所を見せたことをばらした。

育男は顔をしかめた。

「おまえ、ヘンタイだったんか？」と、育男は聞き慣れない言葉を使って、私のことを表現した。私は、育男にそのことを知られてしまうのは、まずい気がしながら、自分がロボット遊びをするとき感じている快感と、ヘンタイという言葉に、何か結びつきがあるのではないかという直感を覚えていた。

「そんなことしたら、ワイセツブツチンレツザイで警察に捕まるぞ」

警察と聞いて、私は動転し、苦し紛れに、タケオちゃんがそうしろと言ったからだと、弁解した。育男は、タケオをメガネの奥から鋭い目で振り返った。タケオは自分に火の粉が降りかかりそうな気配に、藪蛇なことを言ってしまったと思ったのか、口をつぐんだ。

育男はしばらくタケオを見ていたが、タケオには何も言わず、代わりに私に向かって、

「おまえは、命令されたら何でもするんか。情けないやっちゃのう」と、まるで弟子の破戒行為でも嘆くように、ひどく嘆かわしいという顔をするのだった。

「もう、おまえとは絶交じゃ。従兄弟でも何でもない。もうここにも来るな！」

真っ赤になっていた私は、青ざめた。育男が常々大事にしている男らしさとは、正反対の行動が、育男を失望させてしまったに違いなかったが、それ以上に、ここへの出入りを禁じられ、つかの間与っていたさまざまな恩典を失ってしまうことに、私は慌てていたのだ。

それから十何年かして、私はジャン・ジャック・ルソーの『告白録』を読んで、驚いた。ルソーが、私がしていたのと同じようなことに耽っていたことを告白していたからだ。ルソーの場合は、もっと上手だった。私は子どもの頃の不行跡だったが、ルソーは、大人になってからも、猥褻物を露出したり、人の物を盗んだり、マゾヒスティックな快感にとらわれる悪癖から抜け出せなかったからだ。

ルソーの場合、生まれてまもなく母親が亡くなってしまい、叔母や父親の手で育てられた。溺愛されて育ったが、母親のいなくなった穴を、すっかり埋めてくれる人はいなかった。

私が母を失っていた期間は、たったの六ヶ月だ。ただ、それは生後半年から一歳半までの臨界期と呼ばれる、愛着形成にとっては一番重要な時期のど真ん中に当たっていた。そのとき、私は取り戻しようのない欠落を抱えてしまったのか。その欠落が、奇妙な行動に私を駆り立ててしまっていたのだろうか。

私は自分が自閉症だったのかと考えた時期もあった。確かに自閉的なところは沢山あった。だが、その一方で、自閉症らしからぬところもあった。私は人なつっこくて、少しでも優しくしてくれそうな人には、まとわりついていった。彼らがどうすれば私を気に入ってくれるかを読み取って、そつなく振る舞う、変に世知に長けたところもあったように思う。それは、自閉的な特性とは、性質が異なっていた。顔色に敏感で、相手に合わせ、自分などもたない存在に徹していられるのは、不安定な愛情環境で育った愛着障害の子どもの特徴だった。

だが、そんなふうに自分を理解するようになるのは、はるか何十年か後のことで、その頃の私は、日々をいかに安楽に生きるか、それくらいしか考えられなかったし、甘い匂いのするところに、ただ近寄っていくという節操のない人生を送っていた。

その点では、母は違っていた。母親を早く失ったとはいえ、母は人間として守るべき規範のようなものを、しっかり心にもっていた。母の場合は、母親を失ったのが九歳のときで、そのときには、人格の肝心な部分はできあがっていて、土台自体が欠陥を抱えることにはならなかったのだろうか。

だが、大きくなって失えば、悲しみも大きいという面もあるだろう。悲しみとして処理されることは、精神自体がダメージを被ることからわれわれを守ってくれているのだろうか。

その頃の私は、目先の瞬間にしか生きていなかった。食べ物にありつけて、遊びの相手をしてくれる人がいれば、幸せだった。そこが、私と母の違う点でもあった。私は夜になって、宿題もせずに遊びに行ったことを怒られるとわかっていても、そのことを忘れていることができた。母には、そういう私の精神構造が、理解できないようだった。

私は、まだ懲りずに、家の仏壇に線香代として置いてある小銭を盗んだりすることがあったが、盗んだお金で食べ物を買うときの心理も、似たようなものだ。いずればれると、わかっていても、ばれる寸前まで、そのことを忘れているのだ。ばれて、怒られたら、泣いて、嘘の言い訳をして、また怒られて、散々なことになる。だが、いまの瞬間は、お金を使う快感に身を委ね、笑っていられる。次の瞬間、泣いている自分は、まるで別人であるかのように、二つは連続していないのだ。だから、何度でも同じことを繰り返す。

その頃の私が生きていたのは、そういう時間の中で、だった。

それは、虐待されて育った子どもや不安定な親に振り回された子どもにみられる「無秩序型」と呼ばれる愛着障害を抱えた子どもの特徴に似ている。


育男に、もう来るなと言われないか、少しは心配したが、私はあまり深刻に受け止めていなかった。育男も本気ではなかったらしく、その後も、私が育男の家に遊びに行くと、煩わしそうにしながらも相手をしてくれるのだった。

口は悪かったが、それでも、私が育男に親しみを感じていたのは、シニカルな面とは別の優しい一面をもっていたからだろう。

葉たばこの乾燥をしていたある日、育男が夜食にラーメンを作って、持って行ってやると言ったことがあった。だが、私は育男が来る前に、母屋で寝入ってしまって、乾燥場にいなかった。「おまえ、おらんかったど。わしが、せっかく持って行ってやったのに。もう行かんわ」と、次に会ったとき、育男はお冠だったが、そんな言葉にも、優しさを感じるのだった。

夏休みが終わると、育男も勉強が忙しいのか、なかなか顔を見なくなった。それでも、私はときどき裏に出かけていって、育男の自転車がないか確かめたりした。育男の部屋は二階の屋根裏部屋で、そこに上がる階段を見上げて、声を掛けたりしたが、たまに降りてきても、「おまえの下手な将棋の相手ばっかりしとれんわ」と煩わしそうにするのだった。そう言いながらも、部屋に上げてくれて、将棋を指したりすることもあった。

翌春、育男が大学受験に失敗してしまったのは、難関の中央大学法学部一本に絞って、受験したせいもあっただろうが、私にも責任の一端があったかもしれない。

育男は、予備校に通うために東京に行ってしまったので、滅多に会うこともなくなったが、父や母の住む世界とは違う世界があることを、私に教えてくれた最初の人物だったと言える。

夏休みが終わりに近づく頃に、毎年どこの家でも頭を悩ませるのは、自由研究だとか工作だとかいった宿題をどうするかということだった。父は、物作りが根っから好きで、工作は、毎年父の独壇場だった。父は、私の工作だということなど忘れてしまって、できあがったのは、文字通り大作だったので、学校まで持って行くのが一苦労だった。一年生のときは、トラックを、二年生のときは、貨物船を、三年生のときは、ヘリコプターを作った。どれも金賞に輝いたので、私は誇らしかった。母も負けじと、習字と絵をかいてくれた。私がかいたように見せかけようと、手加減するのが難しそうだった。夏休みの最終日に、母が夜なべをして、にんじんの絵を描いてくれたのを覚えている。母の習字は銀賞で、絵は銅賞だった。

夏休みが終わって秋になると、運動会の練習が始まった。運動会の当日、母は立派なお弁当をこしらえて、籐で編んだバスケットに入れて現れた。バスケットには、果物やおやつも入っていた。私は果物の香りがするそのバスケットの匂いが好きだった。

その頃は、昼休みになると、家族とお弁当を囲むことができたのだ。母としては、自分が味わった悲しい思いの分も取り戻そうと、ひときわ気合いが入っていたに違いない。

お弁当といえば、記憶に残っているのは、遠足の日の朝のことだ。ひやで寝ていた私は母に起こされた。「ほら、お弁当ができたで」と、できあがったばかりの折り詰めを見せられた。母屋の台所からひやまでは、ずいぶん離れているのだが、母はわざわざ自信作を見せに持って来たのだ。寝ぼけ眼だったが、色とりどりの料理が、きれいに並べられて、目にも鮮やかだったのを覚えている。

学校時代、母が一番得意だった科目は、国語と家庭科で、料理にも一家言あり、その気になれば母は、みごとな腕前を見せた。ただ、そういう機会は限られていたし、普段は、家計の都合上、自家製の野菜やありあわせのもので済ませるしかなかったので、母としては腕のふるいようがなく、残念だっただろう。子どもの頃、母の作る物で私がとりわけ好きだったのは、フルーツサラダと、メリケン粉にスキムミルクという脱脂粉乳を入れて作る自家製の揚げ菓子で、母がそれを作り出すと、私は大喜びで飛び跳ねた。

春の遠足は、歩いて行ける五郷山公園と決まっていたが、秋の遠足は、バスに乗って出かけるスペシャルなものだった。小学一年生と二年生の行き先は、観音寺の琴弾浜だった。白砂青松を絵に描いたような美しい松林の公園で、背後の琴弾山に登ると、展望台から砂に刻んだ寛永通宝の一文銭が見下ろせた。母がこしらえてくれたせっかくの折り詰め弁当も、リュックサックで駆け回っているうちに、すっかり片側に寄ってしまっていたが、松の木の下に敷物を敷いて、料理を箸でつまむと、浜風が頬を撫で、心地よかったのを思い出す。

秋の遠足も終わってしばらくしたある日、母は私に言った。

「あんた、弟と妹、どっちがほしいんな？」

「弟。でも、なんで？」

母は少し照れくさそうに笑うと、もったいをつけてから言った。

「言うてあげろか。お母ちゃんのおなかに、赤ちゃんが入っとんで」

「ほんま？」

私は飛び上がって喜んだ。きょうだいのいない私は、弟がほしくて仕方がなかったのだ。が、同時に、なんとも言えない不吉な思いが、薄れかけた記憶の底から立ち上ってくるのを感じた。私は恐る恐る尋ね返した。

「お母ちゃん、産むん？」

母は少し顔をこわばらせて答えた。

「産むに決まっとるじゃろ。この前のときは、お母ちゃん、勇気がのうて、よう産んであげんかったけど、今度は、どんなことがあっても、産もうと思うんじゃ」

「でも、体は大丈夫なん？」

「心配いらん。もうお母ちゃんも、病気をしてから何年も経っとるし、だいぶ元気になったと自分でも思うんじゃ」

母は自分に言い聞かせるように言った。

だが、母が口にした、珍しく楽観的な言葉が、私の胸にかえって不安な余韻を残した。


それから半月ほど経ったある日、私が庭にあるサクランボの木に登って、大枝に腰掛けていると、よく太った中年の婦人が、スクーターに乗ってやってきた。体の大きさに合わせてあつらえたのかと思うほど、大きなショルダーバッグを肩にかけていた。私の方をちらっと見てから、玄関の方に入っていった。

しばらくして、今度は祖母が出てきて、私の名を呼んだ。

私がサクランボの木から飛び降りて、玄関の方に行くと、祖母がぶっきらぼうに言った。

「お母ちゃんを呼んでこい。役場から保健婦（現在の保健師）さんが来とら（来ている）」

母は裏の田んぼで里芋を掘っていた。母は鍬を置き、私といっしょに家に戻った。訪ねてきた中西保健婦さんは、母が肺を患って以来、世話になっている人だった。母が妊娠していることを、母子手帳の交付で知って、心配してわざわざ訪ねてきたのだ。

私は母の隣に座って、二人の話を聞くともなく聞いていた。玄関には、上がり框に沿って、靴箱と踏み台を兼ねた長細い縁台があり、来客はそこに腰をかけて、もてなされるのだ。母も私も同じ縁台に腰を下ろして、並んで座っていた。

上がり框の奥には、祖母がいつものように座っていて、ぶつぶつ独り言を言っていた。話は重い内容だった。ありていに言えば、保健婦さんは、母に堕胎を勧めに来たのだ。出産したりすれば、かならず病気が再発してしまうと、危惧しているようだった。

そばで聞いていた私も、暗い気持ちになっていた。祖母は祖母で、「堕ろせ言よら。堕ろすもんど。堕ろさんもんど……」と、ハムレット的問答を繰り返していた。

保健婦さんが、母のことを心配してくれていることは、私にも母にも痛いほどわかっていた。彼女としては、どうしても放っておけなかったのだ。

「産んだばっかりに、命をとられてもえんな？　一人おるんじゃから、なんちゃ危ない目ェせんでも……」

母は改まったことを言うときには、標準語になることがあったが、そのときも、標準語になって言った。

「そんなふうに心配してくれるお気持ちはありがたいんですけど、私、産みます。どんなことがあっても、産みたいんです。産んでやりたいんです」

一瞬、私は、ぶらぶらさせていた足の動きを止め、祖母も独り言を言うのをやめたほどだった。

母の気持ちに迷いはなかった。母は考え抜いた末、そう決意したのだ。

とはいえ、内心は母も不安だったのだろう。母は町の開業医のところにも、相談に行ったという。そのことを聞いたのは、ずっと後の話だ。

町には、昔からやっている二人の開業医がいて、体格も性格もとても対照的だった。一人は、小柄で痩せた内科医で、とても神経質で、いつも青白い、しかめっ面をしていた。ちょっと小心なところがあって、患者が血を流していたりしようものなら診察を断られた。もう一人は、内科で開業していたが、元々外科医だった人で、体も大きく、痛風体質の赤ら顔で豪快に笑い、切ったり張ったりはお手の物だった。

私自身、どちらの医者にも世話になった。一歳のときに甘酒で腸炎を起こしたとき、命を救ってくれたのは、前の医者だったが、誰かの投げた石が額に命中し、ドボドボ血が流れたとき、顔色一つ変えずに縫合してくれたのは、後の医者だった。

母が相談する相手に、後者を選んだのは、その方が力強く背中を押してくれる気がしたのだろうか。

その医者は、母の心中の悩みを黙って聞くと、およそこんなふうに答えた。

母体というのは、子どもを守るために、とても強くできている。だから、妊娠中に病気が悪化することはないじゃろう。しかし、問題は、産んだ後じゃ。そのときに用心がいると。

母はいつもぎりぎりの選択をして生きてきていたので、医者の言葉はとても勇気を与えてくれるものに感じられた。もし自分の身に何かあったとしても、子どもだけはこの世に送り出してやれる。それは、ツケを後回しにするようなものだったかもしれないが、結局生きるとは、ツケを後回しにすることなのだ。

だが、私からすると、母の決断は、私の望みに沿っているように見えながら、私の望みなど超えた、別の意思によって動かされているものでもあった。母はずっと私だけの母だったはずだが、私とは違う存在のために命を賭けようとしていた。私はそのことを明確に理解できたわけではないが、母がぼんやりとして、私の問いかけにもすぐに答えてくれなかったり、何か他のことを考えているように見えるときもあったりして、私は母が自分だけのために生きているのではないことを、どこかで感じ始めていたように思う。

とはいえ、母はいくら体調が悪くても、私のオネショを食い止めるためには、夜中に私を起こして、縁側まで連れて行かねばならなかった。母が疲れて、起きるのが少し遅くなったりすれば、もう間に合わず、下着だけでなく上のパジャマまで濡れてしまい、あらいざらい着替えをさせなければならないのだった。

相変わらず、成績もあまりぱっとしなかった。個人懇談から戻ってきた母の表情はいつもさえなかったが、母は決して、頭ごなしに私を叱ったりはしなかった。一年生の二学期も、三学期も、成績は、三十人しかいないクラスで、真ん中くらいだということで、教育熱心な母としては、物足りなかったと思うが、まだましだったと言える。それよりも母を落胆させたのは、生活面に関する担任からの手厳しい指摘だった。乱雑で、不潔で、食べるものを零しまくって、手を焼いているというのだ。先生がどんなふうに語ったかを、そのまま再現するというよりも、母なりに手心を加えて、私が傷つかないように言葉を選んでいた。母は私が気を落とさないように配慮して、「惜しいなあ」とか「もっとできる力をもっとるのになあ」といった可能性を残す言い方をした。ときには嘆く気持ちを抑えられないときもあったが、「お母ちゃんが悪かったんかなあ。あんたに、ちゃんとしたことを教えてあげれんで」と、自分の非を責めるのだった。

責められたり叱られても、大して反省もしなかったが、母が自分を責める言い方をすると、心が痛んだ。自分の行動が、母をそんなふうに悲しませていることを少しは感じるのだった。とはいえ、私の行動や生活ぶりがすぐに改まるということもなかった。

ただ、入学したての頃よりよくなった変化と言えば、積極的に手を挙げて、発言したがるようになったことだった。それは、母にはない傾向で、「お父ちゃんに似たんじゃろか」ということになった。

しかし、その積極性が裏目に出て、とんだ羽目になったこともある。全校集会のときに、毎月一回、一人の生徒が前に立って、お話をしたり、朗読をしたりするという催しがあった。秋も終わりに近づいてきた頃、一年生にもお鉢が回ってきた。「誰か、前に立ってお話ししたい人？」と、担任がクラスを見回したとき、私は無鉄砲にも手を挙げた。そして、いとも気軽にその役を引き受けたのだった。

題材もすぐに決まった。本らしい本と呼べるものを、私は、たった一冊しかもっていなかった。それは、後にも先にも父が私に買ってきてくれた唯一の本で、『世界不思議物語』というタイトルがついていた。その本を、私は何度も読んでいたので、それを物語ることは簡単なことに思えたのだ。私の一番のお気に入りは、巻の最後に収録されているネス湖の恐竜の話だった。

当日の朝、校長先生のお話を聞きながらも、私は気楽に考えていた。名前を呼ばれ、みんなの前に出て行く段になって、ようやくこれは大変なことになったと思い始めた。語り出そうとして、私はすっかり勝手が違うことに気がついた。何度も繰り返し読んでいたので、全部頭に入っているつもりになっていたが、一度もそらで話す練習をしていなかったのだ。

生徒も先生も、全員の視線が私に注がれていた。何度も読んだはずの文章が、一行も出てこないことに愕然としながら、私はなんとか内容を思い出しつつ、適当な言葉で、話をつなげるしかなかった。いつもの癖で、私の視線は次第に横を向き、途中からはずっと、講堂の横壁に開いた窓の方を見上げていた。上級生ばかりが並んだ聴衆の顔を見るよりも、その方が、話しやすかったのだ。練り上げられた文章ではなく、小学一年生が即興で作ったものだったので、ひどくつたない言い回しになってしまったが、どうにか最後まで語り終えた。拍手の中、自分の場所に戻ると、担任が寄ってきて、「頑張ったな」と褒めてくれた。担任から褒められるのは、初めてだった。

とはいえ、それは例外的な出来事で、私の神経や行動面の発達は相変わらず遅れ気味で、母を悩ませていた。しかし、身重の母を困らせるのは、私ばかりではなかった。ときには、父の方が私よりも母を手こずらせることもあった。

葉たばこの収納も終わった、冬の寒い日のこと。出かけたまま、夜になっても父が戻ってこなかった。母が心配しているらしいという連絡が入ってきた。おなかが少し膨らみ始めた母は、私を連れて、父を迎えに行った。

角店は、小学校よりもさらに向こうで、昔からの街道沿いにあった。すっかり暮れた道を歩いていくと、金物屋の灯りが通りを照らしていた。大きな店で、ちょうど十字路のところにあったので、角店と呼ばれていた。店の灯りの奥に、金物屋の主人を相手に気焔をあげている父の姿が見えた。父は、見るからに上機嫌そうで、酔い潰れているというふうではなかった。母は身重の姿で、店の中に入っていくのが恥ずかしかったのか、「たかし、悪いけど、中に入って、お父ちゃん呼んできて。お母ちゃんの言うことは聞かんでも、あんたの言うことだったら聞くと思う」と言った。

私も嫌だったが、母の頼みを拒否することもできず、大きなガラス戸を開けて、中に入っていった。父のところまで行き、父の仕事着の袖をつかむと、「もう帰ろ」と引っ張った。父は目をぱちくりさせると、「何で、お前、ここにおるんど（いるんだ）？」と不思議そうに聞いた。

私は何も答えず、ただ「早よ帰ろう」と袖を引っ張り続けた。

「こんな可愛い息子さんが迎えに来てくれたら、お父ちゃんも帰らないかんじゃろう（帰らないといけないでしょう）」と、店の奥さんも、お世辞を言いながら、父の腰を上げさせようと応援してくれるのだが、それでも、父はなかなか動こうとしない。

母もしびれをきらして、中に入ってきた。みんなで、なだめすかして、ようやく父が立ち上がったのは、それから一時間も経ってからだ。

機嫌よく表に出ると、父はさっさと一人自転車に乗って帰ってしまった。徒歩の母と私が、だいぶ遅れて帰り着くと、風呂場から鼻歌が聞こえてきた。それを聞いて、母は血相を変えた。

「あんなに酔うて、風呂に入ったりしたら、お父ちゃん、死んでしまう」

母のその一言で、父の身に迫っている危険を私はたちどころに理解した。というのも、母は常々、酒を飲んで入浴したばっかりに、翌朝冷たくなっていた人の話を、いくつも私に聞かせていたからだ。

「お父ちゃんを、早う止めな」と、母は悲痛な声を上げながら、身重であることも忘れて、風呂場の方に小走りに向かい、私もついていった。だが、父はわれわれの心配などどこ吹く風で、『星影のワルツ』を口ずさんでいた。

「お父ちゃん、死んでしまうで！」

いきなり風呂場の木戸を開け、中を覗き込んで、物騒なことを言う妻と子を、父は目を白黒させて見返しながら、

「何ど、何ど。寒いでないか。そなんとこ開けてからに」

せっかくの気分を害されて、父は立腹するが、母も必死だった。

母は、どこそこの誰それも、父と同じことをして、翌朝冷たくなっていたと言い、「次のが、おなかに入っとるのに、あんたにもしものことがあったら、私はどうしたらえんな」と、泣くように懇願するのだが、酔っ払って気が大きくなった父は、母の言葉にも耳を貸さない。

「馬鹿げな。風呂に入ったぐらいで、死んだりするか」と父は母の心配を笑い飛ばし、おれがそれを反証してやるとばかりに、五右衛門風呂につかったまま上がろうとしない。母の言葉をあざ笑う父の態度は、死に神に魅入られて、破滅の道を歩んでいるとしか思えなかった。私は父の愚かさと父が死んでしまう悲しみに打ちのめされ、涙ぐみながら母と二人で父の手を引っ張った。しかし、父の体はびくともしない。

母はますます甲高い声を上げて、この間亡くなった人も、奥さんが止めたのに、父と同じように「心配あるかァ」と言って、風呂に入ったばっかりに、命を取られたのだと、脅しをかけた。だが、父も依怙地（いこじ）になって言うことをきかない。

こうなったら、最後の手段だとばかりに、母は私の方を向いて、「お父ちゃんが風呂から出んのなら、もう勉強なんかせん、言うて」と、私に命じた。

学校を途中で辞めさせられた父にとって、息子の学業は特別な意味をもっていた。父はもう研究することも止めてしまい、あれほど父を駆り立てていた情熱もいつしか失われていたが、それは、息子がいつか破れた夢を果たしてくれるのではという思いに姿を変えて、父の執念となっていた。

にもかかわらず、私の成績はぱっとしないものだったが、私も、父の思いは知っていた。私は父を助けたい一心で、母に言われた通りにした。私の言葉は、母の言葉をなぞったに過ぎなかったが、その威力はすさまじかった。父は顔色を変え、即刻風呂から飛び出したのだ。

母のおなかは少しずつ、だが着実に大きくなっていった。それにつれて、早く生まれてほしいという思いや、弟であってほしいという願いも膨らんだ。その一方で、母が保健婦と話していたことを思い出し、母がいなくなってしまうのではないかという不安も兆すのだった。

それでも私は、まだ七歳になったばかりの子どもだった。母の膨らんだおなかのことより、自分のぺこぺこのおなかのことが大事だったし、わがままが通らないと、癇癪を起こし、母を手こずらせるのは相変わらずだった。

七ヶ月目に入ったある日、母は少し青ざめて帰ってきて、きょう、田んぼで転んだのだと言った。父は不機嫌になり、母を慰めるどころか、慌てるからだと母をなじった。出血したらどうしようかと、母は不安がっていたが、幸い大事には至らず、私もほっとした。

臨月が近づくにつれて、母は出産とその後の準備を整えていった。

おなかが邪魔をして、前屈みになるのがひどく苦しそうだったが、母は野良仕事を続けていた。だが、どんなことがあっても、バスにだけは乗らなかった。近在の人で、バスの中で産気づいた婦人がいて、運転手が取り上げたという話だったが、そんな事態だけは避けたいと思っていたのだ。

母はミシンを踏み、何十枚ものおむつを縫った。母は用意するものの長いリストを作り、できあがると一つ一つ消していった。母は用意周到な性格だった。陣痛が始まったら、すぐに病院に駆けつけられるように、必要なものを例のバスケットに入れてあった。

＊

亡くなる四日前、病院に向かうための救急車を呼んでもらったときも、母は必要な荷物をすべてそろえてから、裏のおばさんに連絡したのだった。母は痛みのため、トイレにも行きかねる状態だったが、最後の気力を振り絞って、入院の準備を整えていた。人間の性分というものは、五十年経ってもあまり変わらないものらしい。

亡くなったとき、葬儀に使う遺影も、その後の手続きに必要な書類も、すべて整然と用意されていた。

ちなみに、このとき駆けつけて、救急車を呼んでくれたおばさんは、裏の先生からいうと、長男の嫁に当たる。最後に、母が頼ったのは、裏の先生の息子さん夫婦ということになる。二人とも、母にとてもよくしてくれた。人生のめぐり合わせとは不思議なものだ。

8

納屋をどうするかについては、正直迷った。修繕するとなると、相当な費用がかかり、その後のメンテナンスも考えると現実的ではなかった。かといって、年々台風や豪雨の被害は、ひどくなるばかりで、今回のような危険を考えると、このままにしておくわけにもいかなかった。結局、台風シーズンが来る前に、納屋を解体することになった。

初盆に戻ってやりたいという思いとともに、解体について業者と打ち合わせる必要もあった。それに、納屋がなくなってしまう前に、もう一度、ひやを見ておきたいという思いもあって、八月十三日から十五日まで、二泊三日で香川の実家に帰郷することにした。

コロナの影響で、帰省を自粛する人も多く、また、第二名神が開通した効果もあってか、車の流れはスムーズだった。大野原インターで降りて、農協が運営する産直市場に寄って、お供えする榊（さかき）や花を買った。母がここによく買い物に来るのだという話は聞いていたが、私自身、立ち寄るのは初めてだった。

母が亡くなってから、三度目の帰郷だった。

燃えるように暑い日で、玄関の前の鉢植えが、いくつかダメになっていた。玄関の扉を開けて、中に入っても、「よう帰ったな。大変だったじゃろう」と、出迎えてくれる母はいない。住む人のいない家は、あらためてがらんとした印象で、締め切っているせいか、空気が少しかび臭かった。母がいつも、われわれを迎えるために整えてくれていたのだなということを感じる。

開け放して掃除をし、持ち帰ってきた位牌や写真、灯籠といった一式を、仏壇の前に並べ、産直市場で買ってきた花を供えた。

翌日、業者と打ち合わせるまでに時間があったので、私は最後にひやの中を見て回った。そこで暮らしていたのは、もう四十年以上も前のことだ。滅多に人が入ることもなくなっていた。母が父に戸締めを食らわせたり、あゆみちゃんが私の目を覚まさせようと、小さな手で叩き鳴らしたガラス戸は、当時のものと変わっていないが、恐ろしいばかりの歳月だけが過ぎ去っていた。

ガラス戸を開けると、部屋の中に踏み入った。土埃の匂いがする。縁側に続く雨戸を閉め切っているので、中はまっくらだ。懐中電灯で中を照らす。家具も大部分は運び出されたのか、母が嫁入り道具にもってきた布団ダンスと、父が作ってくれた書棚だけが残されていた。布団ダンスの中は空っぽだったが、書棚には、まだ本がそのままになっていた。大部分は、中学や高校のときに使った教科書や参考書の類いで、めぼしいものはなかった。と、一冊だけ、しっかりとした装丁の厚みのある大判の本が立っているのが、目に入った。見覚えがあった。私は手を伸ばして、その本を取り出してみた。その本のタイトルが目に入った瞬間、この本がどうしてここに並んでいるか、あのときの記憶がよみがえってきた。

*

それに先立つ数日前の出来事から語った方がよいだろう。

その日、母が、珍しく父に食ってかかっているのを、私は耳にした。どうやら、母が出産費用にと取りのけていた五万円を、父は泣きついてきた友人に貸してしまったらしい。

「あんた、どうするつもりな」

母は、途方に暮れたように言っていた。

父はただしどろもどろになって弁解するだけだった。父にも、人のいいところがあって、困っている人から頼まれると、むげにできないのだった。父ほど困っている人など、あまりいないというのに。自分が困っている人ほど、人に同情してしまうらしい。

そんな経済状況のときに、私は追い打ちをかけるようなことをしてしまう。

母が世間体に敏感だったように、私は見栄っ張りな子どもだった。我が家がひどく貧乏だということは、誰の目にも明らかだったが、私は愚かしいほど虚栄を張った。

虚栄心というのは、どのみち周りから見れば滑稽なものに違いなかった。崩れかけたボロ家に、戸を開けては、大声でわめく姑と暮らしながら、母は家の内情が周囲に漏れ聞こえはしないかと戦々恐々とし、声をひそめて話をした。母の努力が無駄だったように、私は私で、父の財布に穴が開くほど貧乏していることを知りながら、裕福な家の子であるように思われようと、無駄な努力をしていた。

学校にはときどきいろいろな物売りが来て、本だの教材だのを販売した。何であれ、私は必ず買った。私には、買うか買わないかではなく、買えるか買えないかのどちらかでしかなかった。買えないということは、貧乏を認めることであり、プライドをひどく傷つけられることだった。

貧しい父母に金を出させるために、私がつけ込んだのは、教育のためなら、どんなことでも犠牲にするという二人の信念だった。学業を中断させられたという悔しさが、父をして、勉強に必要なことでは我が子に不自由をかけさせたくないという執念を生んでいた。

七月に入ったある日、帰り際に、担任の教師が、一枚の紙切れを配った。ちなみに、私は二年生になっていたが、担任は持ち上がりで、同じ教師が引き続きわれわれのクラスを受け持っていた。

配られたのは、『現代家庭教育事典』という本の紹介と、申込書だった。教育学の最高権威の叡智を結集、家庭教育の疑問にすべて答える、云々かんぬんのコピーは、私には解読不能だったが、そんなことよりも私の注意を惹きつけたのは、その値段だった。二千八百円！　学研から出ていた定価百五十円の科学雑誌を毎月購読していたが、桁違いの高価さだった。だが、それゆえに、その定価を見た瞬間から、どんなことがあっても、この本を買わねばという思いにとらわれた。「こんな高い本、見たことがない」というクラスメートのため息が、よけいに私の野心をくすぐった。高いからこそ、買う価値があるのだ。

私はさっそくこの本を買うと、クラスメートに宣言した。私の宣言に、クラスメートの間から驚きの声が上がった。クラスメートの反応が、いっそう私を有頂天にし、ほとんど恍惚とさせた。私の脳裏からは、屋根が崩れ落ちかけたあばら家も、出来損ないの鳩時計のように、ガラス戸を開けたり閉めたりしては、表に向かってわめき声を上げる祖母も、その正体をひたかくしにせねばならない「エンジンのない」車も、どこかに吹き飛んでいた。私は、他の誰も尻込みして手が出ない高価な本を、平気で買えるほど裕福なうちの子どもなのだ。

だが、私の宣言を素朴に信じてくれる子どもばかりではなかった。中にはもっと意地悪く私の現実を見透かして、疑問を呈する輩もいた。

「本当かの？　嘘に決まっとる」

その言葉が、私を後に引けなくした。

疲れて田んぼから帰ってきた母に、恐る恐るその話を切り出してみた。黙って話を聞いていたが、二千八百円という値段を聞くと、母の表情はみるみる曇った。私から受け取ったパンフレットを、穴の開くほど見ていたが、

「これは、あんたでのうて、お母ちゃんが読む本じゃがな。あんたに必要な本なら、お母ちゃん、どうやってでも買うてあげたいと思うけど、この本は、いまどうしても必要なものには思えんな」と、私にパンフレットを突き返した。

母の言い分はまったく正当だったが、やすやすと引き下がるわけにはいかなかった。嘘つきになってしまうかどうかが、かかっていたのだ。

私は、「家庭教育」の意味もわからないまま、とにかく読みたいんだと言い張り、一生懸命勉強するから買ってほしいと懇願した。私がなぜこの本をそこまでほしがるのか、母は理解できないようだったが、そのうち私の心の中を見透したように聞いた。

「あんた、他の子に、これを買うんじゃと、言うたんな？」

図星を指され、私は一瞬口ごもった。

母は、私を悲しそうに見てから諭すように言った。

「お父ちゃんとお母ちゃんは、朝から晩まで働いて、ちょびっとのお金にしかならんので。どうしても必要なお金を払うのだけでも、足りんぐらいじゃ。人が笑うぐらいの貧乏な暮らししかできん。あんたは、それが恥ずかしいと思とんな」

私は自分の心の動きについて、考えてみたことなどなかったが、母には私自身よりも、それがわかるようだった。

「あんたにだけは、言うとくで。お父ちゃんとお母ちゃん、何も恥ずかしいことはしとらんで。貧乏じゃから言うて、笑う人がおろうが、何にも恥ずかしいことなんかない。本当に恥ずかしいのは、自分の欲に負けて、間違ったことをすることで」

それは母の一貫した信念だったに違いない。私が五十代になってさえも、偉くならんでもええから、お金持ちにならんでもええから、間違ったことだけはするなと、言い続けていたくらいだから。

小学二年生だった私は、自分の弱点を突かれたように、一瞬返す言葉を失ったが、それでも、引き下がるわけにはいかなかった。自分のしていることが、間違いだろうが、それよりも自分のメンツを失うことの方を恐れていたからだ。

私は、とにかくほしいのだと言いつのり、挙げ句の果てには、「買うてくれんのなら、学校に行かん」と言って、母に揺さぶりをかけた。

母も疲れていたのだろう。これだけ話しても、私が納得するどころか、逆に依怙地になるのを見て、もう限界だと思ったようだ。

「お母ちゃんが、これだけ言うても、わかってくれんのな。そんなら、あんたの言い分が正しいか、お父ちゃんにも聞いてもらおうか」

と、母は立ち上がろうとした。だが、それは、母が最後に使う切り札で、話し合いが終わることを意味した。母の反対していることに、父が賛成するはずがなかった。それをわかったうえで、父を呼びに行こうとする母に対する怒りで、私は我を忘れた。

「お母ちゃんのバカ！」と言うと同時に、私は母の膨らんだおなかを、思いっきり拳で叩いた。

母の顔が一瞬のうちに真っ青になり、その見開いた目が、苦痛と恐怖に引きつるのを、私は拳を振り上げたまま、呆気にとられて眺めていた。

「ウワァーッ」悲鳴とも泣き声ともつかぬ、間延びした恐ろしい声が、母の喉の奥から漏れ、母は腹を抱え込んだまま、その場にうずくまった。

「痛い、痛い……」

母は泣いていた。

「おなかの子が死んだ。おなかの子が死んだ……」

母はそう繰り返しながら、泣き続けた。

すっかり色を失った私は、自分のしてしまったことの恐ろしさに震えながら、

「ごめんな、お母ちゃん。ごめんな……」と繰り返した。

だが、母は私の言葉などまるで耳に入らないように、おなかを抱えて嘆き悲しんでいた。母が泣くのは散々見てきたが、こんなに激しく泣く母を見たことはなかった。

「死んだ……。死んだ……」

母は絶望して、小さな子どものように泣いていた。私にとってショックだったのは、母が、私とは別の存在のために嘆き悲しんでいるということだった。

あれほどまでに、私だけのために生きてくれた母が、いまは他の存在のことに気を奪われている。

母の細く、痛切な泣き声を聞きながら、私は打ちひしがれ、母からも見捨てられた気持ちになって泣いていた。

と、母は我に返ったように、ゆがんだ顔を起こし、涙で濡れた目で私を見た。

「よう聞き。もしお母ちゃんの身に、何どあっても、あんたは黙っとくんで。お母ちゃんが、おなかをぶつけたことにするから。ええな」

「お母ちゃん、僕が悪かった……」

私は心の底から後悔して、そう言った。自分のしたことが、何もかも元に戻せるのなら、私

はどんな罰でも受けたいと思った。『家庭教育事典』なんかいらないから、学校で嘘つき呼ばわりされてもいいから、母のおなかが元通りになってくれたらと願った。

私は泣きながら、母にすがりついていた。

母はそのまま長い間うずくまっていた。私もどうすればいいかわからず、そばで泣きじゃくっていた。すると、母が泣きはらした顔を起こした。

「もう、ええわい（もういいよ）」

それは、いつもの母の声だった。

「おなかは……？」

「痛みは少しましみたいじゃわ。明日、お医者さんに行って、診てもらう」

「赤ちゃんは？」

「いま、動いたきん、多分、大丈夫やと思う」

母はまだ青い顔をして、おなかをさすっていた。

翌朝、起き抜けの私に、母が何か差し出した。本の申込用紙だった。

「書いといたから」

「お母ちゃん、僕、もういらん……」

「自分がほしいと言うたもんは、最後まで責任を取りなさい」

元気なく教室に現れた私を見て、誰もが、本の申込用紙をもって来れなかったと思ったらしい。私が用紙を取り出したので、級友は二重に驚いた。

多分、母は罰として私にあの本を買わせたのだ。『家庭教育事典』は、一度も読まれることもなく、ただこうして本棚の片隅に置かれているだけだったが、一度も読まれないことによって、この本は『家庭教育事典』としての役割を果たしたのかもしれない。

母を喜ばせたいという思いが、私の中に目覚めたのは、その頃のことだっただろうか。それまでの私は、母を思い通りにするか、母の感情に飲み込まれるか、そのどちらかでしかなかったが、母がもう自分だけのものではなく、その愛情にも命にも限りがあることを直感したとき、私は自分が母を悲しませているだけだということを自覚したのだ。

あれは一学期も終わりが近いある日、おそらく四時間目の理科のテストでのことだった。窓の外には、運動場の真っ白い照り返しがあふれ、反対側の窓では、中庭の青々とした緑が鮮やかだった。

テストは、海の生き物に関するものだった。貝や魚や海藻の絵が描かれていて、それぞれの名称を答える問題だ。どれも見覚えがあるが、名前がわかるのは、ヒトデとイソギンチャクくらいのものだ。

私はもじもじ体を動かすと、そっと顔を上げた。肥満体の担任は、教卓の前にでんと座って、書類仕事をしている。私は横目で、辺りをうかがう。みんな一心に鉛筆を動かしていた。私はテスト用紙の方を見るふりをしながら、机の中から、そっと教科書を引き出した。音を立てないようにページをめくる。そっくり同じ絵が載ったページで、私の手は止まった。

数日後、テストが返されたとき、担任は私だけが百点だったと言った。みんなの注目が私に集まった。級友の賞賛のまなざしを感じながら、私は少しバツが悪かった。空想癖があったとはいえ、自分の実力で百点をとったとまでは、自分を欺（あざむ）けなかったのだ。

だが、そんな裏事情を知らない母は、私が持ち帰るテストの得点が上がったことを素直に喜んだ。

「ようこんな難しいの、わかったな？」と、母は問題を見て、息子がテングサとアサクサノリを区別して正確に答えていることに、目を丸くした。そして、母は少し誇らしげに私を見た。

私は少々まずいことになったと思った。こんなに大事になってしまうとは思ってもいなかったのだ。母を喜ばせたい気持ちは確かにあったが、一度いい点をとると、それだけでは終わらなくなるというところまでは考えていなかった。

さらに問題が発生した。何度か百点が続くと、担任は、私のテストの出来映えに、これまでにない関心を示すようになり、テスト中に回ってきたり、私の挙措をそれとなくうかがうようになった。これには参った。不正がばれないためには、実力でよい成績をとるしかなくなった。追い込まれた私は、前より真面目に授業を聞き、勉強するようになった。

だが、成績がよくなったのは、理科と社会だけで、国語や算数は、以前と変わらず、ぱっとしないものだった。理科と社会は、覚えればどうにかなったが、国語と算数は、それだけでは通用しなかったからだ。


七月九日、母の陣痛が始まった日は、日曜日で、ちょうど私と祖母が、幸男ちゃんの家の新築祝いに呼ばれることになっていた。

朝、母は痛み始めたおなかを抱えるようにして、あらかじめ用意していた品々を入れたあのバスケットと一緒に、父の車に乗って病院へと向かった。母が結核を治してもらい、壽明伯父さんが最期を迎えた病院だ。

出かける前に、母は、「行儀よくするんで」と、自分よりも私の心配をした。

私は「うん」とうなずきながら、父の車に乗って走り去っていく母を、縁側に突っ立って見送った。父は乾燥当番の途中で、長い時間空けられなかったので、ひどく急いでいた。

その後に起きたことを考えると、あれが母との最後の別れになっていてもおかしくはなかったのだが、七歳の私は、そこまで考えることもなかった。出産したら、母がしばらく帰ってこないということはわかっていたので、その点は多少寂しくは思ったものの、これから幸男ちゃんの家の新築祝いに行くこともあって、そちらに気をとられていたということもあった。

昼前に、私と祖母は、迎えに来た幸男ちゃんの車で、新築の家に出かけた。

部屋数がいくつもある新しい家の中でも、とりわけ贅をこらした料亭のような造りの広い座敷で、私と祖母は歓待された。その座敷は二階にあったので、窓からは観音寺市街が見渡せ、近くにある鉄筋の建物が見えた。それが、母の卒業した高校だと知って、私は母のことを少し考えた。母は、いま頃病院にいて、赤ちゃんを産んでいるはずだ。私は、その病院がどこにあるのかと、尋ねたが、ここからは見えないという答えだった。私は少し心細く感じた。

幸男ちゃんが、私の気持ちを引き立てるように、「もう生まれとら（もう生まれてるよ）。どっちがえんど？（どちらがいいんだ）」と言ったので、私は「弟」と答えた。

やがて、テーブルいっぱいに御馳走が並び出したので、母のことは忘れた。

見たこともない御馳走の数々に私は浮かれてしまった。口が軽くなり、聞かれるままに、あることないこと、べらべらしゃべり始めた。クラスでは級長をしていて、学校のテストは百点ばっかりで、くらいまでは罪のない嘘だったが、幸男ちゃんのお義父さんが、聞き上手で、私のような子どもの話にもしっかり耳を傾けてくれるので、私はすっかり調子に乗ってしまった。

実は自分は、小学校を陰で統治している闇組織のリーダーで、教師にも恐れられる存在なのだと言い出し、それをまた、そのおじさんが、大まじめに聞くものだから、私はますます勢いづいて、その組織に入るには、血の証文が必要で、万一組織の掟を破った者がいれば、荒縄で神社の境内の松の木に縛り付け、青竹でしばいて制裁を加えるのだと、すっかり自分の嘘に酔って、法螺（ほら）を吹きまくった。

私は、「血の証文」や「荒縄」や「青竹」といった表現を効果的に使ったことに満足し、悦に入っていた。

それは、抑圧され、虐げられた者が抱く空想虚言だった。同じ気がある幸男ちゃんも、すっかりお株を奪われ、苦笑いし、祖母も孫の大活躍に訳もわからず、大笑いしていた。

家に戻ると、ちょうど乾燥当番から腹ごしらえに戻っていた父がいた。「もう生まれたんな」と私が聞くと、父は首を振り、「まだみたいじゃ」と言った。私はそんなに時間がかかるのかと驚き、父の顔色がさえないことに、少し不安になっていると、祖母が、私が幸男ちゃんのところで話したことを、父にばらした。

父は苦い顔をして、あのおじさんは、少年非行の補導委員をしているのだと言った。

「おまえがべらべらしゃべることを、参考になると思うて聞いたんじゃろう」

私はそれを聞いて、急に青ざめ、いま頃おじさんが警察に連絡していないか心配になった。

その夜、私は母屋の中の間に敷いた布団で寝たが、夜になると強い雨が降り出した。母からは何の連絡もないまま、父は乾燥当番に出かけていた。雨が降り落ちる音を聞きながら、私は一人横になった。母は大丈夫なのだろうか。子どもを産むというのは、こんなに長い時間がかかるものなのだろうか。私にはわからなかった。長く寝苦しい夜だった。夜通し、強い雨が屋根瓦を叩き続けていたが、私はいつしか眠り込んでいた。

翌朝、車の音で目を覚ました。父の車が戻ってきたところだった。私は起き出して、ガラス窓を開けた。

雨は上がって、水たまりに朝の光が跳ね返っていた。水滴に濡れたサクランボの木がきらきら輝いて、夏の一日が始まろうとしていた。

父が車から出てきた。父は寝不足のくたびれた顔をしていた。

「お母ちゃんは?」と私はたずねた。

父は顔を上げ、「起きとったんか?」と言った。

「お母ちゃんは?」私はもう一度たずねた。

「心配ない。弟じゃ」と父は答えた。

私は跳び上がって喜んだ。

「朝ご飯がすんだら、病院に連れて行ってやる」

父の声もうれしそうに弾んでいた。

母は小さな個室にいた。父と一緒に病室のドアを開けながら、私は照れくさい気持ちになっていた。母はさすがに憔悴した様子で、うとうと眠りかけていたが、私と父が入っていくと、すぐに目を覚ました。私は弟の姿を探したが、ベッドにいるのは母だけだった。怪訝な顔をしていると、母が、赤ちゃんは新生児室だと言った。

朝から陣痛は始まっていたのに、生まれたのは真夜中近くだった。臍の緒が首に巻き付いていて、それで、あんなに長い時間がかかってしまったのだと、母は説明した。

「それより、あんた、幸男ちゃんのところで、馬鹿みたいな真似せんかったやろな？」

母はまるで昨日の私の様子をどこかで見ていたような口ぶりだった。分娩室にいる間も、そのことが気がかりだったらしい。

私のバツの悪そうな顔を見てから、母は続けた。

「もうダメかもしらんと、何べんも思うたけど、お母ちゃん、やっぱりあんたを遺して、まだあっちに行くわけにはいかんと思うてな……」

母は気持ちを抑えきれないように、声を裏返らせた。目尻には涙がこぼれていた。

私は母がどれほどの危機に直面していたのかを悟って胸が熱くなった。

病室を出てから、私は父に気づかれないように涙を拭った。

父と新生児室をのぞいた。まだ名前もない弟は、ガラス張りの部屋の中で眠っていた。真っ赤な顔をして、頭にはもう黒々と髪の毛が生えていたが、まだ当分の間は、いっしょにボールで遊んだり、将棋を指すことはできそうもなかった。私は、あまりに幼すぎる弟に、かすかに失望を覚えた。

「たかしも、兄ちゃんじゃのう」と父は言い、私はうなずいたが、次第に何だか割に合わないような気分がこみ上げてくるのだ。

「お母ちゃん、いつ戻るん？」

「退院はまだ一週間も先じゃ。それから、一月くらいは十三塚で療養させてもらうきん、帰ってくるのは夏休みが終わる頃かのう」

「そんなに長いこと、おらんの？」

私は父といっしょに病院の廊下を歩きながら、ひどくつまらない気分になるのだった。

一つ間違えたら、母はあのとき死んでいたかもしれなかった。臍の緒が胎児の首に巻いた臍（さい）帯巻絡（たいけんらく）は、頻度の高いトラブルで、今日であれば、恐るにたりない問題だが、当時は、難産や死産の原因となった。

実際にあったことだが、母がいた病室に、母の後に入った女性は、難産の末に亡くなったという。母はそのことを聞いて、とてもショックを受けていた。決して他人事ではなかったからだ。代わりに母が亡くなっていたとしても、ちっとも不思議はなかったのだ。

結核のときに続いて、母はかろうじて生還することができた。

母にはやらなければならないことがあり、母は幸運にもそれを許されたのだ。

＊

それから、およそ半世紀後、母は同じ病院で亡くなることになるのだが、そのとき母は、やるべきことをやり終えて、生にしがみつく気持ちも、その必要性も感じなくなっていたのだろうか。

最後の入院をする何日か前に電話をしたとき、母は腰痛がひどく、体調も悪化していることを話してから、私にこう言ったのだ。

「私、もう何も思い残すことはないで。ようここまで生きてこれたと満足しとるがな。お母ちゃんみたいなもんが、ええ子を二人も授かって、二人とも立派に……」と、母が並べる言葉を、私は遮り、「何を弱気なことを言ってるんだ。腰が痛いくらいで、死なないよ」と、母の言葉に耳を塞いだのだった。母が、自分の人生を振り返って、いい人生だったと語ろうとしていたのを、私は聞こうとしなかった。聞いてしまうと、母が本当に死んでしまうような気がしていた。

なぜ、私は母の思いを、そのまま聞いてやらなかったのだろう。本当に大変な人生を、ここまでよく生きてこれたなと、その頑張りを受け止め、称え、感謝の言葉を伝えなかったのだろう。私はただ自分が母親を失う悲しみや恐れに耐えられず、現実からも母の思いからも目を背けていたのだ。

母は自分の死が間近に迫っていることを感じて、それを受け止め、私にその思いを伝えようとしていたのに、私はそれを拒否したのだ。

母にとってそれは、否定され続け、さげすまれることも多かった人生が、まがりなりにも人並みなものになり、これでよかったのだと、自分なりによくやったのだと、誰ももう恨むことも、憎むこともないのだと、幸せな人生だったのだと、最後の思いを伝える晴れの瞬間だったかもしれないのに。

母はそれ以上何も言わず、病院に入院するように指示する私に、ただ「わかった」と一言答えたのだった。

「お父ちゃんの一周忌をしてあげられんのが心残りじゃけど、それもしょうがないがな」と言った。母には珍しく、自分の責任を果たせないことを受け入れる言葉だった。あのとき、母はもう自分の体が限界に来ていること、どんなに気力で闘おうとしても、もう無理だということ、そして、入院すれば、今度こそは生きて帰れないかもしれないということを、覚悟していたのだろうか。

9

七月半ばのある日、母は退院すると、そのまま十三塚に移った。

一学期の終業式の日、私は清水君と一宮の浜辺まで自転車を走らせ、泳ぎに行った。泳ぎ飽きると、私は清水君と、母のいる十三塚に向かった。たどり着いたのは、昼下がりの三時頃だったろうか。母が、二人でかき氷を食べておいでと、百円くれた。札場というバス停の近くに、かき氷屋があり、私と清水君は、そこでかき氷を食べたのだが、からからに乾いた体に、冷たい氷が染み入るようで、それは一生で一番おいしいかき氷だったと思う。

だが、その後で、一悶着あった。私は萩原の家に帰らなければならなかったのだが、母のところからどうしても立ち去りたくなくて、ぐずぐずしているうちに、日が暮れ始めた。清水君は、一人で大丈夫だと言って、明るく手を振って帰って行ったが、母は何度も清水君に謝っていた。

その夜、父が私を迎えに来たが、私は母のそばにいたかったので、父から逃げ回った。座敷に蚊帳がつるしてあって、私を捕まえようとする父と、逃げようとする私が、蚊帳の周りをぐるぐる回って、追いかけっこをしたのを覚えている。

母の実家とはいえ、壽明伯父さんという大黒柱を失い、寡婦となったヨシミ義伯母さんと、腰骨を折り、歩くのにも一苦労の祖父の労働力で暮らしを立てているところに、上の子まで世話になるわけにはいかなかったのだ。

そんな事情などおかまいなしに、私は父の手から逃れようと逃げ回っていた。最初は、遊びのような空気もあったが、そのうち、父も本気で怒り出し、私は余計に怖くなって、必死で逃げようとした。だが、とうとう父に捕まえられてしまった。父の力にかなうはずもなく、私は引きずられて連れて行かれそうになりながら、泣き出した。

その様子を見て、ヨシミ義伯母さんが、「もうええがな。おらしてあげたら。たかしも、お母ちゃんと、いっしょにおりたいやろう」と、救いの手を差し伸べてくれた。

ヨシミ義伯母さんには、母が結核で入院したときも面倒をみてもらっていた。昼間は節子姉ちゃんが面倒をみてくれて、夜はヨシミ義伯母さんがいっしょに寝てくれたのだ。

十三塚の祖父も、自分から言い出すわけにはいかなかったのだろうが、嫁がそう言ってくれたので、「おったらええがい（いたらいいよ）」と言ってくれた。

そういうわけで、私は、結局、この夏の間、母と生まれたばかりの弟と、十三塚の祖父の家で過ごすことになったのだ。

この小学二年の夏休みは、私にとって特別な夏休みとなった。母が私とそれほど長い時間をいっしょにゆったりと過ごしたのは、おそらく母が結核病棟から退院して、十三塚の離れで過ごしたときと、この夏休みだけだった。それ以外は、母はいつも何らかの仕事で忙しかったし、疲れていたので、じっくり相手をしてもらうことは少なかったのである。

朝のうちは、宿題をしたり、勉強をしたりして過ごした。十三塚の祖父の家には、座敷の奥に、庭に面した広縁があって、私はそこでよく勉強をした。家の西側に位置する広縁は、朝のうち日陰なので、涼しくて快適だった。

庭には、立派な松の木が何本も生えていて、心地よい木陰を作っていた。そこは午後になると、格好の遊び場になった。祖父の家の隣には、母の下の兄・富美男の家があり、夫婦と従弟妹たちが住んでいた。私は毎日のように、従弟のひろゆきちゃんと遊んで暮らした。

私たちは、小さな庭で遊ぶのに飽きると、自転車を乗り回して、周辺の冒険に出かけたりしたが、ある日、私が、出作の伯母さんのところに行こうと言い出した。

出作まで相当な距離があることは知っていたが、そこには従兄の敬三兄ちゃんがいて、そこに行けば、面白いことがある気がしたのだ。敬三兄ちゃんは、私より五歳年上だったが、とても優しくて、楽しくて、不思議なお兄さんだった。

前年の秋祭りのことだった。私が母と十三塚の家に来ていると、敬三兄ちゃんがやってきたのだが、その登場の仕方からして、とてもミステリアスだった。塀の向こうに声と足音がしたと、誰かが言ったが、姿は見えず、一体どこにいるのだろうと思っていると、襖の向こうから忍者のように現れたのだ。ブロック塀の上を伝って、庭に降り立ち、広縁の方から、気づかれないように中に入ってきたらしい。

私たちを煙に巻いて、驚かせるところも、敬三兄ちゃんのサービス精神のなせる技に違いなかった。その頃は、まだ出作の伯母さんは、高瀬にあった国立療養所に入院中で、長く面倒をみてくれていたお祖母ちゃんも亡くなったとかで、敬三兄ちゃんは、お父さんと二人で暮らしていた。朗らかで、人を驚かせるような性格からは、そんな寂しい暮らしぶりは想像ができず、子ども心にも不思議であったが、母親がいない寂しさゆえに育まれた剽軽(ひょうきん)さだったのだろう。敬三兄ちゃんもまた母親の不在を味わった子どもだったのだ。

母にはそういう心理がよくわかるらしかった。というのも、母も、小学生の頃は暗かったが、中学、高校と進むにつれ、面白おかしく話す才を発揮するようになり、ちょっとした人気者だったときもあったからだ。人を笑わせ、楽しませることで、自らの心の空虚を補いながら、相手にも受け入れてもらおうとしていたのだろう。

そんな適応戦略さえ、萩原の家では通用せず、母はもう一度自分に対しても、他人に対しても、信頼も希望も失ってしまうのだが。

母親が入院しているということで、敬三兄ちゃんに誰もが気を遣い、何とか喜ばせようとしていたのを覚えている。秋祭りの太鼓台(ちょうさ)を見た帰り、福山の本屋に立ち寄って、そこで敬三兄ちゃんがほしがる本か文房具を買ってあげようとしていたが、敬三兄ちゃんは、私と違って遠慮深い性格で、何もほしがらないので、みんなが困っていた。

出作の伯母さんのところに行こうなどと言い出したのは、伯母さんが退院したらしいという噂を、私も小耳に挟んでいたからだ。

しかも、私は出作の伯母さんの家がどこにあるかを、たまたま知っていた。

前年の夏のことだったと思う。幸男ちゃんの家のおじさんが、私を海水浴に連れて行ってくれたのだ。そのとき初めて、私は海の家を体験し、かき氷を食べた。おじさんは、建具屋を経営していたが、建築ブームに乗って仕事が増え、羽振りがよかった。海水浴の帰り、車がたまたま見覚えのある家の近くを通った。一度だけ行ったことがあった出作の伯母さんの家だった。幸男ちゃんの家と出作の伯母さんの家の位置関係が、私の中でつながった。

幸男ちゃんの家にたどり着いて、車から降りると、私はみんなの目を盗んで駆け出した。出作の伯母さんの家に行こうと思いついたのだ。車では六、七分に思えた距離だったが、実際走ってみると、とても遠かった。無理はない。いま思うと、二キロ以上の距離があるからだ。

私がいなくなったことに気がついて、幸男ちゃんのお嫁さんが、すぐに自転車で追いかけたらしい。私は意外にすばしっこかったらしく、後ろ姿が見えているのに、一向に追いつけなかったそうだ。私は追いかけられていることにも気がつかないまま、ひたすら走った。思ったよりはるかに遠いことに戸惑いながらも、引き返そうとは思わなかった。とうとう出作の伯母さんの家を見つけた。中に駆け込むと、運よく、家には、敬三兄ちゃんだけでなく、出作の伯母さんまでいた。病院から外泊していて、翌日帰ることになっていたのである。

二人は私の突然の出現に驚き、今夜泊める算段をしていると、幸男ちゃんのお嫁さんが、慌てふためいた様子で、玄関に駆け込んできたのだった。

敬三兄ちゃんとろくに話をするまもなく、私はお嫁さんのこぐ自転車に乗せられて、戻ることになった。急にいなくなったら駄目よと、お嫁さんから、優しくたしなめられたのを覚えている。

場所の記憶がよかった点や、突然いなくなったりする点は、自閉症の子にみられがちな特性だとも言える。そういう面も確かにあるのだろう。

そういうわけで、私は出作の伯母さんの家が、十三塚から国道十一号線に沿って、高松の方面に走っていったところにあるということを理解していた。それで、ひろゆきちゃんをそそのかして、いっしょに行ってみようということになったのだ。

大きなトラックが横を行き過ぎると、吹き飛ばされそうな恐怖を感じることもあったが、われわれはどうにか、目的地にたどり着くことができた。

出作の伯母さんは退院して家にいた。敬三兄ちゃんもいたが、前に会ったときより、うれしそうだった。

次々といろんなおやつが出てきて、私は天にも昇る気持ちだった。われわれは結局その晩泊めてもらうことになった。突然、私がいなくなって、母は心配していたはずだが、出作の伯母さんが連絡をしてくれて、ことなきを得たのだった。だが、泊まると聞いて、母は、別のことが心配になったはずだ。

案の定、私は翌朝、オネショで布団を汚してしまった。私より学年が一つ下のひろゆきちゃんは、もちろんオネショなどしない。面目ない話だった。

私が布団から出ずにグズグズしていると、出作の伯母さんは事情を察して、「たかし、気にせんでええんで。早う着替えなさい。冷たいやろう」と優しく言ってくれて、敬三兄ちゃんのお下がりを出してくれた。

その日、ひろゆきちゃんのお父さんである富美男伯父さんが、車で迎えにやってきた。私は叱られるのかと思って、びくびくだったが、出作の伯母さんがうまく取りなしてくれたのか、特に怒られるでもなく、「ひろゆきといっしょに帰るか？」とだけ聞いた。私は、もっといたかったので、「明日帰る」と言った。ひろゆきちゃんも、残りたそうだったが、富美男おじさんは、「あんまり迷惑かけたらいかんど」とだけ言って、ひろゆきちゃんを連れて帰っていった。

それから私は、一週間ばかり、敬三兄ちゃんのところに居続けた。毎晩毎晩、オネショをし続けたので、出作の伯母さんもさすがに呆れたはずだが、嫌な顔一つせず、着替えを出してくれた。とうとうその布団は、私専用の小便布団になってしまった。

私が出作に居続けたのは、おやつにありつけたということもあったが、それ以上に敬三兄ちゃんといることが楽しくて、刺激に満ちていたからだ。敬三兄ちゃんは、このとき、中学一年生だったはずだ。机の引き出しの中まで、きれいに整理して、中には魅力的なものがいっぱい詰まっていた。引き出しの中を覗いているだけで、わくわくしてくるのだ。

敬三兄ちゃんと、昼間、卓球やバドミントンをしたりすることも楽しかったが、夜になると、敬三兄ちゃんのもっているレコードを聴くのも楽しみだった。私は初めてクラッシックや洋楽にも触れた。カラヤン指揮の『運命』やヴィッキーの『悲しき天使』を聴いて、すっかり気に入り、毎晩かけてもらった。

私は敬三兄ちゃんが習っている中学の勉強や読んでいる本にも興味をもった。育男ちゃんは、私からすると大人すぎたが、敬三兄ちゃんは、私にとって理想的なお兄ちゃんだったのだ。敬三兄ちゃんがしていることを真似ることで、私はさまざまなことに目を開くことができた。私は、敬三兄ちゃんから計り知れない影響を受けることになる。オセロゲームも、英語の勉強も、手塚治虫の『ブラックジャック』も、油絵を描くことも、敬三兄ちゃんから教わった。敬三兄ちゃんは、一人っ子だったので、私を弟同然かそれ以上に可愛がってくれた。

その後、私は夏休みが終わってからも、ときどき敬三兄ちゃんのところに泊まりに行くようになった。さすがに母は、あまりに行くと迷惑だからと、私に言って聞かせるのだが、そんなことに耳を貸す私ではなかった。目を盗んで、勝手に行ってしまうことも、しょっちゅうだった。土曜日の夜、敬三兄ちゃんとドリフターズの『全員集合』を見て、それから九時になると、『キイハンター』というアクションドラマを見るのが、最高の楽しみだった。

出作の姉は、母にとって母親同然の人だったが、長い間、療養生活をしていたということもあり、あまり負担をかけてはいけないという気遣いから、母も遠慮がちに付き合っていた。だが、私は、そんなことにはお構いなしで頻繁に通うようになったので、母もいつしか、私に巻き込まれる形で、出作の姉のところに出入りすることが増えていった。

やがて、母は何か悩みがあると、出作の姉のところに行って、話を聞いてもらうようになった。母にとって、出作の姉は、再び母親代わりとして、安全基地として機能し始めたのである。

そんなふうに、私や母が、出作の伯母を頼ることができたのには、ある経済的な状況も関係していた。出作の家は、元々農家だったが、出作のおじさんは体が弱く、農業には向かなかった。養鶏をしたりしたこともあったらしいが、働き者だった敬三兄ちゃんのお祖母ちゃんが倒れてからは、それも廃めていた。

出作のおじさんは芸術家タイプの人で、普通の仕事には向かなかったが、手先がとても器用なうえに、アーティスティックなセンスがあり、物作りの特別な才能をもっていたようだ。公園などで、いまでも見かけるが、木に似せたコンクリートの杭や、それを使った丸木橋を最初に作り始めた一人が、このおじさんだった。おじさんは、木の節や年輪を巧みに表現したり、木の窪に、カエルの陶器を配置したりして、興趣を添えるのがうまかった。できた作品を、庭師だった富美男伯父さんに使ってもらうと、すぐに評判になって、次々と注文が来るようになった。

鶏舎がいまでは、おじさんのアトリエというか仕事場になっていて、庭には所狭しと、完成した作品が並べられていた。それを業者がトラックで買い漁っていくのだ。

おじさんに商才があれば、大きな会社に発展していたかもしれないが、芸術家肌だったおじさんは、自分で作ることにこだわったので、受けられる注文には限りがあった。それでも、作ったはじから作品は飛ぶように売れたので、特需景気と言っていいような状況が、一家の家計を潤すようになっていた。やがて同業者に模倣されて、大量生産されるようになると、売り上げも次第に下火になっていくのだが、それでも十年くらいは、ずいぶんと繁盛したのである。

私と母は、その恩恵に少なからず与ったことになる。

出作の伯母さんは、長い療養生活のうえに、いまでも体が弱く、これまで味わった苦労は母にも劣らないほどだったが、それでも、長女に生まれたせいか、とてもネアカで、いつもにぎやかに笑っているような人だった。私が何か言うと、大きな笑い声を立てながら、「たかしは、話すのが上手じゃから、アナウンサーになったらええ」とか、ときには「漫才師になったらええ」とか言ってくれるのだった。

私が軽口を叩いたり、下品な冗談を言ったりすると、渋い顔をする母とは、まるで違うリアクションだった。心配性で、人目ばかり気にして、悲観的な母とは対照的なところに、私は居心地のよさを覚えていたのだろうか。

私にとっても、母にとっても、出作の伯母さんは、不足しがちなものを補ってくれる存在だったに違いない。

出作の伯母さんは、母より十一歳年上だったが、敬三兄ちゃんと私は五歳しか年が違わなかった。それは、出作の伯母さんが、母や妹・節子の母親代わりをしていて婚期が遅くなったためであった。

出作の伯母さんには、実は、許嫁とも言える人がいたが、妹たちの母親代わりをするために、その人のことを諦めたのだった。

出作の伯母さんは、名を千代子といったが、八千草薫によく似た顔立ちで、若い頃は、評判の美人だった。相手の男性は、長崎の出身の人で、招集されて入隊していた。観音寺には、当時、海軍航空隊の基地があり、にわか作りの飛行場では、「赤とんぼ」と呼ばれた練習機が、飛行訓練を行っていた。飛行場は、出作から十三塚の近くにまで滑走路が延びていたので、こんな田舎だというのに、辺りは何度も空襲を受け、機銃掃射で亡くなった人もいた。海軍航空隊に配属されていた兵隊さんたちが、休暇を近くの民家で過ごす習わしになっていたのだが、十三塚の祖父の家にも、数人の男たちが、休暇の度に出入りするようになっていた。その一人と千代子が、いつしか思い合う仲になったのである。

とはいえ、時が時である。逢い引きなどできるはずもなく、言葉を交わすことさえなかなか許されなかったが、二人の気持ちはしっかりとつながっていた。表だって千代子を特別扱いできない代わりに、目をかけてくれたのが、弟や妹たちだった。中でも可愛がられたのが壽明だった。壽明は、その方の人柄を深く敬愛していて、千代子にも劣らないくらい慕っていた。もう十年も経ってから、「男が惚れたからのう。本当にみごとな人じゃった」と言い、姉を嫁がせてやりたかったと、悔しがっていたほどだ。

長崎が被爆したとき、その方は実家の様子を見に帰ったが、数日して、異様に腫れ上がった顔になって戻ってきた。家族とは会えなかったという。敗戦の詔勅がラジオで流れたとき、日本刀を振り回して荒れ狂い、庭木に切りつける軍人もいたが、その人は、じっと堪えるように物思いにふけっていた。

「必ず迎えに来ます」と言い残して、彼はやがて長崎に戻っていった。それからも、送られてくる手紙には、「いつまでも待っています」と書かれていた。だが、妹たちはまだ小さく、とても家を出られる状況にはなかった。それでも、千代子はひそかに、旅支度をしたボストンバッグを押し入れの奥に用意していた。いつでも飛び出せる準備をしておくことで、いまにも飛び出したくなる気持ちを何とかなだめていたのだ。

五年ほど経って、千代子が二十五歳になり、彼も三十歳になったとき、千代子は最後の手紙を書いて、自分のことは諦めてほしい、他にいい人を見つけて、結婚してほしいと伝えたのだった。それでも何度か手紙が来たが、千代子は二度と返事を出さなかった。彼から最後に来た手紙には、ある女性と結婚することになったことが書かれていた。いまも、あなたのことを忘れられるか自信がないが、妻となる女性のために努力したいという言葉で締めくくられていた。

千代子が別の男性に嫁いだのは、それからさらに三年後のことで、そのお相手が出作のおじさんである。

その切ないロマンスは、伯母本人からというよりも、母の語りを介して、何十回も聴いていたので、伯母が、どれほどつらい犠牲をはらって、妹たちのために母親代わりという役割を果たしたのかということも、それなりに理解していた。何事も事情を知らないと、到底わからないことがあり、事情を知ることこそが、人間を深く理解することなのだということを、私は母の語りを通して教えられたように思う。

それにしても、親の役割を果たすということは、口で言うほど甘いことではなく、そこには大きな犠牲をともなうということ、姉が幸せになるためには、母が母親代わりの存在さえ失い、寂しい思いをしなければならないということ、言い換えれば、互いの幸せが両立し得なかったということに、私は子どもながらに、なんともやりきれないものを感じたものだ。

実は、千代子の恋物語には、その先がある。

それは、千代子が嫁いでから、さらに三十年も経ってからのことである。その頃、千代子は夜眠れないときに、地図を見て過ごすようになっていた。千代子が好んで眺めたのは、その頃、私が暮らしていた東京の地図と、その男性が暮らしているはずの長崎の地図だった。手紙は燃やしてしまったが、何度も手紙を書いていたので、彼の住所を記憶していたのだ。住所の地名がある場所や、彼が歩いているかもしれないその周辺の地図を、毎晩毎晩眺めているうちに、千代子の中で、もう一度、その方の声だけでも聴きたいという思いが募ってきた。

あのとき、まもなく結婚するということだったので、今頃、子どもも大きくなり、孫もできているかもしれない。いまなら、そんなことを気軽に笑って話すこともできるような気がした。年をとって、容姿はお互い変わってしまっただろうが、声は、それほど変わっていないようにも思う。電話でなら、こちらの姿も見られずに、話すことができる。

いままでずっと押し殺してきた思いを、少しだけ伝えたとしても、もう誰も責めたりはしないだろう。笑って許してくれるのではないのか。これほど歳月を経ても、あのときの気持ちを、変わらずに抱き続けていることを、死ぬ前に一言だけでも伝えたい。千代子の中で、その願いは強い決意となっていった。

それから千代子は、住所を手がかりに、電話番号を調べた。同じ住所で登録された電話番号が、さほど苦労せずに見つかった。名字も一致したので、まず間違いなかった。彼は、同じ場所で、いまも暮らしていたのだ。千代子は高鳴る思いを抑えながら、その電話番号を回した。電話がつながった。返ってきたのは女性の声だった。一瞬千代子が言葉を失っていると、驚いたことに、相手の女性が、「失礼ですが、千代子さんじゃないとですか?」と、尋ねてきたのだ。その声は、まるで電話がかかってくるのを待っていたかのように、どこか親しみがこもったものだった。

「そうなんじゃね。千代子さんなんじゃね。千代子さんのことは、いつも主人からお聞きしとりました」

その女性の言葉に、何か違和感を覚えながら、それが何を意味するかを悟って、千代子の両眼から止めどなく涙がこぼれ落ち始めた。

「主人は、十九年前に亡くなったとです。亡くなる直前まで、ずっとあなたのことを思い続けとりました。そいばってん、私はよかったとです。あなたとのことも、主人はすべて私に話してくれとりましたから。私は、そんな主人の気持ちもいっしょに、主人のことを受け入れとりましたから。主人がどんなにかあなたのことを思っておったか、いつかそのことをお伝えできたらと、ずっと思いよりました。……千代子さん、あなたも、そうじゃったんやね。主人も浮かばれると思います」

涙が止まらなかった。十九年も前に亡くなっていたという事実に衝撃を覚えながら、同時に、彼が自分のことを愛し続けていたことを、彼のことを一番よく知る妻本人から知らされて、言いようのない思いにとらわれていたのだった。

こうした一部始終を私が知っているのも、もちろん母がその場にいたように私に話してくれたからだ。そう考えると、母の死は、母だけの死と言うよりも、母がその語りを介して、そこに生命を与えていたさまざまな人々やその記憶の死だとも言えるかもしれない。このつたない文章が試みていることは、母の死によって、いっしょに失われてしまう人々の思いや生きた証を、わずかでも書き留めることなのだろうか。

出作の伯母は、それから数年後に亡くなった。最後に伯母を見舞ったとき、伯母は、ＩＣＵで、人工呼吸器をつけられ、口を利くこともできなかったが、必死に私に笑いかけようとしていた。

母にだけは、苦しそうな様子も見せていたらしく、母にそばにいてもらいたがった。母は、自分たち妹のために、姉が犠牲にしたものの大きさを知っていたので、昼間の仕事で疲れきっていても、病院に泊まって姉に付き添っていた。

出作の伯母の死は、母にとって、もう一度母親を失うような体験だったに違いない。

その頃も、私は自分の忙しさを口実に、伯母のところにも、母のところにも、滅多に帰らなかった。ただたまにかける電話で、母から状況を聞くだけだったが、母の気持ちを母の立場で感じ、思いやることもなかった。

私は自分のことで手一杯だった。いや、そう言って、面倒ごとから逃げていたのである。

母はいつも問題に正面から向き合おうとしたが、私は問題から逃げてばかりいたように思う。問題に向き合おうとする母の真面目すぎる姿勢が窮屈で、私はいつのまにか逃げ出すということを覚えたのか。

いまから振り返れば、私が小学校二年生の夏から、我が家よりも、出作の伯母のところに居場所を見いだし、さんざん通い詰めるようになるのには、出作には我が家にはない居心地のよさがあったということだろう。

いままであまり考えてもみなかったが、母は私のそうした行動に複雑な思いを抱いていたに違いない。さんざん苦労して育てた我が子が、自立するには早すぎる年だというのに、隙を見ては、自分の姉のところに行ってしまうというのは、何かやるせないものがあったかもしれない。

母はただ姉に迷惑をかけてはいけないからと、私があまり頻繁に出作に行くことに、やんわりと歯止めをかけようとしていたが、力尽くで阻止しようとしたり、後でひどく叱られたりする訳ではなかった。私も、母の堪忍袋の緒が切れないように、ぎりぎりのところで、バランスをとっていたのかもしれない。

とはいえ、私のホームグラウンドは、萩原の家であり、いまはない萩原小学校だった。だが、私は出作というもう一つの避難場所をもつことで、萩原という現実だけに縛られずに生きられたのかもしれない。

萩原での私の暮らしにも、変化が起きていた。その変化は、弟の誕生によってもたらされたものだった。私は敬三兄ちゃんに傾倒すると同時に、それと少し矛盾するように思えるかもしれないが、幼い弟の面倒をよくみるようになっていた。幼い弟を守ることに、使命のようなものを感じるようになっていた。

振り返ってみると、心の成長において、敬三兄ちゃんのような年上の存在からの影響も大きかったが、弟とのかかわり（その頃は、世話をするというかかわり方であったが）も、非常に役立ったことを、あらためて思う。

私が、精神科医というような、ある意味、人の面倒をみる仕事において、人並みに役立つことができたとしたら、また、多くの患者さんからわずかでも慕ってもらうことができたとしたら、その土台となる力は、母から受けたものは言うまでもないが、弟の世話をする中で身につけたものも小さくなかった。

私自身、これまで何度も強調してきたことだが、愛着は互恵的な仕組みである。愛着は、親から大切にされる中で育まれるものだが、それが多少バランスの悪いものであっても、修正することができる。修正に役立つ一つの方法が、誰かの世話をすることなのである。世話をすることは、世話をされる存在に恩恵となるだけでなく、世話をする側にも恵みをもたらす。自分が世話をされることによっても、自分が世話をすることによっても、愛着の仕組みは働きが強まり、安定感を増すのである。

私は母の、少し厳しいところのある愛情で、過不足を生じた部分は、敬三兄ちゃんや出作の伯母さんからもらう優しさによって補う一方で、小さな弟の面倒をみるというかかわりの中で、世話をする喜びや責任感というものを味わい、自分が自分のためだけに生きているのではないということを、身をもって体験することができたのではないか。

母がなぜあれほど危険を冒して、もう一人子どもを産もうとしたのか。もっと子どもをもちたいという母自身の欲求のなせるわざだったかもしれないが、それとともに、私にきょうだいを与えてやりたいという思いも確かにあったと思う。母を一人で独占できた頃の私は、ひどい甘えん坊で、わがままだった。自分の思い通りにならないと癇癪を起こし、母を言いなりにしてしまう。そんな私の状態を、いくら言葉で諭しても、限界を感じていた母は、下にきょうだいができれば、私の中のバランスが変わるのではないかと、期待したのかもしれない。長い目で見て、弟の誕生は、母が期待した以上の効果を私にもたらしていった。

七歳という年の差も、ある意味、私にとってはよかったのかもしれない。もっと年が接近していれば、母の愛情を奪われたように感じ、私は逆にもっと難しい性格を抱えていたかもしれないだろう。弟ができても、私は母の愛情を確信していたし、弟に脅かされるように思ったことは一度もなかった。

いや、たった一度だけあったかもしれない。それは、母に対してというより父に対してだったかもしれないが。

あれは、弟が幼稚園に通い始めていた頃だったと思うから、弟の誕生から何年か経った先のことだ。私はもう中学生だったはずだ。

ある日、私が学校から家に帰ると、ひやに大きな段ボール箱が置かれていて、その中には、絵本や児童書がぎっしり詰まっていた。私は、本に対して、特別な関心を抱くようになっていたが、我が家にそんなに一度に大量の本がやってくることは滅多にないことだったので、私は、それが自分のためのものではないとわかっていながらも、色めき立った。

事の次第を確かめようと、弟の姿を探した。弟は、母屋の中の間で、テレビを見ていた。ちょうど夕方のアニメの時間帯で、私が、あの本はどうしたのかと尋ねても、テレビに夢中の弟は生返事しかしない。私もいらだって、次第に荒い口調になり、同じ質問を繰り返した。弟は、ちょうどいいところだったらしく、私の質問をうっとうしそうにして、知らないと言うばかりだ。知らないはずはないだろうと、押し問答をしているうちに、滅多にないことだったのだが、ケンカのようになってしまった。弟を泣かしたことなど、それが最初で最後だと思うし、そんな意図は少しもなかったのだが、弟はせっかくのアニメを邪魔されたうえに、私の言い方も悪かったのか、泣き出してしまった。

そこへ折悪しく、父が仕事から戻ってきた。父は、その状況を見て、私がチャンネルの取り合いでもして、弟を泣かせてしまったのだろうと誤解したらしい。

父は「機嫌ようテレビを見とるのを、なんで泣かすんど」と、私を叱った。父の言う通りで、私が幼い弟を泣かしてしまったことは間違いないし、それに関して、怒っている父に言い訳をしても、わかってもらえそうもなかったので、私はただ黙っていた。そこに、後から入ってきた母が、すぐに事情を察したらしく、「ひやに置いてある本を見て、あれが何か気になって、聞こうとしたんじゃろう」と、言った。たったそれだけのことだったが、私は自分の気持ちを汲み取ってもらえたと感じ、泣き出しそうになるくらい、その言葉を救いに感じた。母には、突然置かれていた段ボール箱いっぱいの本に対して、私の中にかき立てられた興奮にも、察しがついたのだ。母の言葉によって、父も弟も何が起きていたのかがようやくわかって、お互いに感情を鎮めたのだった。

母は、起きていることの背後にある事情を読み取り、それを言葉にするのが、とても上手だった。その点、父は表面的な状況に、ストレートに反応してしまう単純なところがあったが、母から説明されて、ああそうだったのかと、納得するのだった。事情を汲み、説明することの大切さは、私が愛着障害をどのようにして克服していけばいいのかを考えるようになったとき、一つ重視するようになるものだが、それを私に示し、その力によって、私や私たち家族を守ってくれていたのは、母であったと言えるだろう。

よかれと思って私が、何かを一生懸命にやろうとしたものの、かえって大失敗をしてしまうということが、時に起きた。そのとき、父は私のしでかした失敗だけを見て頭ごなしに叱りつけるということもあったのだが、母は素早く事情を察して、「たかしは、みんなのことを思って、やってくれようとしたんじゃな。うまくいく、いかんよりも、その気持ちがありがたいで」と、言ってくれるのだ。そんなふうに言われると、失敗して父に叱られていたこともあってだろうが、思わず涙がこぼれ落ちそうになるのだった。

無秩序と自分勝手が当たり前の境遇で、気持ちをあまり汲み取られることもなく育った父と、母親を早く失い、寂しく、貧しい暮らしの中でも、家族が助け合い、思いやりをもちながら育つことのできた母との、それは違いだったのか。

母にそんなふうに気持ちや事情を説明されると、父ももうそれ以上何も言わなくなる。父は決して悪い父親ではなかった。人一倍まっすぐで純粋な思いをもつ人だった。だが、それゆえにかもしれないが、一面的な事実にとらわれてしまいやすいところがあった。母はそれにいつもブレーキをかけ、バランスをとろうとしていた。年をとるにつれて、父は母のアドバイスに素直に従うようになった。父には見えないものが、母には見えていて、母の言葉に従った方が、無用のトラブルを避けられるということを、父も長い人生をかけて学んだのだ。

愛着障害を被ってしまうような環境に置かれても、安定した愛着を育むことができた人では、振り返る力が高く、客観的な視点や相手の視点になって、自分の身に起きたことを見直す能力が高いと言われている。

母も、一番暮らしがつらかった頃は、次々と襲う不幸の渦に呑み込まれ、ただ嘆くばかりで、その状況を、自分から離れた視点で振り返ることなど、とてもできなかったのだろうが、いつしか母は、その力を手に入れ、母自身楽になるとともに、私たちにもその恩恵を施してくれたように思う。

段ボール箱いっぱいの本に関して言えば、それは、母が弟のために買ったものだった。弟自身、本が届いたこともよく知らなかったらしい。弟はまだ幼く、本よりもアニメの方にしか関心がなかったのだ。

弟は、子どもの頃、私以上に体が小さくて、偏食もきつかった。食べられるものが限られていて、ご飯と味噌汁と肉くらいしか食べられるものがなく、それ以外の栄養は、コーラとラムネとビスコでとっていたと言ってもいいくらいだった。小柄だが、肉付きもよく、比較的たくましかった私よりも、か細かった弟のことを心配するのは親として当然だった。経済事情は相変わらず逼迫していたが、弟に対して、母は、私以上に教育費を惜しまなかった。

七歳年上とはいえ、私もまだ子どもだったので、弟をうらやむ気持ちが生じたこともあったはずだ。しかし、私は弟に対して、そうした感情をほとんどもたずに済んだのは、やはり母の言葉と行動が、常に公平な愛情をどちらにも惜しみなく注いでいることを、説得力をもって私に納得させたからだろう。どちらも大事な存在なのだということを、母は常日頃語ったうえで、さらにもう一つ重要な事実を私に思い出させたのだ。

母はこう語ったのだ。「ともたか（弟の名）は、あんたより七年遅れて生まれてきたやろ。ということは、ともたかが、お父ちゃんやお母ちゃんといっしょにおれるのは、あんたより七年少ないんで」

私はその言葉を聞いて、衝撃に近い驚きと、弟に対する同情を覚えた。まだ弟が幼かったということもあっただろう。この先、いつ父や母が亡くなるにしても、父や母と過ごす時間は、七年も短いのだ。それは、なんとも言いようのない悲劇に思えたのだ。生まれながらに、そんな悲しみを抱えているとは。

「だから、大事にしてな」

母の言葉に、私はほとんど涙ぐみながら、相槌を打ったのだった。

母は弟の方が心配なのだということなど、微塵も感じさせることはなかったが、いまになって母の立場で考えれば、命がけで産んで、体も弱かった弟のことを、気遣う気持ちが強かったのは当然だったと思う。

母は、健康への影響を考えて、弟を母乳で育てない方がいいと助言されていたらしく、弟は最初から粉ミルクの空き缶が、家にどっさりあったのを覚えている。私を産んだ頃よりは、経済事情も多少はましだったのか、粉ミルクを買う金のために質屋通いをしなければならないということはなかったものの、かつかつの暮らしだったはずだ。母が出産したこともあり、その年の葉たばこの収穫は、父一人ではどうにもならず、手伝いを雇わなければならなかったので、農協の借金という形で、マイナスが膨らんでいたに違いない。

夏が終わり、母が働き出すと、弟の面倒は祖母がみるようになったが、私もよく世話をした。祖母は、独り言を言うのは相変わらずだったし、たまには荒れることもあったが、年々病状がよくなって、比較的穏やかな状態のときが増えていた。父や母が根気強く受容し、敬意をもって優しく接してきたことが、少しずつ成果を生んでいたのかもしれない。それは、家族による社会的治療と言ってもいいだろう。

近代医学の治療は、病気という側面だけを診断し、それを治療しようとする。「精神病」と診断されると、病院に閉じ込められ、責任能力のない患者として扱われてきた。脳内の神経伝達物質とそれを受け取る受容体がおかしくなっているのだからと、それを遮断したり、刺激したりする薬を投与することで、回復させようとした。しかし、社会から何十年も隔離して、薬を投与しても、社会にいっそう適応できなくなるだけで、そういう患者が日本だけで、三十万人以上もあふれていた時期もあった。いまでさえ、優れた薬が開発されても、治癒できるわけではなく、薬を飲み続けても、悪化を繰り返し、機能が徐々に低下してしまうことも少なくないという現実がある。

しかし、精神医学など存在しなかった近代以前の社会においても、精神障害は存在した。そうした時代においては、呪術的治療や社会的治療が行われたわけだが、近代精神医学にとって都合の悪いことに、かならずしも昔の方が、病気の回復が悪かったわけではなかったのだ。むしろ、昔の方が、多くのケースにおいて、元の生活ができるまでに回復していたとする研究もある。近年、オープン・ダイアログや愛着アプローチのような社会的治療の驚くべき効果に、再び注目が集まっているのも、心を病む人にとって、本当に必要なものは薬の他にあるということを示しているだろう。

祖母の場合も、家庭でそのまま暮らしながら、家族が祖母を受け入れるだけでなく、むしろ祖母を最優先して、大事に扱ったという点で、それは社会的治療そのものだったと言えるだろう。精神障害の患者として社会から隔離するのではなく、家の事情の犠牲になり、傷ついた女性として、家の上座(かみざ)に据えて守ろうとしたのである。

それを、精神医学がまだ普及しない時代の、非近代的な、遅れた対応とみなすことは容易だろうが、少なくとも祖母にとっては、病院で長く暮らすよりも幸せだったと思うし、祖母は祖母なりに、家族の一員としての役割を果たすときもあったのだ。

私のときよりも、弟のときの方が、祖母に子守を安心して任せられたという事実も、祖母のゆるやかな回復を裏付けているように思う。

私も、弟の面倒をよくみたし、年の差にもかかわらず、弟とよく遊んだ。弟も私にとても懐いていた。その関係は現在まで変わらない。世話をすればそれだけ愛着が深まるということを、私は弟との関係の中で身をもって学んだ。弟を守るために、体をはって行動するということ、たとえば、よちよち歩きの弟が道幅の広い道路を横切らなければならないときに、私は弟を肩に担ぐように抱えて道路を渡った。私は、少し過保護、過干渉な兄だったかもしれない。弟は私に全幅の信頼を置くようになり、私もそれに応えようとした。

年の差のある弟と遊ぼうとすると、いろいろ手加減する必要もある。ボクシングをして遊ぶときに、最後に倒されるのは私でなければならなかった。育男ちゃんや敬三兄ちゃんが、私にしてくれたであろう配慮を、今度は私が弟を相手にすることで、私は自分より弱い存在を思いやったり配慮したりすることを学んだのだと思う。

それにしても、私が弟とずっと変わらぬ信頼と親しみを持ち続けられるのも、母の賢明な対応によるところが大きいに違いない。

10

納屋の解体を依頼していた業者から電話が入って、工事がすっかり終了したと知らせてきた。近く請求書といっしょに、写真も送るという。

それから二、三日して、十月に入った間もないある日、業者から封書が届いた。ちょうどニュースでは、トランプ大統領が新型コロナウイルスに感染したという一報が伝えられ、世間を驚かせていた。

思ったよりも大きな封書には、請求書とともに、工事のプロセスを丁寧に記録した写真のファイルが同封されていた。着工前の納屋の最後の姿から始まって、足場を建て、屋根瓦を取り除き、重機で取り壊していく作業工程がたどれるようになっている。遠方で、どういう工事をしたのかわからないということで、わざわざ記録を取ってくれたのだろう。

納屋は、道路側から重機を入れて、ひやとは反対側から壊していったようだ。ひやの部分だけが残った写真があった。納屋全体の五分の一ほどに相当するだろうか。そこで、かつて貧しい親子が重なり合うようにして暮らしていたのだ。母との一番濃い思い出が詰まった場所。次の写真では、すべては粉々の瓦礫と化していた。それも撤去されると、きれいに整地され、最後は砂利を敷き詰めた、ただの空き地となっていた。そこに生まれた大きな空白。時が経てば、そこに何が建っていたかも、忘れられていくのだろう。

あのひやが、私の世界だったこともあったのだ。もうそれも、私の記憶の中にしか残っていないことになる。笑うことは少なかったかもしれないが、ささやかな喜びや悲しみに声を上げたり、叱られたり、言い合ったり、数限りのない涙を流した場所だった。

喜ぶべきこともあった。その一つは、私のための部屋ができたことだ。

ひやのガラス戸を出てすぐ左側に、小さな物置部屋があって、そこは、かつて母が台所代わりに使ったこともあるし、父が酪農を始めてからは、そこで子牛が飼われていたこともあった。その部分の床を上げて、私の勉強部屋に改造してくれたのだ。

あれは、小学校四年になろうとしていた春のことだった。

＊

私はかねてから自分の部屋がほしいとねだっていた。母も、その必要性を認めてくれていたが、何分先立つものがなかった。

そんな折、納屋の差し掛け部分の梁（はり）がシロアリにやられていることがわかり、このままでは屋根が落ちてきてしまうという。やむを得ず、その部分を修復するついでに、物置部屋を改築して、私の部屋を作ってくれることになったのだ。お金をどうやって算段したかは知らないが、貯金でまかなえたとは思えない。

　できあがったのは三畳の広さの板間の部屋だったが、ひやのガラス戸と直角に向かい合う形で、ドアが取り付けられ、ガラス戸とドアの間には、行き来しやすいように、三角形の板張りの通路がこしらえられた。「子ども部屋」と呼ばれることになる部屋の奥には、もう一枚ドアがあって、そこを開けると縁側に出られた。縁側の先はトイレに続いていた。ドアや洋間というもの自体が、我が家では初めてだったので、私にとっては、相当にインパクトのある出来事だったが、母にとっても、喜ばしいことだったに違いない。

　私はその部屋に机と、父が作ってくれた白いペンキを塗った三段の本箱を置き、そこに、所有する限りの蔵書を並べて、ご満悦だった。

　あまりにうれしかったので、私は自分の部屋を披露する口実として、自分の誕生会を企画した。母もまんざらでもなかったのか、反対はせず、私は来てくれそうな友達全員に声をかけた。クラスの半分くらいの子が集まったように思う。女の子も何人かいた。三畳の部屋に入りきらず、縁側や外にもあふれた。そのうちの何人かはプレゼントをもってきてくれたが、手ぶらでおやつだけ食べに来る子もいた。母が用意したカレーライスやお菓子を振る舞った。私はプレゼントを受け取りながら、大得意であった。

一番大きな箱に入った包みをもってきたのは、掃除のときに監督係をしていた子であった。その箱の大きさに、誰もが歓声を上げたが、その子がこっそり私に耳打ちして、後で包みを開けてほしいと、言いにくそうにささやいた。私は同意した。みんなが帰ってから、箱を開けてみると、大きな橙（だいだい）が出てきた。橙なら、うちの庭にもいっぱいなっていたので、私はがっかりした。

四年生になると担任が代わって、まだ二十代の女性が、われわれのクラスを受けもってくれることになった。二十代とはいえ、とてもしっかりした、颯爽とした感じの女性で、しかも美人だった。教育長のお嬢さんだということで、毎朝、真っ赤なスポーティな車で通勤してきた。

標準語を話し、とても授業も上手だった。いまでも覚えているのは、社会科の授業で、その先生が大きな世界地図を広げてみせ、どこが一番暑いでしょうか、と質問したときのことだ。私は手を挙げて、「お父ちゃんが、南の方が暑いと言うとったんで、南の方じゃと思う」と答えた。「じゃあ、一番南の南極が一番暑いのかな？」と聞き返され、私ははたと答えに詰まった。南極が寒いことは、私も知っていたからだ。南の方が暑いということと、南極は寒いということの矛盾を解決できないまま、私が立ち往生していると、別の生徒が、一番暑いのは赤道だと、あっさり答えてしまった。私は一番南ではなく、中間が一番暑いということに、衝撃を受けたのを覚えている。

もう一つ、その先生に教えてもらったことで覚えているのは、算数の授業で、二桁と二桁の数をかける筆算を習ったときのこと。授業の最後に、先生が問題を出し、解けたら、先生のところまで見せにきなさい、ということになった。合格した人から休憩できるというので、私は息せき切って、一番乗りで答えを見せに行ったが、あっさり、「違う」と言われてしまった。それから、何度直してもっていっても、間違いが続いてしまい、そのうち、他の人はほとんど教室からいなくなった。その先生が首を横に振りながら「違う」と言うときの言い方が少し冷たくて、私は悲しい気持ちになった。その先生には、とりわけ認められたいという功名心があったせいだろう。私は算数が苦手かもしれないと思って自信がなくなったのを覚えている。

その先生にまつわる、どちらの思い出も、失敗した思い出ということとなる。美人の女性に対する私の恐怖心や苦手意識は、その辺りから始まったのか。

残念だったのは、その先生が一週間で学校に来なくなってしまったことだ。妊娠していたことも知らなかったが、流産したのだという。もしその先生が、もっと長く教えてくれて、その先生の優しい部分や人間的な魅力にもっと触れることができていたら、そして、自分を認めてもらえるような体験をしていたら、私の中で、違う女性観が育まれていたかもしれない。

私の学力や知識はそんなもので、いまから考えても、あまり優秀とは言えないレベルだった。おまけに、担任が長期休暇の末に退職されてしまったので、われわれのクラスは面倒をみてくれる人がいないままに、一学期の大部分を過ごすことになった。だが、私にとっては、よいこともあった。自習の時間が多くなり、自由に本を読んで過ごせたので、読書する機会が増えたのだ。本らしい本を読んで、夢中になる経験をしたのも、小学四年のときが初めてだった。

さらに、もう一つの余録は、代わりに教えに来てくれた教頭先生がときどき興味深い話を聞かせてくれたことだ。教頭の尾藤先生は、もともと理科の先生で、しかも根っから理科というか生き物が大好きな人だった。学校の中庭には、たくさんの水槽や池があったが、尾藤先生は、いつもその掃除や中の生き物の世話に余念がなかった。学校には、ありとあらゆる植物が植えられ、一つ一つに名札がつけてあった。学校だけでなく、尾藤先生の自宅にも植物があふれ、植物園の中に家があるような状態だったので、村の人なら誰でも、尾藤先生の家を知っていた。尾藤先生は、まだ若い頃、自転車で四国を一周したことがあるということで、その話をしてくれたこともあった。

私は植物やカメに、そこまで興味はなかったが、尾藤先生からオーラのように放たれている自然への純粋な探究心や情熱に、とても新鮮な刺激を受けた。

その頃から、私は科学や研究ということに興味をもち始めた。その頃も設計技師という夢はもっていたし、家の間取り図を描くのが楽しみだったのは変わらなかったが、同時に、科学者や発明家の伝記を読んだり、科学の入門書を読んだりして、将来は、そういうことをしたいという漠然とした夢を抱き始めた。

父が昔使っていた実験セットを土蔵から見つけ出してきて、実験のまねごとをし始めたのも、その頃だったと思う。

父は土壌の成分やpH（ペーハー）を調べたりするための、実験セットをもっていた。木製の立派な箱の中には、試験管や試薬がぎっしりと詰まっていた。父がどのようにしてそれを手に入れたのかはわからないが、いまから考えると、そうとう高価で貴重なものだったはずだ。父はそれをとても大切に使っていたらしく、もう何年も使われないままになっていたが、きちんと整理されて、箱に収まっていた。

それを私は実験遊びに使って、いつしかばらばらにしてしまった。父は、さすがに苦い顔をすることもあったが、私にそれを使うなとも言わず、私がやりたいようにさせていた。父としては、自分の大切にしてきた道具が犠牲になろうと、私の中に芽生え始めた好奇心の芽を摘むようなことはしたくなかったのだろう。父にはできなかったが、もしかしたら、息子が、その夢を果たしてくれるかもしれないという希望を、心のどこかにもっていたのか。

母は、科学や実験には興味はなかったが、息子が危ないことをしないか、火災を起こしたりしないか、そちらをいつも心配していた。

私自身について、ついでに述べれば、成績は多少上向いていたものの、行動面の問題は相変わらずで、ご飯を食べれば、「雪が降ったように」零しまくるし、一足の靴が一メートルも離れて脱ぎ飛ばしてあるという具合で、それだけならまだしも、ときどき母の肝を冷やすような危なっかしいことをしでかすのだった。周囲を見ずに、突然道路に飛び出したりするので、母は何度か、私が死んだと思ったことがあったらしい。

私が記憶しているのは、地域の子ども会の行事で、屋島の水族館に出かけたときのこと。列車に乗って出かけることなど、年に一回あるかどうかだったので、私はすっかり舞い上がっていた。プラットフォームで列車を待っていたが、列車が来るまで少し時間があった。われわれの立っているプラットフォームと、駅舎側のプラットフォームの間には、上りと下りの線路が一本ずつ走っていて、乗客は、陸橋を渡って行き来するようになっていた。ふと、私は駅員さんが線路に降りて、横切っていくのを目にした。見ると、木でできた細い通り道のようなものが、線路のところだけ避けるよう敷かれていた。なるほど、あそこを通れば、わざわざ陸橋を上らなくても、駅舎の方に渡ることができるのかと、合点がいった私は、さっそく試してみたくなった。まだ列車が来る時間まで五分ばかりあった。向こうまで行ってまた戻ってくればいいと考えた私は、線路に降りて、向こう側まで横切ろうとした。すると、駅舎の方にいた駅員が大慌てで飛び出してきて、身振り手振りで、何か言おうとしている。みんなも私の行動に気がついて大騒ぎになった。結局私は、真ん中まで行ったところで、引き返し、もといたプラットフォームに上がるしかなかった。駅員はまだ怒っていたし、母を含めた大人たちも、ヒステリックに騒いでいる。私はヒーローにでもなれると思っていたのだが、「何てことをするんな」「危ないことをして」という怒号と叱責を浴びただけだった。下級生にまで呆れられて、私の面目は丸つぶれだった。

目的地にたどり着いてもいないうちから、そんな具合だったから、母はすっかり気分が下がったに違いない。それでも私は、初めて電気ウナギやタツノオトシゴを見て、大興奮だった。水族館に併設された小さな遊園地で、コーヒーカップに生まれて初めて乗ったのも、そのときで、私は朝方の事件などすっかり忘れていたが、母は、ずっと重い気分を引きずっていたに違いない。

いまであれば、私はＡＤＨＤ（注意欠如・多動性障害）という診断をつけられて、薬を飲むように勧められていたかもしれないが、幸か不幸か、そういう時代ではなかったので、私は自然経過のまま育つこととなった。

長期にわたる最新の研究では、ＡＤＨＤ症状の改善にもっとも役立っていたのが、薬などの治療ではなく、時間だという結論を示している。つまり年齢が上がると自然に落ち着くというのである。実際、私の場合も、そうであった。

多くは十歳頃から急速に落ち着き始め、半分以上は十二歳までに、残りも八、九割は、十八歳までに症状が治まる。逆に、十〜十二歳を過ぎてから症状が悪化するケースは、別の原因がからんでいる。虐待や両親の離婚といった家庭環境の問題、不安障害や気分障害、依存症などだ。私の場合、家庭環境に恵まれているとは言えなかったが、母の愛情と配慮のおかげで、自分が大切にされているという感覚だけは失わずにいることができた。小さい頃の私は、まずいことばかりやらかして、叱られることも多かったが、それでもすっかり自己否定に陥らずに済んだのは、母が決して私を見捨てることなく、味方であり続けてくれたからだと思う。

ＡＤＨＤは、その子がもつ特性に対して、母親が向ける敵意によって発症が促されてしまうとも言われている。私の落ち着きのない行動や乱雑な生活ぶりに対して、母は嘆いてはいたが、母から敵意を向けられたことだけはなかった。いや、母も私の行動にいらだつことや怒りを感じることもあったに違いない。母はそれをだいぶ苦労して乗り越えてきたのだろうか。

先にも触れたように、私にはとても頑固なところがあった。母から叱られたりすると、意地をはって、余計頑固になってしまうのだ。幸い母は、私の頑固とうまく付き合うには、それと戦うよりも、心を頑なにしてしまう傷ついた気持ちを汲み取り、それを私の身になって言葉にするのが、最善の策だということを学んでいったようだ。

私が小学校四年となった年は、母にとっても節目となったと言える。

父は前の年の収納を最後に、葉たばこをやめる決断をしていたが、新しい収入源としてプリンスメロンとカボチャの栽培に活路を見いだすことにしたのだ。葉たばこの苦労を思えば、母には、歓迎すべき事態に思えた。

しかも幸先のよいことに、まだ珍しかったレッドキャベツの種を、ほんの少し蒔いて、わずかな面積だけ栽培したところ、予想もしない高値で売れて、久しぶりに父の顔にも笑みが戻ったのだ。家でも食べてみたが、あまり美味しくもなく、何であんなものが高く売れたのか、作った本人たちもわからないという様子だった。

野菜は水物で、相場が乱高下するものの、一年もかかって、割に合わない収入にしかならない葉たばこに比べれば、三ヶ月もあれば出荷できる野菜は、勝負が早いので、どこかで高値がつくこともあるだろうというわけだ。農業とは、意外にギャンブル性の高い職業なのである。

だが、誰よりも喜んだのは私で、実が小指の先ほどの大きさの頃から、腹一杯メロンを食べられる日を夢見て、涎をたらしていた。

しかし、現実は甘くなかった。メロンもカボチャも、水かけに骨が折れるうえに、受粉作業や温度管理が大変で、思ったほど楽な仕事ではなかった。しかも、トンネル用のビニールだとかの資材代が嵩み、農協の借金が増える一方だった。

私も、水かけのホースを引っ張ったり、カボチャのトンネルに菰（こも）という藁布団のようなものをかけたり、トンネルのビニールを開け閉めしたりするのを手伝った。もう小学四年生だったから、それなりに役に立ったのである。父や母が、手伝えと強制したことは一度もなかったが、私はよく畑仕事を手伝いに行った。

この勢いでいけば、この先家運が少しは上向くかと、喜んだのもつかの間、六月の農繁期の最中に、父が盲腸になってしまった。その日、私が学校から帰って、前のハギレ屋のところを通りかかると、ハギレ屋のおじさんが飛び出してきて、「お父ちゃんが、盲腸で病院に行った」と言い、これから病院まで乗せていってくれるという。

実はハギレ屋のおばさんが、二、三ヶ月前に交通事故に遭って、同じ外科病院にまだ入院していた。それで、ハギレ屋のおじさんは、毎日のようにその病院と自宅を車で行き来していたのだ。

私が言われるままに、車に乗り、病院にたどり着いてみると、父はすでに手術台の上にいて、静脈注射を打たれているところだった。いまから考えると、あり得ないことだが、手術室と前の廊下の間を、ハギレ屋のおじさんのように、直接の身内でない人まで、勝手に出たり入ったたりしているのだった。

ハギレ屋のおじさんに促されて、手術室の中まで入っていったものの、恐怖と驚きで、私は何も言えなかった。父は注射薬の影響で意識が朦朧としていたらしく、私が来たことを告げられても、うなずいただけだった。

手術が終わった夜、病室が満杯だということで、手術室にそのまま入院することになった。父が寝ているベッドの他に、もう一つベッドを入れてもらって、そこで、私が寝た。母と弟は、茣蓙(ござ)の上に敷いた布団で寝た。消毒薬の匂いが強くて、あまり息を吸わないようにしていたせいか、息苦しかった。手術室には、麻酔用のボンベや、人工呼吸器や、名前も知らない恐ろしげな装置が並んでいた。濃い緑色に塗られた床は、排出口に向かって、ゆるやかに傾斜していた。その傾斜に沿って、薄いさび色の筋が痕を引いていたが、私は手術台から流れ落ちた血が集められて、そこに流れ込んでいくさまを想像せずにはいられなかった。

だが、弟は、何も気にしていない様子で、手術室の床に直に座ったり、這いずり回ったりして遊んでいた。知らないというのは、恐ろしいことだと私は思った。入り口の観音開きのドアの横には、いくつものスイッチが並んでいた。母がスイッチをいじっていると、突然、私の頭の上にあった手術用の無影灯が点灯した。私は震え上がった。

だが、どんな環境にも人間は慣れるものだ。三日も寝泊まりすると、そこが手術室だということも、あまり意識しなくなった。手術室には、雑多な日用品やちょっとした家財道具があふれ出し、手術台の上には、弟のおむつや、着替えの入った鞄が置かれていた。

最初の夜、十三塚の祖父も、わざわざ見舞いに来てくれた。祖父は、医者から二度と立つことも歩くこともできないと言われたが、このまま寝たきりになるわけにはいかないと、自分で考案した方法でリハビリを重ねた。それは、椅子を使った方法で、執念とも言える努力の末、とうとう歩けるようになったばかりか、その頃には、自転車にも乗っていた。祖父は、病院に一晩泊まって帰った。夜中に、私が母に起こされてトイレに行ったとき、祖父が真っ暗な待合のベンチの上で寝ていたのを覚えている。

父の盲腸はすでに破裂しかけていて、軽い腹膜炎を起こしていた。手術はうまくいったものの、その後、回復にまで時日を要することになった。

病院に寝泊まりを始めて困ったのは、私の学校の問題だった。何日も学校を休むわけにもいかなかったが、さりとて、私が自分で起きて、用意をして、学校に行けるかとなると、はなはだ頼りなかった。

そこに助けの手を差し伸べてくれたのは、ハギレ屋のおじさんと美代子姉ちゃんだった。

「心配せんでも、たかしちゃんなら、私が起こしてあげる」と美代子姉ちゃんは軽く請け合った。私は美代子姉ちゃんのところに泊まりたい一心で、自分の欠陥のことも忘れて、すっかりその気になった。だが、母は、私の方を心配そうに見ながら、困った様子である。まだ、私は毎晩、夜中に、母に起こされて、縁側まで連れて行ってもらっていた。それで、どうにかオネショをしないですむという状態だったのだ。

明くる日の夜、私はとうとう美代子姉ちゃんのところに泊まることになった。あまりに心配だったのか、母まで結局いっしょに泊めてもらうことになった。それなら、家で泊まっても同じことだったはずだが、私が言うことを聞かないので、結局、母までついてくる羽目になったのだ。

母は付き添いと心労で疲れていたのだろう。いつもより私を起こすタイミングが遅くなってしまった。母はそのことをしばらく悔い続けることになる。母が目を覚まして、私をトイレに連れて行こうとしたときには、すでにとき遅しだった。

「つらーじょ（つらいこと）。一生言われるんで」と、母は嘆いたが、漏れ出してしまったものを元に戻すことはできない。店のおじさんから「気にせんでええ」と言われても、気にしないわけにはいかなかった。実際、いつもは優しい美代子姉ちゃんが、翌朝は少し冷たくて、私と二人だけになったときに、漏れそうになったとき、どうしてトイレに行かないのかと、まるで私の怠慢であるかのように問い詰められて、私は返答に困った。それができれば、誰も苦労はしない。障害というものは、それをもたない人には理解しにくいものだということを私は身にしみて知ったのだ。

母は、よりによってハギレ屋さんで、こういう始末になってしまったことを、最悪の事態だと考えていた。ハギレ屋のおじさんは、噂好きで知られていたし、お店に来る客といつも長話をしていた。息子の恥ずかしい秘密が、町中に知れ渡ってしまうのは時間の問題だろう。

それでも母は、知恵をめぐらして、あの出来事が、毎晩起きているわけではなく、父親の入院という精神的なショックの影響による例外的な出来事だったと、ハギレ屋のおじさんや美代子姉ちゃんにも思わせようとした。母の言い分は、それなりに説得力はあったが、小学四年生にもなってオネショをしたという事実までは消せなかったし、母の説明はあまり信じてもらえていない節もあった。

ハギレ屋のおじさんの勧めで、私が父の盲腸を切り取った外科医の診察を受けることになったのも、その表れだった。私は自分の罪深い局所を、どうにかされるのではないかと恐れながら、毛むくじゃらの腕をした、大柄な外科医の前に引き出され、小さくなっていた。プライバシーなどおかまいなしで、診察室の扉も開け放ったままだったから、廊下のベンチで順番を待つ患者たちにも、話が筒抜けだった。私はいつもの癖で、外科医と顔を合わせられず、廊下に居並んだ患者たちの方ばかり見ていた。意外にも、外科医は、オネショの話には一切触れず、学校のことや、友達のこと、それから、お父ちゃんやお母ちゃんは優しいかと尋ねた。私は、どれも問題ないというような答えをしたと思う。

外科医は、廊下の方ばかり見て話をする男の子を不思議そうに見ながら、にっこり笑って力強く言った。

「気にせんでええ。もっと大きいなったら、自然に治る」

結局、局所を出せとも言われず、私には単なる雑談に思えた会話を交わしただけで、無罪放免となった。

外科医が私にカウンセリングを施そうとしていたのだと気づいたのは、それから二十年も経って、私が同じ立場の子どもに、似たようなことを尋ねていたときのことだ。近隣では腕がいいと評判の外科医だったが、カウンセリングの腕がどうだったかは定かではない。ただ、私が記憶する限り、オネショをしたのは、あれが最後となった。案外、外科医のかけた暗示療法が功を奏したのだろうか。


抜糸が終わって退院してからも、父はすぐに仕事をしないように言われていた。実際、父の体調はいま一つすっきりせず、それでも、仕事のことが気になっていたのか、私が母と田んぼにいると、父が寝間着姿で現れたこともあった。畦道に立った父は、まだ貧血の残る青黒い顔をしていた。母に「傷口が開いたら、どうするんな」と脅されると、すごすごと引き返すほかなかった。

母は女手一つでは、どうにもならない量の仕事を相手に孤軍奮闘していたが、メロンは、二、三日水かけを怠っただけで、蔓が枯れてしまい、ほとんど商品にならなかった。おかげで私は、売り物にならないメロンをたらふく食べることができたが。何とか収穫できたカボチャは、ひどい安値で、トンネルのビニール代も出ないありさまだった。農協の借銭は増える一方だった。

それでも、私の教育にかけるお金だけは例外で、私がピアノを習いたいと言うと、深く訳を聞くでもなく、母は許してくれた。幼稚園の頃、ヤマハ音楽教室に半年ほど通ったことがあったが、鍵盤に触れるのはそれ以来であった。なぜピアノを習いたいと思ったのかは忘れてしまったが、おそらく変な虚栄心も混じっていたのではないかと思われる。

はたして習い始めてみると、他の生徒は全員女子で、レッスンの順番を待つ間、雑誌を読んで待つのだが、置いてある雑誌は少女マンガばかりだった。しかも、ろくに練習もしていかないので、私のレッスンになると、先生もイライラしてくる。

叱られてばかりだった私は、そのうち、レッスンを、母に内緒で休むようになった。最後の方は、月に一回月謝をもっていくときだけ顔を出し、他の日は、レッスンに行くふりをして、遊びに飛んでいた。二千円か三千円の月謝だったと思うが、それも我が家にとっては大金だったはずで、私は、母がどれほど苦労して、それだけのお金を捻出していたかも考えずに、安易な方に流れていたというわけだ。

二学期には新しい先生が来たが、教師になって二年目の若い女の先生で、前年は中学校で教えたものの、うまくいかなかったらしく、小学校に移ってきたという噂だった。この小柄で、可愛らしい感じの先生に、クラスの男子たちは色めき立ち、毎日のように先生の家に押しかけていくという事態になった。私は、その一団には加わらなかったが、一学期のときの美人の先生よりも、このうつむき加減の内気な先生に親近感を覚えていた。

だが、私たちのクラスは、一学期の間、野放しになっていた影響もあって、すっかりコントロールが利かなくなっていた。しかも、この気の弱い先生の一番苦手なことは、生徒を叱ることだった。何をしても叱られないとわかると、生徒たちは次第に調子に乗り始め、教室は無法地帯となっていった。

この先生も、とうとう学校に来れなくなってしまったが、生徒たちが先生の家まで、出て来てほしいと押しかけるので、おちおち休んでもいられなかった。先生は、二学期いっぱいで教師を辞めることになり、お別れ会が催されたが、そこで私は演劇の出し物をした。台本を書き、自ら主演を務めたのも、その先生が一番感動した出し物には、ご褒美を出すと言ったからだ。

私の芝居が最優秀に選ばれたときは、感激した。ご褒美は、賞状と、副賞の文房具だったと思う。劣等感にまみれた私の中に、少しずつ自信のようなものが芽生え始めたのは、その頃からだっただろうか。

母も、嘆いてばかりはいられないと思い始めていた。父を当てにしているだけでは、この先、見通しが暗いのではないか。生活費だけでも、自分の力で何とかしなければと思うようになったようだ。

私は母に連れられて、観音寺の職業安定所に行ったときのことを覚えている。

製菓会社の求人が目にとまり、母はその日のうちに面接を受けることになった。面接にまで私を連れて行くわけにはいかなかったので、母が面接に行っている間、私は出作の伯母のところで待っていることになった。というのも、母が応募した製菓工場は、出作からほど近いところにあったからだ。その点も、母の気持ちを後押ししたのだろうか。母は面接に合格し、翌月から勤めることになった。

私は、出作の伯母とともに母の就職を喜んだ。というのも、私はずっと以前から、父や母が田んぼなんかやめて、転職すべきだと偉そうなことを言っていたからだ。私は当時の農業の生産性の低さを、子どもながらに感じずにはいられなかった。父や母が地べたを這うように働いても、少しも報われない状況にありながら、その状況を変えようとしないことに、いらだちを感じていた。母の決断を、私は自分の決断のように爽快に感じた。

実際、勤め始めると、母は野良仕事をしている頃より、ずっと生き生きして、楽しそうに帰ってきた。そして、その日、どんなことがあったかを話してくれるのだ。同僚の女性たちや工場長や常務といった人たちが、しきりに話題に登場するようになり、母の話に彩りを添えた。母は、人がしゃべった言葉を、そのまま再現するのが得意だったので、私は、その日一日に母が体験したことのダイジェストを、そっくり体験することができた。

母はよく、会社で安く分けてもらえるお菓子を持ち帰ってきた。私にとっては、俄か景気のようなもので、同じような種類ばかりではあったが、お菓子にたらふくありつくことができた。

そのうち父も、遅まきながら、将来についての決断をする。庭師になる覚悟を決め、母の兄の富美男の弟子にしてもらったのだ。

翌年の正月のある場面を覚えている。十三塚の祖父の家に、われわれ一家が新年の挨拶に訪れていたところに、富美男が剪定ばさみをもってやってきて、「やらんか（やってみないか）？」と父を誘った。父もその気になって、庭の松の木の剪定を始めた。富美男としては、父を弟子にして、将来一人前になる見込みがあるか、見極める意図があったのかもしれない。

われわれが、座敷の奥の広縁から仕事ぶりを見守る中、父は初めてにしては、板についた様子で、ハサミを動かしていた。母は心配そうに兄の顔をうかがっている。兄が何も言ってくれないのにしびれを切らしてか、「ものになりそうな？」と、恐る恐る母が尋ねると、「悪うはない」と答えた。口の辛いことで有名だった伯父の言葉としては、及第点というところだったのだろう。

十三塚の祖父も、その様子を見守っていて、富美男からOKが出たときは、いっしょに喜んでいた。当時は、富美男の造る庭の評判が、年々高まっていた頃で、近在だけでなく、県外からも大きな注文が来るようになっていた。庭を造ると、その後の手入れの仕事が、毎年入ってくることになる。富美男は人手を必要としていたのだ。

父は正月明けから、植木の仕事に通い始めた。父はもう三十代も半ばを過ぎていたので、遅い再出発だった。結局、それが父の生涯の仕事となる。義兄のもとで働くことは、男のプライドとして不本意な面もあったに違いない。だが、父には、もう新たな事業を立ち上げる手腕も若さも残っておらず、現実を受け入れるしかなかった。

私も、人生の選択に何度かつまずき、やり直すことになるのだが、考えてみたら、父もその点では先輩だったと言える。私が何を言い出しても、父も母も、さして驚かなかったのは、二人の人生の方がもっと不安定で、先の見えないものだったからだろう。

父は、七十歳で引退するまでの三十年あまり、その仕事を続けることになる。それができたのは、一家を養うためには、他に選択の余地がなかったということもあるだろうが、木の手入れをする仕事が意外に性に合っていて、いつしかそれが父の生きがいになっていたからだろう。

息子の夏休みの工作に没頭したことにも表れていたが、父は物を作ったり手仕事をしたりするのが根っから好きなのだ。

庭師としての才能に恵まれ、みごとな庭を沢山遺した富美男に比べると、父には、華々しい芸術的センスはなかったものの、植木の手入れは、ピカイチの腕前だと言われるようになった。芸術家ではなかったが、職人肌だったのだろう。

富美男が、五十七歳の若さで亡くなったとき、父は莫大な数の顧客を引き継ぐこともできたが、欲のない父は、自分が面倒をみられる顧客だけを引き受け、残りは、いっしょに働いていた人に惜しげもなく譲った。可愛がっていた、知的障害のある弟弟子と二人で、富美男が遺した庭の手入れをして回った。父は数年後に、心筋梗塞に倒れることになるので、それでよかったといえば、よかったのだ。

二度目の心筋梗塞をして、木に上がる力がなくなり、引退を余儀なくされてからも、父は植木ばさみを手放さず、暇があれば、庭木の手入れをしていた。その庭木は、いまも我が家に残っている。世話をしてくれる人が亡くなって、母が植木職人を雇って、木の剪定をしてもらっていたが、ちょうど母のお通夜の日の朝、植木屋が母から頼まれていたとやってきたことは、すでに書いた通りだ。事情を話して、日をずらしてもらい、父の一周忌と母の四十九日の法要に合わせて、整えてもらうことになった。

＊

四年生の三学期にやってきた女教師は、一度退職したベテランの先生だったが、崩壊していたクラスをみごとに立て直した。勉強を教えるのも上手で、われわれのクラスは、遅れを一気に取り戻した。学期の終わりに懇談に行ったとき、母は初めて私のことで褒められたという。たかし君は、とてもよく頑張っているというのだ。

多くの優れた教師に共通する点だが、この先生には、一本筋の通った厳しいところと、とても共感的で、一人一人の子のよい点や努力ぶりをしっかり見ていて、よく褒めるという二つの点が兼ね備わっていた。

残念ながら、リウマチがあるとかで、たった一学期復帰しただけで、その先生は、また引退されることになった。われわれのクラスの保護者たちが、せっかく立て直ったクラスが、また荒れてしまうのではないかという不安を感じたのも当然だ。懇談に集まった保護者たちは、校長に面会を求めて、大挙して職員室に向かった。母もその中にいた。というか、母からその話を聞いたのだ。そして、一番評判の高かった合田先生という男性の教師を、来年度は是非担任につけてほしいと直訴したのだ。「指名」された合田先生も、職員室にいたらしい。校長も返答に困っただろうが、保護者の思いは受け止めてくれたようだ。

はたして、五年生の四月に、われわれの担任となったのは、合田先生だった。実際、素晴らしい先生だった。私は、その先生から、多大な影響を受けることになる。その合田先生も、昨年（二〇一九年）亡くなられた。父が亡くなって、程なくしてのことだったと思う。葬儀には、母が参列した。おかげで、私は葬儀の様子をつぶさに知ることができた。だが、もう母から、そんなふうに話を聞くことはできない。母という目と耳を、感じる心を、失ってしまった。故郷のことだけでなく、母の目や耳を通して感じることができた世界は、もう語られることはない。世界が、その分、狭くなり、無味乾燥になったような気がする。

＊

母のことを語りながら、必然的に私自身のことも多く語ることになった。私はこのときまだ十歳で、母とのかかわりはこの先も続くことになる。まだまだ危なっかしいところがあり、母がひやひやすることも多かったのだが、それでも、幼稚園の園長だった藤川先生が予言した通り、私は年とともに落ち着いていくことになる。私は母を昔ほどは悲しませることもなくなり、私は自分なりの意思と考えで、自らの人生を歩んでいこうとしていた。母は、私が求めるときだけ、耳を傾け、知恵を貸してくれたが、私が必要としないときは、余計な口出しや手出しをすることもなくなった。

母自身も、人間として成熟し、少しずつ心の安定を手に入れていった。私の前でグチを零すことも、子どものように泣くことも久しくなくなり、笑顔で接してくれることが増えていった。だが、私にとって、心の原点となっているのは、母がまだ深い悲しみを抱え、不安定で、自分の人生さえもてあまして、涙に暮れることも多かった頃の母とのかかわりだ。私は母の悲しい気持ちや傷ついた心に、いっしょに呑み込まれることもあったし、そんなふうに母が苦しめられることにやり場のない怒りを感じることもあった。そんな母をいつか救ってやりたいという気持ちが、私を突き動かしてきた最大の原動力だったのかもしれない。

私が母と一緒に暮らしたのは、十八歳になるまでで、その後は、母とのかかわりは、期間限定のものとなっていく。母は驚くべき自制心で、私を一切縛ろうとはせず、好きなことをやらせてくれた。自分が足手まといになることは極力避けようとした。私はそれに甘えっぱなしだった。

母は筆まめで、ときどき手紙をくれたが、私はほとんど返事を書いたことがない。私が連絡するのは、自分が必要とするときだけで、それでも、母は不満一つ言わず、私の勝手な泣き言を自分のこと以上に心配してくれた。大学生の頃までは、電話をするのは金の無心のときということも多かったのだが、どれほど母の方が困っていても、母は「わかった」と言って、何とかしてくれるのだった。

母が安全基地でいてくれたから、私は自分の可能性を試すことができたと言える。年に一度しか会えないようなときであっても、母は私の中で揺るぎない拠り所であり続けた。それは、母が何をおいても心を傾けてくれるということを確信しているからだ。母にも沢山の欠点や至らない点はあっただろうが、私が、どんなときも、母を信じ、味方だと感じていられたということだけで、母は母親としての一番大事な役割を果たしたのだと思う。

親が信じられないことほど、悲しいことはない。そういう人々に、私は数多く出会ってきた。彼らの苦しみを思うとき、母は、私がそうなっていてもおかしくはない状況にありながらも、どうにか思いを傾け、知恵を絞ることで、私を守ってきたのだということを感じずにはいられない。

＊

その後、母は、製菓会社に一年ほど勤めた後、縫製の仕事をしたり、着物の販売をしたり、また、野菜作りに戻ったりと、なおも試行錯誤が続くことになる。それは、母に堪え性がなかったからというよりも、誰かがしなければならない田畑の管理の問題やまだ小さくて病弱だった弟のこと、祖母の介護など、家の事情に左右された面が大きかったためだ。

そんな中で、仕事として、母が一番成功したのは、五十近くになってから始めた結婚仲介業だった。母は思いがけない手腕を発揮し、多数のカップルを誕生させた。その頃には、母は人の気持ちの機微や人柄を読み取り、相性がぴったりの人を合わせる、すぐれた嗅覚のようなものを示し始めていて、その評判を聞いて、方々から依頼がくるようになっていた。母に商才があれば、結婚仲介の会社を発展させていたかもしれないが、父同様、母にはそうした野心も才覚もなかった。

それは、祖母を見送ってからのことで、その頃の母は、泣き虫だった若い頃とは違って、だいぶ強くなっていた。祖母の最期を看取ったことは、母にとって、人生の大きな出来事だったに違いない。

あれほど母を苦しめた祖母も、とても穏やかなお祖母ちゃんになっていたが、あまり病気もせず、元気に暮らしていた。ところが、八十歳を過ぎたある日、祖母の白目の部分がうっすら黄ばんでいることに、母が気づいた。病院に連れて行くと、軽度な黄疸が出ていることがわかり、急遽入院となった。

検査しても、確たる原因がなかなかわからないまま、入院生活が長引いた。祖母は、年とともに母を頼りにするようになっていたが、心細い入院生活で、ますます母にべったりになった。母の姿が見えないと、不安がり、後を追おうとするので、洗濯に家に帰ることもままならず、ほとんど病院に泊まり込んで面倒をみることになった。

祖母は、娘が見舞いに来ても、ろくに顔も見ようとせず、母の名を呼んで、母がどこにいるかばかりを気にするので、見舞いに来た甲斐がないと、実の娘である伯母がこぼすほどだった。血のつながりよりも、身近で世話をしてくれる存在こそが、本当の家族になるということだろうか。母は祖母にとっての安心感の拠り所、安全基地となっていたのだろう。

それは、母が求めても決して得られなかったものだが、母はそれを自分が提供することで、自らの不足を乗り越えようとしたのである。

その後、祖母は肝臓ガンだとわかったが、肝硬変も合併していたので、手の施しようがなかった。結局、祖母は、一度も退院することなく、そのまま病院で亡くなることになる。その間の数ヶ月を、母は、ずっと祖母のそばに付き添った。

睡眠不足がすぐ体調に響く母にとって、連日、病院に泊まり込んで、世話をすることは、大変な負担だったはずだが、母はそれをあまり苦にもしていなかった。「あんなに可愛くなるもんなんやなあ」と、甘えてくる祖母のことを、感慨深げに言うのだった。

11

丹波橋の駅の階段を降りながら、急に日暮れが早くなったことを感じる。午後六時を過ぎると、辺りは暗くなり始めていた。あれほど暑かったのに、朝晩はひやっとするほどだ。

駅を出て、京都教育大附属小学校の横の坂道を上りながら、私はこの辺りで母に電話をかけていたことを思い出す。よく母と電話で話していた頃は、ちょうどいまくらいの暗さであった。電話をかけると、母は大抵待っていたようにすぐに電話に出てくれた。たいしたことを話すわけではないが、呼べば答えてくれるという、ただそれだけのことが、安心感の土台を与えてくれていたように思う。

それがもう、電話をかけても、応えてくれる人はいないのだという現実に愕然となる。

誰か代わりの人と話せばいいと思うかもしれないが、母のように心から私の話に耳を傾けてくれる人が、他にどこにいるだろうか。

精神科医として、私は日々、人の話を聞く仕事をしている。人の話を聞くということが、どれほど大切な営みであるかをあらためて思う。母と話を交わすのは、多くは五分にも満たない時間であっただろう。それだけの時間でも、話をすると気が休まるように感じられたのは、母が気持ちのすべてをこちらに傾けて、一心に聞いてくれていたからだろう。

だが、母自身は、心から母の気持ちを受け止めてくれる人を、身近にもてなかった。父は邪心のない、誠実な人間だったが、母が味わっている苦しさを、母の身になって理解し、共感することはできなかった。父にとっては、それが当たり前の現実すぎて、母の言い分が本当にはわからなかったのだ。その点では、私の方が、母の身になって、母が感じるように感じていたのかもしれない。

しかし、私も遠く離れて暮らすようになってからは、自分が困ったときには電話をしても、母の困っているときにどれだけ心を傾けただろうか。母は人の話ばかりを聞き、人の世話ばかりをして、自分のことはいつも後回しであった。

父は七十を過ぎた頃から、徐々に認知機能の衰えを示すようになり、七十五歳で心臓のバイパス手術を受けた頃には、見当識障害や夜間譫妄（せんもう）を起こすようになっていた。自分のいる場所がわからなくなったり、部屋に戻れなくなったりした。そういうこともあって、母は父が入院する度に付き添いをする必要があった。

バイパス手術で、心臓の機能が回復し、脳の血流も改善したためか、あるいは、血栓予防のために内服するようになったワーファリンがよかったのか、父の認知機能は改善し、夜間に部屋がわからなくなり、徘徊するようなこともなくなった。何度か旅行にも行くことができた。

認知症の進行を防ぐ目的もかねて、父はデイサービスに通い始めた。最初は、母と離れるのを嫌そうにしていたが、慣れてくると、父は楽しそうに通うようになった。月に一度か二度、ショートステイも利用するようになった。母は、父の持ち物に一つ一つ名前を書いた。大変だと言いながら、その声は、どこか弾んでいた。まるで幼い子どもを幼稚園に送り出すようにして、手を振って父を見送り、夕方に施設の車で送られてくる父を迎える。その様子を伝えるときの母の言葉は、いつも生き生きしていた。まるで園児の子をもつ母親に戻ったように、お便り帳に書かれている職員の言葉や父のわずかなコメントにも大げさな感想を述べ、私にも報告してくれるのだ。私が園児だった頃、母はこんなふうに世話をしてくれたのかと、思わずにはいられなかった。

だが、そんな落ち着いた日々は、長くは続かなかった。父を長年外来で診てくれていた医師が転勤になり、若い女医に代わった。若い女医は、高圧的な態度で、いきなりワーファリンの服用を中止してしまった。診察に付き添っていた母は、前の主治医が、とても丁寧にワーファリンの量を調整していたことを、ずっと見てきていたので、そんなふうに突然止めてしまって大丈夫なのかと、尋ねたが、若い女医は、取り付く島もない態度で、「必要ありません！」と言い放ったのだ。

それから父の状態は、体調的にも、認知機能の面でも、急激に悪化し、活気も衰え、また以前あったような意識の混乱がみられるようになった。母が心配して私のところに電話をしてきて、悲しそうに話すので、私は病院に連絡して、善処を求めた。そのとき対応してくれたのが、母の主治医でもあった部長の医師で、若い女医から部長に担当が交代となった。ワーファリンも再開となったが、その中断から後、コントロールがうまくいかなくなり、結局、それが、父の命取りとなる。

後でわかったことだが、せっかく手術をして作ったバイパスが、血栓で完全に塞がってしまっていたのだ。ワーファリンを止められた一、二ヶ月の間に、血栓ができてしまった可能性が高かった。母が二ヶ月近くも病院に泊まり込んで付き添いをし、父が大変な負担に耐えて心臓の手術を受けたことも、若い女医の無責任な対応一つで、水泡に帰してしまったのだ。

父は亡くなる一年前、後頭葉の脳梗塞を起こす。後頭葉は、視覚的な情報処理の中枢なので、父は目に異常はないのに、両眼の視力を失った。本人は見えていないことに気づかなかったりするが、父も最初はそうだったようだ。人生の最晩年に、視力を失うという目に遭いながらも、父はリハビリに励んでいた。熱心な理学療法士の助けもあり、父は前向きだった。

母はよく言っていた。「お父ちゃんは、生きたいという気持ちが強いから、お父ちゃんにはできるだけ長生きさせてあげたい」と。そして自分はと言うと、「私はそこまで生きたいとは思わないから、自分の役目を終えたら、早く逝きたい」と。母は実際、その通りの生き方を全うしたことになる。

目は見えないものの、自力で歩行できるところまでは回復した父だったが、リハビリ病院を退院して、母が大変な思いをして手続きをした介護付き高齢者住宅で過ごせたのは、一週間足らずだった。父の心臓の状態を心配した内科医が、入院させる方針をとったのだ。

だが、結果的にみると、病院に入ったことで、父の気力や体力はみるみる衰えてしまった。リハビリや介護職員とのかかわりが、父には大きな励みとなっていたのだろう。父は寝たきりになってしまい、肺炎を繰り返すようになった。半年の入院の後、父は亡くなることになる。

皮肉なことに、父が寝たきりになったことで、母は夜中まで付き添う必要がなくなり、夜は家に帰れるようになった。それでも、母は毎日、朝八時から午後八時まで、父のそばで過ごし、夜だけ自宅に帰るという暮らしを、父が亡くなる前日まで続けた。

新型コロナで面会さえ難しい、いまの状況から考えれば、そういうことができただけでも幸せだったとも言える。ただ、寝たきりになってしまってからは、父は、気力や体力だけでなく、認知機能も急速に衰えてしまい、「痛い」と言うこと以外、ほとんど言葉を発することもなくなった。目も見えず、食事も高カロリーの点滴だけとなり、何の楽しみも刺激もなくなった生活では、それも無理はなかった。

それでも、母は父と会話を続けた。それは、父ならこう言うだろうということを母が代弁することで成り立つ、母の一人語りだったかもしれないが、母は父という存在に向かって語りかけずにはいられなかったのである。

その頃の母は、父の些細な反応に一喜一憂した。父が一言もしゃべらず、まったく反応がない日は、母の声に元気がなかった。母の呼びかけに、父が首を動かしたとか、うなずいたとかということだけで、母はとてもうれしそうだった。

それでも、母が帰る時刻になると、父は少し不機嫌になり、人の気配に敏感になった。「お父ちゃん、帰ってくるわな」と言っても、返事もしないどころか、つらそうな顔をするので、母はこっそり病室から抜け出すこともあった。

ある日、帰り際に母が声をかけると、父が突然、「ありがとう」と言ったというので、母はとても喜んでいた。たったそれだけの一言で、母はすべての労苦が報われた気がしたのだと思う。

若い頃は、舅・三四郎の介護をし、精神障害を抱えた姑タケの面倒を二十数年にわたってみた末に、その最期を看取ったのは、四十代半ばのことだ。五十代で、母代わりの姉を見送り、六十代になって以降は、父の介護に明け暮れた。父は心筋梗塞の最初の発作を起こしてから、長い入院だけでも、都合六回を数えた。母自身も難病を抱えるようになっていたが、そのほとんどの期間を、泊まり込んで付き添った。いま思えば、母自身が倒れてしまわなかったのが奇跡だと言えるだろう。ただ気力と責任感で、母はその役目を全うしたに違いない。

それゆえ、父を見送った後、母がある種の虚脱状態に陥ったのも無理はない。

父の死から一、二ヶ月経った頃、電話をすると、よく眠れないと零すことがあった。自分は役目を終えたので、早く迎えに来てもらいたいというようなことを口にすることもあった。これからやっとのんびりできるのに、何を弱気なことを言っているのだと、私は歯がゆかったが、世話をすることが生きがいになっていた父を失って、荷下ろし鬱のような状態になっていることも危惧された。眠剤を処方してもらったりして、その状態はやがて落ち着いたので、ほっとしていた。

出作の姉を亡くして以降、母が誰よりも気の置けない話ができたのは、大阪の妹・節子だった。父を見送り、たった一人になってからは、妹と話をすることが何よりも気晴らしになっていたようだ。私のように五分で終わってしまう電話ではなく、節子叔母さんは、一時間でも話してくれた。とはいえ、遠距離である。せめて携帯電話が使えたら、安い料金プランやＳＮＳでいくらでも話せたかもしれないが、母は心臓にペースメーカーを入れていたので、携帯電話が使えなかった。電話代を考えると、気軽に電話をするというわけにはいかなかったし、節子叔母さんが電話をかけてくれることにも、申し訳なさがあったようだ。

正月に最後に会ったとき、貧血があり、呼吸不全もあって、動くと息切れしやすいものの、まだ日常生活にはそこまで支障はなかった。しかし、会う度に衰えていることは感じられた。今後のことを考えて、介護保険を利用してはと話してみたが、案の定、母は強く拒んだ。まだ自分でできるから、大丈夫だというのである。

以前から、母は誰にも面倒をかけたくない、そこまでして生きたくはないのだ、と語るのが常だった。みんなの介護をしてきて、介護の大変さを誰よりも知っている母であった。その日々が連日続くことがどれだけ大変かを、母自身は一言もこぼしたことはないが、同じ苦労を、誰かに味わわせようとは思わなかったのか。一日、二日顔を見るのとはわけが違い、どんなに大切に思っている存在であっても、負担が限界を超えれば、その気持ちも変わってしまうことを、母は見通していたのだろう。誰も母のようにはできないことを、そして、そんなことを期待すべきでもないと考えていた母は、自分が誰かの重荷になってまで生きたいとは思わなかったのか。

正月明けのドサクサが少し落ち着いた頃、本を読みたいから、読み終わった本があったら送ってほしいというので、一月の中頃、十冊ばかりの本をまとめて送った。その中で、母がとりわけ気に入ったのは、トリイ・ヘイデンの『シーラという子』であった。母は、「とてもよかったで」と感動した様子で語り、続編があれば読みたいという。さっそく続編を送った。

母は、過酷な境遇の子どもの成長を支える話に惹かれたようだった。そういえば、私が書いた本を母はほとんど全部読んでくれていたが、その中で、一番好きだと言っていたのが『悲しみの子どもたち』という医療少年院の子どもたちのことを書いた本だった。

あまり外にも出られない、寒い時期、屋内で一人過ごす寂しい時間を、少しでも紛らわせられればと思っていたが、母の反応がよかったので、私もうれしかった。この先、母と本の感想などを語り合えれば、少しは母の張り合いにもなるのではと思った。

ところが、二月に入って、腰を痛めたということで、その頃から、再び声に元気がなくなった。しかも、新型コロナウイルスが広がり出した頃で、医者に行くのもためらわれるような状況になってしまった。

三月に入って、暖かくなり出した頃、一度は腰もましになり、痛みがだいぶとれたと、声も明るくなったが、一週間もしないうちに、また無理をして菜園の草取りをして痛めてしまったという。そのうえに、買い物に出たとき、水の入ったペットボトルで重くなった買い物袋を、バイクの前かごに入れようとしたとき、今までにないような激痛を覚えたのだった。

いっしょに家族が住んでいれば、そんな状態の八十四歳の老人を、バイクで買い物に行かせることなどなかっただろうが、母は何一つ不満も言わず、自分で何とかしようして無理を重ねたのだ。どうにか家にまで帰りついたものの、バイクを押して、いつも停めている場所に移動することさえできなかったことは、すでに書いた通りだ。

それから食料の買い出しもままならなくなっていたはずだが、母は助けを求めようともせず、私が、五月の連休に帰郷することさえ、思いとどまらせようとしたのだ。

＊

母の体調に異変が生じていたあのときも、丹波橋の駅から自宅に向かう途中の緩い坂道で、電話をしていた。教育大の附属小学校の裏の道は、街灯もあまりなく薄暗いが、真っ暗という訳ではない。人通りもほとんどなく、歩きながら電話をするには、好都合だったのだ。

母の体調がそこそこ落ち着いていた頃は、こちらは大丈夫だから、心配しなくていいという答えが返ってくるのが常だった。電話もそんなに頻繁にかけなくてもいいと、申し訳なさそうにするのだった。話すことは、大抵たわいもないことで、私がいつも尋ねるのは、食事がどれぐらいとれているかとか、タンパク質もとった方がいいとか、食べたものの内容を聞いて、卵や肉を少しは食べろとか、食事に関するものが多かった。以前は、息切れはどうかとか、動悸は大丈夫かとかということも、よく尋ねたが、腰痛がひどくなってからは、痛みはどうか、眠れるかという話が多くなった。

新型コロナが拡大の勢いを増す中、四月七日に緊急事態宣言が発令され、十六日には全国に拡大、連休いっぱいまで続く見通しとなっていた。新型コロナの状況についても、よく話に出たが、母は大変な事態だと深刻に受け止めていた。そして、連休は絶対帰ってこないようにと、念を押すのだった。

節子叔母さんもちょうど同じ頃、腰を痛めてしまったとのことで、体調が悪そうだった。それでも、電話で言葉を交わし、いたわり合うと励まされるらしく、叔母さんと電話で話した日は、声も軽やかだった。

しかし、緊急事態宣言が全国に拡大されて以降は、来客もめっきり減り、誰とも話すことがない日が続くようになっていた。

一人で過ごす長い時間、次第に孤独が母を侵していたのだろうか。寂しいと弱音を吐いたことなど、ほとんどなかったが、四月も終わりに近づいた頃だったたか、「外に出ても、誰もおらんし、お客さん一人来ない」と、珍しく寂しそうな声を出した。新型コロナで、もともと人口の少ない農村から、人影が消えてしまっていたのだ。本当は寂しかったに違いない。

腰痛も一向によくなる気配がなかったが、それでもまだ四月中は、そこまで悲壮感はなかった。いや、精いっぱい私には元気に見せていたのか。

ところが、五月一日だったか、預けてある農地の件で、人が来る用事があって、今晩はこれからお風呂に入るのだと言い、どうやら私が電話をしたとき、湯船に湯を落としているところのようだった。

腰痛がひどくて、夜中にトイレに行くのも一苦労で、お風呂にも二週間以上も入れていないという。その言葉に私は少し驚いた。そこまで生活に支障が出ているとは思っていなかったのだ。

お風呂に入るのは、腰にどうだろうかというので、もう慢性期だから、温めるのはよいのではないかと、私は答えた。母も同意し、これから入ってみると言って、電話を終えたのだった。

ところが、翌日、また同じ頃に電話をしてみると、母の声には、落胆がにじんでいて、もう腰がよくなるのは、諦めたという。介助もなく、一人でお風呂に入るのは、なかなか苦労だったのに違いないが、それでも温めれば、少し痛みが楽になるのではという期待があったのだろう。

だが、よくなるどころか、腰痛は悪化してしまい、昨晩もほとんど眠れなかったという。よくなると期待すると、がっかりしてしまうので、よくなると思わないことにした、と母は言った。痛みと睡眠不足で、気持ちも弱っている中、母は必死に気持ちのバランスを保とうとしているようだった。

私は「（連休後半の四連休に）やはり帰ることにするよ」と言い、母の意向を無視してでも、帰ってしまおうかと思ったが、母は強くそれに反対した。そこまで帰ってくるなと言っている母の意向に背いて帰るのも、こちらの自己満足のようにも思え、そんなことをしても母は喜ばないという気もして、結局、母の意向に従うことになったのだ。

だが、連休の間に、腰の状態だけではなく、母の体調は日増しに悪化し、体力も限界を迎えていたようだ。もともと呼吸不全や貧血があるうえに、激痛によって睡眠も栄養もとれなくなったことで、母の容体は、急速に悪化してしまったのだろう。顔を一目見ていれば、たちどころにわかることも、母が元気そうに振る舞う声を聞いているだけでは、そこまで弱っていたとは、不覚にも見抜けなかったのだ。いや、希望的観測を、私も都合よく信じようとしていたのかもしれない。

しかし、連休の後半ぐらいから、もはや限界だと感じた母は、連休が明けるのを待ちかねるようにして、五月七日の木曜日、整形外科の外来を受診した。緊急事態宣言が解除になるはずだった日である。今から考えると、母は五月五日に総理の記者会見があって、緊急事態宣言が、五月末まで延長になったことを知らなかったに違い。日頃はニュースもよくチェックしていた母だったが、その気力さえ失っていたのだろう。母としては、整形外科で、よく効く注射でもしてもらって、痛みから解放されることに、最後の望みをかけていたのかもしれない。母の衰弱ぶりからすると、その日、即入院させるという判断を、医師はしてもよかったと思う。だが、連休明けで外来は混雑していた。レントゲンで圧迫骨折をしていることが明らかになったものの、母が期待した注射も打ってもらえず、痛み止めの飲み薬を処方されただけだった。

その日の夕刻、電話をすると、母は大分消耗した声で、珍しく悲しげに、その日の状況を話した。車椅子を押してもらう人がいないので、病院で歩行器を借りて、それで外来診察室まで歩いたのだと。「でも、みんな親切だったで」と、周囲が気を遣ってくれたことを、ありがたがっていた。いや、それは、私への気遣いだったに違いない。本当は、その場に、私にいてほしかったのだ。だが、そう言うと、息子は自分が付き添えず、母親に悲しい思いをさせたことで、自分を責めると思って、周囲の助けに感謝する言葉を付け加えたのだ。

だが、そんな母の気遣いさえ私はスルーしてしまった。

ひどい腰痛で歩くこともままならない老人が、一人で総合病院の窓口まで行き、動けなくなっている光景。助けてくれる肉親もそばにはおらず、見ず知らずの他人の親切に頼るしかない状況。そんな目に母親を遭わせてしまいながら、それを聞いても、私は母のところに駆けつけようとするでもなく、コルセットと痛み止めで、きっとましになるよと、言うだけだった。

だが、痛み止めはろくに効かず、受診の際に無理をしたのが祟ってか、翌日には一段と症状が悪化してしまった。

翌日は金曜日だった。丹波橋の駅から自宅の方に向けて歩き始めたのが、午後七時頃だったと思う。電話すると、母は別人のように弱っていた。私のクリニックも、連休明けの外来が混雑し、何十人かの患者の診察をして、私もかなり疲れていた。

電話に出た母の声は、いかにも力がなく、消え入りそうなほどに弱々しかった。前々日までは、整形を受診すれば、もう一度楽になれるかもしれないと、そんな期待を母は抱いていたのだろう。ところが、薬を飲んでも、まったく改善せず、母の期待は無残に打ち砕かれてしまっていた。

痛みがとれず、昨晩もあまり眠れなかったようだ。食事や水分も満足にとれていないのかもしれない。「これだけ痛くて、つらい思いをするだけなら、生きていても仕方がない」と、母は思い詰めた口調で言った。

二人の子どもも一人前になってくれたし、お父さんも何とか見送ってあげられた。自分としては、もう思い残すことは何もない、と言った。ただ、お父さんの一周忌がしてあげられていないのだけが、心残りだけど、それも、新型コロナのこともあるから、仕方がないと。

その言葉を聞きながら、母のあまりの弱気に、私は、悲しさよりもいらだちを感じ、腰痛ごときで、何を言うのだと、半ば怒り口調で母に反論した。腰痛で死んだりはしないと、母を説得しようとした。

だが、母は、眠れない夜の間、痛みに耐えながら、いろいろ思いを巡らしていたに違いない。

母は、亡くなった姉、出作の伯母のことを持ち出した。

「出作の姉ちゃんが亡くなったときも、ヘルペスになって、痛みで眠れんで、それで体が弱って、亡くなったんで」

私の記憶では、伯母が帯状疱疹にかかって苦労したのは、亡くなる一年以上も前のことで、亡くなった直接の原因ではなかったはずだが、私がそう言っても、母は、「何を言よん（何を言うの）。ヘルペスで痛くて眠れんで、弱ってしまったんじゃがな」と言い通した。

母は、自分の死が迫っていることを、体の衰弱ぶりから感じて、私に伝えようとしていたのかもしれないが、私はそんな話を聞きたくもなかった。

「腰痛で死んだりはしないよ。それより、すぐに入院して、ちゃんと治療すればいいんだ」と私はたたみかけるように母に言った。

母もそのことを考えていたに違いない。

母は少し黙ってから、言い出しにくそうに切り出した。

「あんた、悪いけど、日曜日にこっちに来てもらえんかな。入院させてほしいんじゃ。あんたに言っておきたいこともあるし」

後から考えたら、母はいろいろ考え尽くして、そうするしかないと思いさだめ、もしもの場合のことも考えて、私と最期に会っておこうと思っていたに違いない。

緊急事態宣言も解除され、いまなら息子に来てもらっても、非難を受けることもない。それに、母は車椅子を押してもらう人もおらず、歩行器につかまって、一人で受診したときのことが、口には出さないものの、よほどつらかったのかもしれない。息子に来てもらい、入院のときに付き添ってもらえたらと、思ったのだろう。

ところが、私は、あれだけ連休に帰って、病院に連れて行くと言っていたのに、母がそれに頑強に反対して、忙しいさなかに、帰ってこいと言い出したことに対して、何ともやり場のないいらだちを覚えてしまった。

「だから、あれほど言ったのに。連休中なら、時間があったのに……」

だが、そのときは、緊急事態宣言中で、母としては万一を心配したのだ。母もこうなるとは思ってもみなかった。自分で何とか対処しようと、最後の最後まで踏ん張ってきたのだ。だが、最後の気力を振り絞って、整形外科を受診したものの、改善するどころか、病状が一段と悪化してしまったいま、痛みと闘う力も尽きようとしていたのだろう。私は自分を必死に抑えながらも、弱り切った母に対して、怒気を含んだ声を上げていた。

「日曜日まで待たないで、明日入院するんだ。そんなに弱って、すぐに入院しないとダメだ。

……日曜日は何とか帰るから」

母ははっとしたように、「わかった」と短く答えた。
それが、母との最後のやりとりになった。
翌朝、昨夜のやりとりが気になって、あんな言い方をしてしまった後悔と、あの状態の母を放置しておくわけにもいかない、どうにかしないといという思いと、しかし、土曜日も一日中、診察の予約が詰まって、身動きがとれない自分の立場とで、決断できない私に、家内が、「私、お義母さんのところに行ってくる」と言った。結局、家内に香川まで行ってもらい、入院させようということになった。

そう決まったのは、私が出勤する間際のことで、それからすぐにでも母に電話をしていれば、あるいは、母と言葉を交わせたかもしれない。

だが、時間が押していて、駅まで小走りに急がなければならなかったこともあり、私は電車を降りてから、母に電話をしようと考えてしまった。到着して、クリニックの方に歩きながら、電話をしたが、誰も出なかった。もう一度かけてみたが、同じだった。私は焦った。もしや電話に出られないほど、弱ってしまっているのではないか。

実際には、母はもうすでに病院に向かった後だったのだ。私が言った通りに、母はその日、入院すると意を決して、自ら裏のおばさんに電話をして、介助を頼んだうえで、救急車を呼んでもらったのだ。朝、裏のおばさんが駆けつけてみると、母は入院のための荷物を準備万端整え、待っていたという。

息子を当てにすることを諦め、自分で決着をつけることにしたのだ。昨夜の弱った母は、またいつもの強い母に戻ったかのようだった。

たった一度だけ、私を頼ってきた、弱り切った母の願いを、私は自分の都合で拒否したのだ。どうして、あのとき、すぐに行くよと言ってやらなかったのか。いやその後でも、私にはまだ母にしてやれることがあったはずだ。

その日、駆けつけた家内は、短い時間だけ、母と顔を合わすことができたという。母は、まるで私の後悔を見越したように、「来んでええで（来なくていいよ）」と、私に伝えてほしいと、それだけを繰り返したという。

家内が片づけと洗濯をしに実家に入ると、そこには異様な光景があった。台所のテーブルの上にまな板が置いてあり、新聞紙にくるんだ包丁が横にあった。台所に立つこともできず、テーブルの上でまな板仕事をしていたのだろう。台所の床にはお米が散らばっていた。あれほど几帳面だった母は、落ちた米粒を屈んで拾い集めることさえできなくなっていたのだ。

母が退院したら、介護サービスを使いながら過ごせるようにと、家内は、家の中を整えて戻ってきた。

母もさすがに介護サービスを利用することを拒みはしないだろう。ヘルパーさんが入ってくれたら、肉体的な負担が減るだけでなく、母の身近な話し相手になってくれるかもしれない。私も、少しはまめに帰るようにしよう。私は、そんなふうに気楽に考えようとしていた。

そのわずか四日後、母が心肺停止に陥ったという緊急の電話が入ってきたとき、私の脳裏に駆け抜けたのは、これまで述べてきたような事情だったのだ。私は母から受けたものを、何一つ返せずに、母はそれを求めることさえせずに、遠くにいってしまったということだった。

窓を開け放った電車が、淀川の鉄橋を渡る轟音が響く中で、私は携帯電話を握りしめたまま、呆然と電車の片隅に立っていた。はるか遠い場所で、心肺蘇生の処置を受けている母。だが、助かる見込みがないことを、医師の一人として覚悟していた。ただ、なぜ、いまなんだという思いとともに、もう取り返すことができないという後悔だけが、私の胸を締め付けていた。

もう一人だけ、車両に乗り合わせていた乗客が、立ち尽くしている私を怪訝そうに見ていることに気づいて、私は座席に腰を下ろした。

どこでどう間違えてしまったのか、私はこの数日のことを、ぼんやり振り返りながら、同時に、少しでも早く母のところに行くには、どうすればよいかと考えをめぐらせた。家内にラインで事情を知らせ、帰りの準備をしてほしいと伝えた。

電車は淀の駅を出ると、宇治川に沿って、いつも通りの景色の中を進んでいた。だが、もうそれは同じ景色ではなかった。中書島の駅に着いた辺りから、外の景色が、いつもより遠くに感じられ、体が、自分の体でないような感覚にとらわれ始めた。ただ、タクシーを拾って帰るには、次の伏見桃山で降りなければということだけは意識していたと思う。中書島から伏見桃山までの距離はわずかである。しかし、その間にも、私の体調の異変は進行し、電車が着く頃には、気分が悪くなっている自分に気がついた。

電車が止まって、扉が開いたので、私は降りようと立ち上がったが、頭がふらふらし、足元がおぼつかない感じがした。私は正面にあったプラットフォームの長椅子にやっとの思いでたどり着き、そこに腰を下ろした。少し休んでいれば、落ち着くだろうと思ったのか。それから、どれくらいの時間が経っていたか。突然、ゴンというような音がして、私は意識を取り戻した。気がつくと私はプラットフォームで倒れていた。意識を失ったのは、一瞬だったと思う。その大きな音は、私の頭がプラットフォームに激突する音だったらしい。本能的に私は立ち上がろうとし、よろめきながら、座っていた長椅子に座り直そうとするのだが、体が思うように動かない。近くにいた七十代か八十代くらいの婦人が、驚いた様子で、「大丈夫ですか」と私の方を振り返っている。私は「大丈夫です」と答え、何とか立ち上がって、長椅子に腰を落ち着けた。

線路を挟んで反対側のプラットフォームにも、年配の男性が立っていて、私の方に盛んに身振り手振りで合図を送っている。大丈夫か。救急車を呼ぼうか、と心配してくれているらしい。私は、身振り手振りで、大丈夫だと伝えるのがやっとだった。まだ、頭はぼんやりしたままで、朦朧としていた。早くタクシーに乗って、自宅に戻らなければという気持ちはあるのだが、いますぐ歩き出すと、また倒れてしまう気がして、意識や体の感覚がもう少ししっかりするのを待った。

婦人も、向こう側の老人も、しばらく私を心配そうに見守っていたが、私が大丈夫だというので、次に来た電車に乗って、いなくなった。

私は、二人がいなくなってからも、しばらくそのまま座っていた。私の気分は少しずつよくなっていた。ふとあの二人が、父と母の化身で、私を守ってくれたような気がした。不思議と、私の気持ちもしっかりとしていた。母を失ってしまうということに、立ち向かっていけるような気がしていた。「来んでえで」という母が私に遺した最後の言葉が、私の脳裏に浮かんだ。その一言には、母の厳しさと果てしない優しさがこもっていた。

自宅に帰り着いた頃には、明るかった日差しも弱りかけ、時刻は六時半になろうとしていた。家内が慌ただしく、帰り支度をしていた。私は伏見桃山の駅で起きたことには何も触れなかった。帰り着いてすぐに、病院から電話が鳴ったということもあった。母の心肺蘇生を止めていいかを確認する電話だった。私はもう十分ですと答えた。

私は平静を取り戻していた。母はもうこの世にいないのだ。だが、私は母が遠くに行ったのではなく、自分の近くにいるように感じた。

考えてみれば、母は、わずか九歳のときに、母親を失うという体験をしなければならなかった。それは、単に失う、そのときだけのことではなく、それから以降、ずっと母親がいないということを意味した。つまり失い続けるということだ。

母は何十年もかかって、その寂しさ、心細さを乗り越えてきた。それに比べれば、この年になるまで母に見守られた私は幸運だった。母はもう、自分がいなくなっても、私や弟が前を向いて生きていけるということを信じて、旅立ったのだ。私は、母が信じたことを裏切りたくなかった。母に、最後に一言、あなたの子どもでよかったよ。これまで、ありがとう、と言いたかったが、母はそんな言葉よりも、私が自分のなすべきことをやり遂げることを望むだろう。

母はそういう人だった。

あとがき

秋が深まりつつあった二〇二〇年十一月の下旬、連休を使って、私は香川の実家に赴いた。納屋を解体してもらったものの、一度も現地に足を運んでいなかったので、状況を確かめたかったのと、お彼岸にも戻れなかったので、ついでに墓参りをするのが目的だった。

新型コロナウイルス感染症は、十一月頃には終息するのではないかという楽観的な期待もあったが、ＧｏＴｏキャンペーンで街や観光地が賑わいを取り戻し、人々の警戒心も薄らいだためか、逆に感染者の数が増加する気配を見せていた。地方にも感染が広がることも懸念されている。それゆえ、誰にも会わずに、実家で一泊だけして、とんぼ返りで京都に帰るつもりだった。

晴天の日が続き、その日も秋晴れの空が高かった。とはいえ、すっかり日が短くなっていて、瀬戸大橋を渡る頃には、少し雲が出てきたこともあり、平らな海に並ぶ島影の表情も、どこか寂しげであった。

私は、母の死の知らせを受けて、故郷へと急いだ日のことを思い出していた。ただ、亡骸となり、不在となった存在に会うために、いや、もはや会うことはかなわないということを確かめるために、闇に暮れた道を急いだあの夜のことを。そして、いままた、もはや存在していない思い出の建物の不在を確かめるために、こうして車を走らせている。

インターで高速を降りる頃には、日没が近づきつつあった。日が暮れないうちに、墓参りを済ませたいという思いもあり、足早にお墓と仏壇に供える榊や花を買って、萩原の実家へと急いだ。その道は、四歳だった私が、保育所からの帰り、父や母の背につかまりながら、ときには、一人とぼとぼ歩いて、我が家へと向かった道でもあった。八兵衛の集落を抜けると、ぱっと視界が開けて、正面に雲辺寺山が見えてくる。八兵衛という名は、この辺りを干ばつと洪水から救うために、私財をなげうって、ため池を築いた西島八兵衛の名を残すものだという。

田畑の向こうにある最初の集落に、私の実家はあるのだが、ちょうど、日没間際の夕日が、雲の下から顔をのぞかせて、真横からの光があたりの景色を赤く染めていた。

突如、目の前に、我が家が姿を現した。いや、ただの大きな空白となった場所が、その不在を示していた。表の道路からの目隠しになっていた納屋がなくなって、丸裸になった我が家は、まるで別の家のようだった。母屋の前の広庭が、さらに広くなって、だだっ広い空間が広がっている。納屋のあった部分には砂利が敷き詰められているばかりだ。その奥には、父が丹精した庭木が並んでいるが、それも、いつもより遠く感じられ、どこか所在なげだ。

砂利の上に停めた車から外に出ると、私はしばらくそこにたたずんでいた。思い出のものと言えば、その敷地の形以外にほぼ消し去られていたが、私は広庭と砂利の間に挟まるように細長く延びた敷石に目をとめた。それは、納屋の部分と広庭の境目になっていた花崗岩の敷石で、幼い頃から毎日目にしてきたものだったので、はっきりと記憶していた。

母が私を夜中に起こして、おしっこをさせるとき、ひやからこの敷石のところまで、私を運んだこともあった。もっと大きくなると、さすがに家の前で排尿させることを憚ったのか、縁側かその奥の厠に連れて行かれるようになったが。血まみれになった父が、戸板に乗せられて運び込まれたとき、横たえられていたのも、この敷石の付近だ。叱られて、外に飛び出した私が、この上にわざと寝転がっていたこともある。そうすれば、探しに出てきた母が、踏んづけるか蹴つまずくかすると思ったのだ。私が学校から帰ってくると、父と母が、葉たばこや野菜の選別をしたり、出荷の準備にいそしんでいたのも、私が、父や母にまとわりつきながら設計技師になるという夢を語ったのも、このすぐ内側でだった——。だが、いまは敷石しか残っていない。

父と母がそこにいることが当たり前だった時間。楽しいことばかりではなかったし、怒りや嘆きに胸をかき乱すことも多かった。貧しい暮らしで、その日のお金にこと欠くことも始終だったが、どんなときもそばにいて、思いを込めて応えてくれたということ。それだけで十分だったのだと思う。

我に返ると、辺りを染めていた赤い残光も消えかかっていた。私は、お墓へと再び車を動かした。我が家の墓所は、今は廃校となった萩原小学校のすぐ近くにあった。花を供え、線香を上げて、お参りを終えた頃には、すっかり日が暮れようとしていた。

その夜、母のいない家でもう一晩過ごしながら、私の心にあったのは、やはり喪失感だったと思う。その喪失感は、母がもはやいないという喪失感だけではなく、近頃では、母がいないという現実に私が少しずつ慣れ始め、母のことを忘れているときが増え、母をもう求めようとしなくなっている自分に気づいたことによる喪失感も加わっていたかもしれない。

悲しみにとらわれてばかりでは、人は前に進んでいけない。その記憶を保ちたいと思う一方で、他のことにかまけ、気を紛らわせようとする自分がいる。この手記を書き進めることは、そんな逃れようのない忘却に、少しでも逆らおうとする試みだったのかもしれないが、こうして書くという作業をすることで、悲しみの荷を下ろそうとしている自分がいることも感じてきた。

人は弱く、忘れっぽい生き物だ。母のように何十年も前に味わった悲しみを、昨日のことのように抱え続けることはできない。ある意味、この手記を書くという作業の本当の目論見は、抱えきれない悲しみを、私の心の代わりに、紙に記憶させることで、苦しみから逃れることだったのかもしれない。私の気持ちがいくらか楽になったということは、その目論見がうまく果たされたということなのだろうが、そのことに、半面、戸惑っている自分もいた。

翌朝、帰路につく前に、庭に生えた草を、少しでもきれいにしようと、私は四十五リットル容りのゴミ袋を手に、玄関から外に出た。凛とした外気を肌に感じながら、私は、澄み渡った空の下に広がる眼前の眺めに足を止めた。正面に建っていた納屋がなくなっていることはわかっていたが、私の注意をとらえたのは、その家に、かつて長年暮らしながら、見たこともなかった風景だった。二つの大きな山が、鮮やかな姿を、視界いっぱいに見せつけていたのだ。雲辺寺山と高尾山という、私にとっては、目に馴染んだ山並みだが、自分の家から、こんなふうに迫る山容を目にしたことは一度もなかった。

あの納屋が、視界を遮って、見える世界を狭めていたのだ。それが、自分の世界だと思って暮らしていたが、その納屋が、こんなにも雄大な眺めを邪魔しているとは、露思わなかった。母がこの景色を見たら、何と言うだろうかと思いながら、私ははたと、母が私のために払った、もう一つの自己犠牲を思わずにはいられなかった。

母は、決して私を縛らなかった。自分の意に反することであろうと、私のやりたいことを、やりたいようにやらせてくれた。私の視界を、人生を遮り、邪魔することだけはしたくないと決意していたのか。そのために、自分がどれほど寂しく、不自由な思いを味わおうと、それで私を責めることは、ただの一度もなかった。何一つ縛られる必要はないのだと、自分にはできなかった自由な人生を、われわれ子どもには歩ませようとした。

そんな母だから、きっとこの景色を見れば、気に入ってくれたことだろう。「ええな。さっぱりして」とでも言うだろうか。過去の遺物など、取っ払ってしまって、自由に広がる可能性を謳歌すればいいと、前に進むために過去を忘れていくことも、母は許してくれるだろうか。

あれは、私がまだ大学生だった頃のこと。私の勧めで、母が自分の人生の手記を書いたことがあった。その昔、文学少女だった母は、その気になって、大学ノート何冊分かになる手記を、何ヶ月かかかって書き上げた。母はそれを、「お母ちゃんが亡くなったら読んで」と言って、秘密の場所にしまっていた。それが十年ほど前だろうか。あるとき、「あの手記は燃やしたから」と母が言った。私は、思わず「なんで?」と問い返さずはいられなかった。母は、「もうええんじゃ。わざわざあんものを遺さんでも」と、さっぱりした顔で答えた。

その頃、母の中では、さまざまな思いや心の傷も乗り越えられ、書き残すという行為さえ、余計なものとなっていたのかもしれない。

母が亡くなったとき、一部でも手記らしきものが遺されていないか、念のため捜してみたが、備忘録らしき記録以外、何一つその類いは発見できなかった。母は、あのとき、言葉通りに、自分が書いたものを処分したのだろう。

そうした母の思いからすると、この手記を公にすることは、母にとって不本意極まりないことかもしれない。世をはばかり、世間体を気にする母にすれば、面目のないことばかりかもしれない。だが、それでも、こんな名もなき女性がいたことを、私は伝えずにはいられないのだ。

どうか、お母さん、許してください。そして、すべてをありがとう。

末筆ながら、本書の出版を力強く応援してくれた光文社編集部の千美朝氏に、感謝の気持ちを記します。

二〇二〇年晩秋

岡田尊司

この作品は書下ろしです。

岡田尊司（おかだたかし）

一九六〇年、香川県生まれ。精神科医、作家。東京大学文学部哲学科中退、京都大学医学部卒、同大学院にて研究に従事するとともに、京都医療少年院、京都府立洛南病院などに勤務。二〇一三年から岡田クリニック院長（大阪府枚方市）。日本心理教育センター顧問。パーソナリティ障害、発達障害、愛着障害を専門とし、治療の最前線で、現代人の心の問題に向き合い続ける。二〇一六年、作田明賞受賞。『愛着障害』『死に至る病』（光文社）、『マインド・コントロール』（文藝春秋）、『母という病』『父という病』（ポプラ社）、『夫婦という病』『生きるための哲学』（河出書房新社）など、著書多数。小説家・小笠原慧の顔も持ち、横溝正史賞を受賞した『DZ』『風の音が聞こえませんか』（KADOKAWA）など、人間の異常性と崇高さが生む悲しみを描いた作品が多い。

母親を失うということ

二〇二一年二月二八日　初版第一刷発行

著者　岡田尊司

発行者　田邉浩司

発行所　株式会社　光文社

〒一一二-八〇一一　東京都文京区音羽一-一六-六

編集部　〇三-五三九五-八一七二

書籍販売部　〇三-五三九五-八一一六

業務部　〇三-五三九五-八一二五

メール　non@kobunsha.com

落丁本・乱丁本は業務部へご連絡くだされば、お取り替えいたします。

組版　堀内印刷

印刷所　堀内印刷

製本所　ナショナル製本

 ISBN978-4-334-95228-0